U0035740

Gaea

GAEA

護玄——著
紅麟——插畫
THE UNIQUE LEGEND
特殊傳說
vol.2
[大競技會的起始]

特殊傳說

THE UNIQUE LEGEND

護玄／著

vol. 2 新版

特殊傳說 2

目錄

特殊傳說
THE UNIQUE LEGEND

登場人物介紹

*Atlantis*學院

姓名：褚冥漾（漾漾）
年級/班別：高中一年級/C部
性別：男
袍級/種族：無/人類
個性：非常普通的男高中生，個性有點怯懦，不太敢與人互動。

姓名：冰炎（學長）
年級/班別：高中二年級/A部
性別：男
袍級/種族：黑袍/？
個性：脾氣暴躁、眼神銳利。不過是標準刀子口豆腐心的好人～

姓名：米可蕥（喵喵）
年級/班別：高中一年級/C部
性別：女
袍級/種族：藍袍/鳳凰族
個性：個性爽朗、不拘小節，喜歡熱鬧。非常喜歡冰炎學長！

姓名：雪野千冬歲
年級/班別：高中一年級/C部
性別：男
袍級/種族：無/？
個性：有點自傲，知識豐富像座小型圖書館；討厭流氓！

姓名：西瑞·羅耶伊亞（五色雞頭）
年級/班別：高中一年級/C部
性別：男
袍級/種族：無/獸王族
個性：個性爽朗、自我中心。出身於暗殺家族，打扮像台客。

其他

姓名：褚冥玥
身分：一般的大一生，漾漾的姊姊
性別：女
種族：人類
個性：直率強硬，是個很有個性的冷冽美女。異性緣爆好！

第一話　左商店街的間諜

地點：Atlantis
時間：上午八點三十分

搬到宿舍之後的第一個星期六來臨。

「褚，有人找你。」大清早，當我還窩在床上時，房外的門已經被咚咚咚地敲個不停，而且好像有隨著時間拉長不耐煩加快的傾向。

是學長的聲音，我立刻從床上彈起來不敢多躺。因爲先前我曾經有過賴床結果門被踹開的慘案，稍微整理一下衣服之後就衝去打開鎖著的門，「誰？」我注意到學長今天沒有穿黑袍，穿他的休閒服跟牛仔褲，看起來輕鬆多了。

「米可蕥他們。」學長看了我一眼，「我讓他們在大廳等。」

喵喵？一大早來找我？

我跑回房間拿了便服又出來，「學長，跟你借一下浴室。」自從我知道我浴室中有那個鬼玩意的那天起，我就沒有再用過我自己的浴室，每天每天都跟學長借用。

誰可以在那種鬼地方洗澡、上廁所啊！

尤其是我一直覺得那個人偶好像會動，每次看到他的樣子都不太一樣。如果不是學校宿舍，我絕對會用快乾把廁所門封死讓他跑不出來。現在廁所的門口被我放了一堆東西堵住，每天晚上還是都會聽到怪怪的聲音從裡面傳出來，讓我實在是很害怕；我真的很怕有一天半夜他衝出來，我又沒有抵抗能力，到時候不曉得要被剖肚還是吃腦，一想到就覺得很驚悚。

「你什麼時候才要習慣你自己的房間。」學長哼哼了兩聲，不過還是晃回他的房間讓我進去。

一陣冰涼的風撲面而來，讓我微微顫了一下。有點冷，學長冷氣開這麼強？

學長的房間就如同他之前自己說的，格局和我的一模一樣，只是學長的房間……異常乾淨，什麼也沒有，客廳就只有一組桌椅，連電視也沒看到——他平常都不用看電視消磨時間嗎？

我住進來這星期不是看電視就是打電腦、連線上去玩網路遊戲和聊天，不然就是做班上的作業等等，但是這樣還覺得無聊。可能是因爲之前住在家裡時，雖然只有老媽和老姊，但是大多時候都很熱鬧，跟這裡安安靜靜的感覺完全不同。

其實多少還是有點寂寞的。

大致上環視了一下，我們兩個房間唯一不同的地方就是浴室，學長的浴室沒有該死的死人偶！不過我想會不會有可能是在他房間其他地方，因爲我沒仔細看過學長房間浴室以外的部分。

在我梳洗完畢出來後，我看見學長拿著一本書坐在小廳的椅子上，那本書上面全部都是看不懂的蟲爬字。

「宿舍有做早餐，今天學校的餐廳應該沒有開，你們可以在大廳吃。」在我踏出來時，學長這樣告訴我，視線完全沒有離開他的書本。

「我知道了，謝謝。」我連忙衝回自己房間換了運動鞋、提了背包就跑出房。

什麼都別看、什麼都別看，我用百米速度衝下樓梯。老實說我這整個禮拜都是這樣上下樓的，因爲我怕一停腳就被不知名物體拖出去。

一衝下樓果然看見喵喵三人組已經待在大廳，各自站了一個地方在打量黑館。大廳的桌上擺著幾杯茶跟點心，有部分已經用過了，明顯是招待客人的。

黑袍會招待客人？

我很難想像，而且我覺得黑袍應該不會這麼親切出來幫忙泡茶水招呼，那剩下的可能性就是其他的「東西」招待客人……我還是不要知道有什麼東西會招待客人對心臟比較好。

萊恩正在看那幅會尖叫的女人像，很意外的是，裡面的圖居然沒衝著他叫，還且還擺出詭異的姿勢。最快發現我的是喵喵，她露出大大的招牌笑容，「這裡這裡！」然後揮手，「我們來找你出去玩。」

又是出去玩？我老覺得這幾個人很閒，果然沒錯。

「我們還是第一次進到黑館。」喵喵閃亮的大眼睛羨慕地四處張望，「這裡果然跟一般宿舍不一樣，能住在這裡的人眞了不起。」

我也這樣覺得，因爲這裡根本是一間大鬼屋，能住在這裡的人眞的很了不起——變態般的了不起。

……但是我卻住在裡面！爲什麼！這到底是爲什麼！

「這裡靈氣很重，尤其我隱約覺得可能有大鬼門的存在……」千冬歲轉過身，一開口就是讓我想一拳把他呼倒不要再繼續往下講的詭異話語，「在我們這邊，大鬼門又叫作極陰門，如果住的人本身力量不夠鎮壓的話會傷亡慘重，尤其容易被詛咒，不管經過幾輩子投胎都擺脫不掉。」

我的臉掉下黑線，不然你一大清早是來告訴我我可能住在會詛咒人到死的陰門上嗎？眞是夠了，別再給我心理壓力！

「今天天氣眞好……」萊恩發出語意不明的話語。大概是試圖緩和氣氛吧？

「漾漾，你應該還沒去過學校附近的商店街吧。」喵喵眼神發亮地詢問。

我搖搖頭，的確沒去過。應該這樣說，我連這所學校出大門後四周有什麼鬼東西都不知道。

「下星期有一堂基礎課程，漾漾不是也有選嗎，就是墓陵。」喵喵說完後我立刻想起，這是唯一一堂跟學長一起選的課程，因爲他最近工作好像很多，第一堂課就沒去，第二次也沒去，這讓我懷疑他第三次應該也不會去了。

不過話說回來，老師都只是上一些國家陵墓解說而已有點無聊，所以讓我忘記學長也選修這回事。

「墓陵課下星期要帶爆符或一些可以保護自己的東西，要開始上現場實習課了。」喵喵豎起手指，很認眞地對我說道。

說眞的，墓陵課實在是太無聊了，我幾乎渾渾噩噩地上了那幾堂課，完全不知道他在上什麼東西。拜託，國文課都會昏睡的我怎麼可能去聽幾千年前這裡埋什麼死人、那裡埋什麼死人的。

……

不對，等等，喵喵剛剛說下星期開始要上什麼？現場實習課？而且要帶可以保護自己的東西？

爲什麼上實習課會需要帶保護自己的東西？那是哪門鬼課！

我有一種很不妙的預感。

「我跟千冬歲都要買祭咒的水晶，漾漾也可以去看看，上課一定會用到。」喵喵拉著我的手，笑得很開心，完全沒有察覺我此時內心的驚恐，「既然大家要一起去，要不要問學長看看？大家一起逛街不是比較好玩嗎？」

我開始懷疑其實喵喵的目標是學長。

※

「從校門口出去之後，往兩側走都各有一條商店街。」領路的喵喵這樣告訴我。

在我們離開黑館之後，穿過層層的校舍和花園、步道走廊等來到大門口。我一邊聽喵喵他們導覽一邊覺得好像有奇怪的聲響從上方傳來，是自戀時鐘那方向，所以就算再怎樣好奇我也硬是不抬頭看。

「左手邊的商店街是一般我們逛的商店街，再往下會接到地獄的村莊，建議沒事最好不要繼續往下，地獄很好客，有可能會回不來。」千冬歲推推眼鏡開始他的分析講解，「右手邊的商店街一般學生不會去，因爲那邊連結空間通道，來往的人很多、非常混亂。不過那裡面有黑街，有時候會買到很神奇的東西。」

聽起來右手邊的商店街是絕對禁止進入之地。

「水晶一般商店就可以買到了，那漾漾想去哪邊逛？」喵喵這樣問。

「去左邊。」走在最後面、被邀出來的學長突然出了聲音，「右商街對你們來講還太早，所以全部給我去左邊。」

他是絕對統帥。話一出，在場完全沒有人敢反駁。就連剛剛明顯對右街興致勃勃的萊恩也一句話都不敢吭。

「那我們就去左商街。」喵喵拉著我的手……其實我覺得她比較想拉學長，可是不敢，於是就這樣邊拉著我偷瞄學長，邊朝所有人這樣說。

我非常感謝學長英明神武的決定，因爲我完全不想去右商店街逛街。

於是一群人浩浩蕩蕩地開始移動。我原本以爲他們所謂的左商街會很遠，畢竟學校大得像鬼似地，結果沒想到才步行沒多久……大概十多分鐘左右，我就已經聽到不遠處傳來的吵雜聲。

只是，那個吵雜聲……很怪……非常怪！

「左商街限時大特價，『邱恩的店』今日骷髏磨粉一百公克三卡爾幣，一次購滿整顆骷髏粉還送您乾枯貓爪一隻，要買要快喔！」超大的聲音突然從我頭上轟地傳來，我差點沒給震得頭昏眼花。

眼前的左商街讓我錯愕地停下腳步。這、這、這……

這根本是我老媽每天一早必定去的傳統市場放大版嘛！

還有花花的塑膠遮雨棚掛在店家上面，這條街是用灰色的水泥塊建成的，到處都是人……我想應該大部分都是人在四處走來走去，混雜的聲音裡面還有剛剛聽見的大聲音。

學長拍拍我的肩示意我往上看，我才看見二樓處有個大廣播台，有個有兔子耳朵的女孩子正在翻閱手上的資料，她的座位旁邊有好幾個麥克風跳來跳去，一下子線打結又摔在一起，咚咚咚的聲音透過我看不見的擴音器迴盪在整個市場裡面。「左商店街大特賣，『喬恩』今日推出簡便爆符，讓您不用麻煩在家自己畫，一張在手、暢行無阻；十二張一捆、一打只要五十卡爾幣，還送您草人插針一個。」

草人插針是什麼鬼！

我視線離開二樓正在播報的兔子女，然後仰望天空。我知道，這一切都是幻覺，只要我讓自己醒來，就會發現一切都是夢，沒錯，這一切都只是我自己幻想出來的夢，只要我醒來一切就都不會存在了……然後我呆住，有個東西突然從我視線裡飛過去，我肯定那個東西絕對不是一隻鳥！

「快點幫我抓住那隻雞！」有個尖叫聲音從人群跳出來，然後我看見一個人……好像是人，可是他有兩個臉，一左一右尖叫。

那是一隻……沒肉，只有森白骨架的雞。我覺得應該是雞，因為兩頭人尖叫著叫它雞。總之，骨架雞消失得無影無蹤。兩頭人追著雞，很快也消失在我們面前。

那個雞真的是雞嗎？啊，我知道了，那應該是熬高湯用的雞對吧！這個世界還真是方便，連熬高湯的雞骨架都跟肉分開養。

左商街一片亂哄哄，我還聽見殺價聲。

啪地一下，學長一巴往我後腦打下去，「人都走光了你還發什麼呆！」

喵喵他們不知道什麼時候消失了，把我留在市場入口。

「啊，這樣我回去好了。」我馬上轉頭走。

這個市場不正常，至少傳統市場要有個豬肉攤，它連豬肉攤都沒有。

一轉頭，我看見詭異的畫面。一個好像不是人的變種外星人拿著一塊人骨在他的攤位上磨，然後把磨出的粉裝袋，接著被一堆人搶著買去。外星人的攤位上寫著「邱恩的店」。

學長抓著我的衣領，神力無窮地把我拖著走，「先去買水晶，然後去找點東西。」

我一點都不想去啊啊啊——！

可是很顯然地，學長打算無視於我的心聲，直接把我抓著往人群裡面擠。

「老闆，給我兩根骨頭！」咚地一聲把我注意力吸引過去。

我看見豬肉攤了，更正，是貓肉攤；巨大貓又的肉攤，攤位前面還擺放著顆巨大的貓頭。

眞是夠了！

※

我懷疑學長可能會成爲家庭主婦市場廝殺的好助手。

因爲他一邊拉著我還神乎其技地一邊閃人，而且還可以瀏覽各攤位的東西，然後沒多久就把我拖到比較少人的街巷裡面，「到了，這裡。」

我看見了一家店舖，不大不小，到處都是閃閃發亮的東西。喵喵跟千冬歲已經在裡面了，不過沒有看見萊恩；店內架子上擺著很多水晶，就是剛剛那些發亮的東西，每個下面都有標價，大部分都是我沒聽過的什麼卡爾幣。

「這個是這世界的通用幣。」學長一邊拿起一個純紅色似乎有點發著亮點的水晶把玩，「若換算成你們用的錢幣，大約一個卡爾幣算是三十元左右的美金。」

那折台幣不就八、九百……近一千元上下了？我終於明白爲什麼工作的賞金會那麼高，因爲消費高，成本也高，所以賞金自然就跟著提高，和現在某些我所在的原世界的行情有部分不同。

學長在玩的那個東西就要十枚的卡爾幣，我很怕它突然掉下來摔破，「一般學生的通用幣可以在各校換取，而商店街中也有提供服務。如果你要在原世界換也行，不過要到特約店面才有得換。」

咦？我生活的地方也可以換？這麼神奇？

我突然對那些特約店有點好奇了，這就是傳說中轉角遇到異世界嗎！

「漾漾，你要不要也挑一個？」喵喵湊過來這樣問我，她手上有個小小的水晶盤子，盤子上盛滿了五、六個不同顏色大約半個手掌大的水晶球，也有水晶錐，每個都是純色的閃著漂亮的微弱光點，「這裡面有很多不同的水晶，功用很多，可以多買幾個回去預備。」

「不不，我不用了。」對不起我太窮了，瞄到喵喵手上那些東西的售價，害我整個心臟抖了下，「你們慢慢看……」

「可上墓陵課時，這個是必需品。」訝異地看著我，喵喵很認真地這樣說：「老師說每個人起碼得準備一個水晶錐，若是不小心觸動古老封印才可以自保。」

我瞄了一眼最靠近我的水晶錐，一個要價五卡爾幣——五千元，我的心在淌血，不對，應該是噴血。從小到大我從來沒有自己花過這麼大一筆錢，醫藥費不算，因爲那個都是老媽出的，單獨自己開銷眞的就都沒有了，現在要拿出一大筆錢，我有種怕怕的感覺。

「漾漾還不會用封法咒，應該不用準備吧？」不知道什麼時候出現在我們旁邊的千冬歲這樣說，「就算準備了大概也用不上，何況出事情的話還有個叫作老師的人在，讓他去處理就好了。」他推推眼鏡，很自然無比地說。

原來老師就是被你們這些死小孩給操垮的。

這是我心中第一個想法。

學長接過一邊女店員給的玻璃盤子，看著架上的東西挑了幾下之後，我看見他拿了幾個三角錐拋進盤子裡面。那些三角錐很眼熟，不就跟我上次在蟲子星用言靈碎掉的那個相差不遠嗎？

偷偷看了一下標價……說眞的，我很想假裝沒看見。

一個小小的水晶錐要上萬元！媽啊，有沒有搞錯啊！我在蟲子星就耗費了上萬元了是嗎？

雖然錢還不是我出的……

「祭咒用的水晶原本價碼就會比一般水晶高上很多，因爲這些水晶裡面都蘊含一些不可知的力量，越是純色漂亮的就越高價；這店賣出的都還算是普通貨色了。」學長走過來這樣告訴我，「這些水晶在人類的世界找不到，就算外觀一樣，他們也培養不出來蘊含高魔力的純質水晶。」

的確，我看見店中的水晶每個都有點亮亮的，和我一般看見的不太一樣。那種亮不知道該怎樣形容，就是特殊的微微光芒在四周環繞著，既不多也不少，非常優美，倒像是水晶的翅膀一般。我以前在街上看見的水晶，怎麼說呢，就是沒有這種不同的感覺；相較之下，以往在我那邊世界看見的水晶就普通上很多很多。

「祭咒用的水晶大部分都是精靈或者妖精族那些自然守護者培養出來的。」千冬歲站在另外一邊，然後拿了我剛剛看見最便宜的那一顆，「像這種商店，因爲高價的東西比較有負擔，所以他們會有這類的次級品，這個就不是精靈們培養出來的水晶，應該是其他種族做出來的贗品，雖然可以用，但是沒有精靈族的水晶效果那麼好。」

水晶還有分嗎？對我來說，我現在看見的水晶都是一閃一閃亮晶晶的，根本看不出來哪種好哪種不好。不過我很確定學長的一定都屬於優良品質，不是因爲感覺，是因爲他這個人很龜毛，我想他也不會委屈自己買次級品。

啪地一聲，學長一巴打在我後腦，「你在想誰龜毛！」凶神惡煞地瞪著我。

「……我腦誤。」不然還能說什麼？

「你暫時不用買。」學長說，「你就算想驅動水晶祭咒也還不到時候，你不懂咒語。」他又把一個紅色的水晶錐放到盤子裡面去。

我想也是，頂多買來被我當裝飾品吧我想？

這些漂亮的東西給我用，眞的是太浪費錢了。

※

在我們買完水晶出來、找到萊恩時，他正在跟一個陌生人說話。

那個人有點怪，穿著灰色的斗篷蓋住身體和頭臉，除了正在動的一張嘴之外根本看不出來他的樣子，整個感覺就是相當地神祕。萊恩一下子點頭一下子皺眉，發現我們出來之後就向那個人打了招呼，快速地走過來，「聽說最近附近不太平靜，好像連右商街也是如此。」他與學長打了招呼後這樣說，「好像是『時間』到了，已經開始有一些不入流的東西進來，想探查些消息。」

時間到了？

世界終於被異星人滅亡的時間嗎？

「我們學校作爲場地每隔三年左右就會舉辦一次和所有異能學院聯合的大型競技賽。」喵喵微笑著這樣告訴我，「今年好像是在秋天時正式開始，大概十月就會開始選拔學院的競技資格，只選前五名能聯合參加。」

大競技賽？像運動會那種東西嗎？

等等……她剛剛說所有的異能學院？也就是代表這麼畸形的學校不只一間是嗎！

突來的事實讓我有點恍神，腦袋空空的不知道要作何思考。

這麼畸形的學校有一家就已經夠恐怖了，沒想到還有別家，到底這個世界還有幾家啊？

莫非這個世界的人沒事就喜歡去找死嗎？這種文化還眞是差很大！到底是基於什麼心態才沒事找死呢我說？

「上屆的前三名學院分別提出一樣可以震驚這個世界的大型寶物作爲今年前三名學院的獎賞，而且還有很優渥的獎金，所以在選拔賽時就已經可以感覺到競爭的氣氛。」一下就跳到獎勵講解的千冬歲環著手解釋著：「上屆我們學校第一名，聽說代表的學長們都各自分得高額賞金，而學校也拿到了一樣寶物，那樣寶物後來好像就給那些學長姊自行管理與使用。」

這樣聽起來好像滿不錯的？有獎金的話聽起來都很不錯。

我國中每次也都有參加大運動會，班級得名之後都會有學校發派的獎金跟飲料零食之類的，我猜想大概也就是類似這樣。

「不過每次開始舉辦的前夕都會發生這種事情。」

我轉頭，看見萊恩把他的黑色幻武兵器拿出來，瞬間雙刀落在地上發出沉重的聲響，「剛剛的人就是特別來告訴我們要小心。」四周的行人一看見他把雙刀提出，全部很有經驗地閃退。

我看見地上的影子像個大圈，被萊恩釘在地上痛苦扭曲。

……扭曲？影子扭曲！爲什麼在地上的影子會扭曲？難不成又是一個小飛俠忘記帶走的東西嗎！

「小角色。」千冬歲與喵喵退到一邊，然後學長拽著我的領子把正在發呆的我也拖到旁邊沒有影子的地方去納涼，「這裡交給萊恩處理就綽綽有餘了。」

什、什麼小角色？

我愣了一下，無法理解他們所謂小角色的含意。

那個不管橫看豎看都不像「小角色」吧！

萊恩勾出了詭異的笑容，那種我好像曾經在哪邊見識過的笑。

下一秒，他綁起馬尾，突然從流浪漢一秒再度升級爲眼神銳利的高手。

「來刺探消息的，準備好被修理了嗎？」

然後，地上的影子猛地發出尖叫聲。

整個市場都震動了起來。

我害怕地看著地板。

整個地面都在晃動，細微的小石頭到處彈跳著，原本四周還在逛街的人紛紛停下了腳步，像是在觀察也像是在等待什麼。

說眞的，圖畫會尖叫我就認了，這次連地上影子都在尖叫，而且叫起來還比殺豬淒厲是怎樣！這下可好了，我以前認知不會叫的東西其實都會叫是吧，那改天也來顆水果叫看看啊。

「快出來吧，寶貝，我等得不耐煩了。」轉動地上的黑刀，萊恩一臉著迷地說，那副模樣就好像正要拿刀解剖活屍的怪異醫師，而且還是很自得其樂的那一種。

我終於發現一項事實……萊恩把頭髮綁起來發動裡人格時實際上是有點變態的，不是、應該是很大點！搞不好其實拿到袍級的人應該都有點怪。

然後我被人從後面呼了一巴，不用說也知道是誰，「你如果不想從腦誤變成腦殘就給我不要亂想。」學長發出低聲警告。

很早就說過沒人要你聽了嘛……

地上的黑影出現波浪紋，扭動個不停，看起來似乎是在拚命掙扎。我完全可以理解，因爲看起來就是很痛的樣子。

四周的行人……行人……行人們的臉上居然沒有錯愕害怕的表情？就連一旁的店家好像都不怕被波及似地站在外面看好戲，中間的道路被空了出來，旁邊滿是人潮。

你們現在是把這個當作拍電影看是嗎！

「年輕人，加油喔！」二樓屋頂的兔子播報員突然用她的麥克風大力傳送，接著四周立即一秒鼓譟拍掌起來，都是叫好吆喝的聲音。

……

我實在不該期待他們有正常人類的反應。正常人不是應該發現詭異狀況之後尖叫逃跑把攤位上的東西翻倒然後掉得到處都是沒人撿，接著整個街道空無一人隨便他們去打到死嗎！

萊恩向四周做了拱手狀，感覺很像是現在要賣藥膏請大家多多指教的樣子。然後猛地一把抽起地面上的黑色雙刀。在刀起的那一瞬間，地面上的影子像是水般整個抽離地面往萊恩撲去。

「小角色。」萊恩也不將那片黑影放在眼中，黑刀一轉就是直接甩射而出，原本應該落在他身上的黑影猛然又是一陣尖銳的叫聲，眨眼就乒地一聲給釘上一旁店家的牆面，牆壁上直接出現裂痕，落在地上的灰土被捲起，接著四散飛揚。

「看來只是使役。」學長看著那片被釘在牆上的黑影這樣說，「這種程度的東西你應該也可以收拾。」

我抬頭看了學長。

我？我可以收拾？學長不會還沒睡飽吧？你是找錯對象講話還是眼抽筋看花人？是叫我去被那個黑不拉嘰的東西收拾才對吧！

「要給漾漾嗎？」聽見學長說話的萊恩回過頭，這樣問。

千萬不要給我！拜託，請絕對絕對不要給我啊這位老兄，你個人收拾就可以了。

紅眼看著我一笑，我發現學長勾起了很難解釋的詭異笑容，「給他吧，他也該實習一下我們平常做的事情。」

我倒退一步，想朝天吶喊。

不————！

我招誰惹誰了我！

「好。」萊恩豁然拔出他的刀，下秒幻武兵器消失。一被解除箝制的黑影發出了尖銳的聲音，從牆上落到地上，整個攤成一大塊抽動著，「換你。」

還來不及拔腿往後逃，學長已經一腳從我屁股踹下去，我差點跌在黑影上面，好不容易站穩之後我看見黑影已經在我的腳前了。

一滴冷汗從我的背脊滑過，我吞了吞口水，有種想拔腿往後逃的衝動。

「漾漾、加油！」喵喵揮手大喊，很樂地在旁邊看。

不要加油吧……我比較希望來救我。

黑影又開始動了，這次是圍在我腳邊團團轉，轉得我整個人發毛，能感覺出來它十分不爽，而且還極度不友善。

「漾漾，用爆符。」千冬歲在外圍這樣提醒我，我才想起來我把學長給我的東西都帶在身上，不過與其用爆符我還寧願用移動符，這樣可以一秒逃走。

問題是，我還沒膽在學長面前逃走。我敢說如果我逃了，被學長逮到的話就會很精采，非常精采、相當精采，精采到我不敢想像的地步，於是我只能硬著頭皮戰戰兢兢地把爆符拿出來。

第一次是黑色萬年牌大炸彈，第二次是家用殺蟲劑，我正在想第三次不知道會跑出什麼。

「褚。」我看見學長在對我招手。

他良心終於發現要換我下場了嗎？

只見學長冷冷地笑，笑得讓我全身雞皮疙瘩都冒起來，「你最好想清楚再用，如果像上兩次……」他比出一個畫脖子然後喀喳切掉的姿勢。

……

我明白了，這眞是一個嚴重的威脅。

然後，問題來了：如果它是一道黑影，我該用什麼解決它？

手電筒？不、不對，絕對不能用手電筒。先不管能不能用，我敢保證手電筒出現的第一秒就會有把銀槍直接把我腦袋射穿。

蠟燭？檯燈？

我一秒推翻掉我自己想的東西。

對了，我記得好像在哪個卡通看過……那個台詞……嗯……好像是燃燒吧小太陽之類的東西！

啪！

一記拳頭直接又準又狠把我的腦袋打歪一邊。我看見了一堆花白花白的東西在我眼前閃亮亮，剛剛小太陽什麼的馬上消失殆盡，「不准亂想。」學長的聲音直接在我腦袋上響起。

※

我也沒辦法繼續多想了。

「哇啊！」從地上竄出來的黑影猛然捲住我的腳往下拖。那一秒讓我有種好像踩到水溝泥的錯覺，冰冷冷又黏稠，眞的完全不陌生啊……我以前常常踩到……

不對！我分心什麼啊我！

完了完了完了——我今天就要死在這邊嗎……等等，我被往下拖？

一看見現在的情勢我差點沒昏過去：黑影正捲著我往地面下拖去。如果繼續拖，可能等等要把我挖出來需要用鏟子戳。

「你想怎麼做？」我聽見學長的聲音，他站了離我有一段的距離，「爆符就在你手上，你想怎麼做？」

我想怎麼做？我當然是想趕快把黑影解決趕快逃走啊！

「看看你的四周，這是一個市集不是前兩次我們所在的無人空地，你、想怎麼做？」學長就這樣看著我，紅色眼睛筆直而銳利地注視著。

對喔，我差點忘記這裡四周都是人，如果像上兩次用炸彈還是殺蟲劑之類的東西，肯定會害別人也跟著受傷。受傷之後，肯定會有很多人想來圍毆我，到時候我就會被當成沙包打假的。不行，絕對不可以害別人也受傷！

我想怎麼做？

於是我想起來剛剛萊恩好像是用刀就把這個鬼東西釘在牆壁上，所以照理來說應該可以用一般的東西對付它。

刀？

那就是刀！

可是不能太大把，因爲我不會用大刀，最好是小巧容易攜帶且閃亮銳利一刀見血的那種。

就在我這樣想的同時，黑影停止了將我向下捲的動作。

我看見手上多了一把黑色的小刀……黑色的……美工刀……美工刀……我幾乎可以感覺到學長的殺人視線。

「漾漾！」喵喵猛然一喊，我看見黑影整個翻起來就往我頭上蓋。

想也不想，我立刻把手上的美工刀往地上一刺——

不管是什麼刀，總之可以把這個鬼東西釘住就好了！

我眼前整片都是黑的，接著聽見的是四周人發出來很大的聲響。然後，亮了起來。我坐在地板上，看見的是前面的黑影被美工刀釘在地上，掙扎般不停扭曲，美工刀四周冒著小煙，沒幾秒時間黑影就以美工刀爲圓心慢慢地崩裂成碎片。

硬要找個形容詞的話，滿像烤肉木炭被打碎的感覺。我知道我形容得很爛，請自行想像。

就在黑影整片崩碎之後，我看見有條小黑蟲蹦出來，然後連忙往人群角落衝。

「別想跑。」學長快它一步，一腳就把蟲給踩住，發出啪啾一聲，「你以爲我會給你帶資料回去嗎。」他用力揉了幾次腳底，蟲變成爛渣，沒了。

那個感覺好像在踩蟑螂。

「漾漾。」喵喵幾個人湊過來，七手八腳把我從地上拉起來，「幹得好！」她笑得很開心，順便幫我拍拍灰塵，「喵喵就知道漾漾一定可以辦到的。」

「就生手來說，算是很厲害了。」千冬歲推推眼鏡，然後下了結論。

「你再練熟一點，下次就可以考慮自己去接個人工作了。」萊恩拍拍我的肩膀這樣說。

自己接工作……我突然想起炸彈跟殺蟲劑慘案。

還是算了吧。

「這個只是普通的使役，大概想先觀察一下學校附近的狀況。」學長把腳上的東西給蹭乾淨之後才走回來。四周的觀眾見沒有好戲可以看了，就紛紛散開，「沒什麼特別的。」

沒什麼特別你還踩死它？

學長看了我一眼，「沒人知道它收集了些什麼資料，當然得先殲滅它。」

我知道了……

「不過你這次爆符用得還可以，如果照這樣子下去，應該是不錯。」我立刻抬起頭，看見學長勾起一貫的冷笑，「至少比其他兩樣東西都好。」

難得他對美工刀沒意見，算是不幸中的大幸。

「什麼其他兩樣東西？」喵喵看著我，閃亮的大眼中滿滿都是疑問，「漾漾還有用爆符做其他的東西嗎？」

我倒退一步，「這、這個……」

「應該有吧？」萊恩加入逼問第二人，「眞羨慕喔，很快就學會爆符，當初我還是整整花了快一個月才控制爆符。」

我並沒有學會。基本上爆符到現在還是不受控制，光看每次出來的東西都很謎樣就知道了。

「別玩他了，你們還有沒有要買什麼東西？」千冬歲打斷話題，對其他兩人這樣說：「那個使役還不知道有沒有，剩下的話回學校再說吧。」其他兩人立刻同意他的話。

那一秒，我突然覺得千冬歲眞是天使啊……當然不是安因那一種。

「晚一點我還有工作，你們先回去吧。」學長說著說著，把他手上裝滿水晶的紙袋遞給我，「先幫我拿回去放，我直接到工作地點。」然後他把一把鑰匙放到紙袋裡面去，跟我房間的有點像，不過又不太一樣的鑰匙。

「欸？工作不是要換衣服？」我想起之前好像曾聽過他們在說黑袍工作一定都得穿袍服，可是紫、白兩色就沒有這種要求，像上次萊恩在墳墓那邊時好像也只穿著校服。

「偶爾一、兩次沒關係，反正抓到頂多被訓誡一下沒什麼。」學長聳聳肩，一副老油條的樣子，「那就這樣，你們先回去吧。」

「學長再見。」喵喵幾個人很快就向學長打完招呼。

然後，在第二波人潮淹過來時，學長已經不站在原本的地方了。

「我們也該回去了。」千冬歲拍拍我的肩膀。

「好。」

第二話　墓陵課危機

地點：Atlantis

時間：下午一點六分

「眞羨慕黑袍。」

回到學校之後我們並沒有直接回到黑館，而是到學生餐廳去。

因爲是假日，所以餐廳並沒有提供平日的多種正餐，只有些飲料、小點心和輕食，不過仍有開放大半的區域給學生們自由活動聊天什麼的，但是人數不多，大概不到二十個，散散的被一些裝飾遮掉幾乎就沒看見半個了。

「咦？」我看著發出不明語意的萊恩，「袍級不是可以考嗎？一直考一直考不就可以到黑袍了？」那應該是像證照一樣的東西，一直往上考就可以了吧？

千冬歲噗地一聲笑出來。

「漾漾，其實袍級不好考。」喵喵放下手上的飲料，這樣告訴我：「Atlantis裡面至少有近萬人……呃，也不一定都是人。總之，包括了從小學到研究所之類的學級分別，可是在裡面加上老師、行政人員等也只有十五個黑袍。」

嗯……聽起來的確是滿難考的。不過我總覺得黑袍都不是什麼正常人，看看安因跟第一天的靈魂怪魔人就知道了，學長可能是裡面比較正常的吧？

「在這個世界，袍級是全世界組織公會聯盟所設定的，就我所知道的，現役黑袍者大約只有七十五人，其中Atlantis學院佔了十五人，算是很大的集中地；而其他的則分散在各地的校園或是居所不定。在我們校園中的十五人裡面，老師以及學校的職員佔了十人，學生佔了五人。」千冬歲開始他的情報分析，「所有袍級裡面，黑袍是最高等級的，所以在全部世界裡面可以暢行無阻，收入也遠比一般工作者優渥很多。」

整個世界只有七十五人……也就是說黑袍是難考到爆三爆的等級嗎？

我突然很佩服學長，因為平常時候根本看不出來他是這麼偉大的人。

「附帶一提，現役的紫袍有三百四十一人，而白袍有一千六百五十四人，我們學院當中紫袍者佔了六十五人而白袍者佔了兩百零七人，在固定地點同樣也算是最多的。」繼續補上未完的話，千冬歲推推眼鏡，「所以在全部的異能學院當中，Atlantis一直是所有學院的領首者。」

然後我居然莫名其妙進了領首者、當紅的畸型學校之中？

「哈哈哈……」我很懷疑他們怎麼選學生的。射飛鏢嗎？

「不過聽說黑袍的死亡率也是最高的。」一直在出神狀態的萊恩突然插進話題，「去年的黑袍還有八十九人，今年現役的就只剩下七十五人，其中還有四個人是新任的。」

那就等於一年死了十八人？

我突然有點毛骨悚然，如果黑袍眞的有他們說的那麼神，那死亡率如此之高就很古怪。

不過萊恩把視線轉開，很明顯就是不想多說了，千冬歲跟喵喵也一樣，沒再多吐一個字，當然我也就不好意思問了。轉移話題、轉移話題……氣氛太尷尬了一點……

「對了，你們剛剛說的大運動會是什麼？」我想起來他們好像說黑影是什麼大運動會的間諜之類的，不過運動會需要用到間諜這麼嚴重的東西嗎？

我不懂，還有，新生才剛進來沒多久，怎麼就有運動會了？

好謎。

「你說的是全異能學院的聯盟競技大賽，每隔三年都會舉辦一次。」喵喵很認眞地告訴我，「每所學校都會派出高等的高手參加，十月十五日會開始第一次選拔淘汰賽，所以很多學校都已經開始收集對手學院的資料了，剛剛我們碰上的就是這一類的東西。」

「不過大家一定都有底，歷年來每間學校派出的幾乎都是袍級的代表，所以大致上都可以知道對方是怎樣的敵手。」

袍級代表？

「我想今年的名單一定也有學長，雖然學長很年輕，不過綜合實力應該是近幾年學生黑袍裡面最強的，且有超過大半資深者的跡象，所以肯定會有。」千冬歲喝了一口飲料，這樣說，「眞期待今年的大賽，不過還輪不到我們這些人，還是等著看好戲吧。」

說眞的，我覺得看好戲比較好，眞的，對身體和心靈各種方面絕對都好。

「雖然有點失望，不過我們還是可以期待下學期的年度學院運動會。」喵喵同樣深感遺憾，「可以跟校內的人過招也不錯，學習經驗。」

我是說……我眞的覺得旁邊看比較好，不管是哪一種運動會。

「漾漾很好運，一入學就遇到聯盟競技大賽，到時候可以看見各種異能學院的高手競技，保證一定讓你看到嚇呆。」用力拍拍我的肩，喵喵這樣說著：「之前我想看都得等好久的，一直等一直等，終於等到今年要開始了。」

基本上不用等看到各校高手，我現在已經是一天一小嚇三天一大嚇，都已經嚇到有點神經麻痺了。眞的開始之後，我可能要開始洽詢哪邊心臟科比較強了。

「老師和行政人員是不能參加競技大賽的，必須全部都是學生，以及兩人以上的團隊，萊恩，你要不要考慮去找黑袍或紫袍的人合作？搞不好你今年就可以參加了。」千冬歲看向不知道是在發呆還是根本已經睡著的某人，這樣問道。

過了半晌，萊恩才動了下，「我也是這樣想，所以已經拜託認識的人去幫我詢問可能性比較高的紫袍和黑袍者了，不過機率應該不大。畢竟，想參與的人那麼多，而且我要求一定要我熟識的人做搭檔。」

「不過我想萊恩的可能性一定很大，畢竟萊恩也是近幾年被看好的人之一啊。」喵喵笑笑地撐著下巴，很高興地附和。

他們討論的東西已經到了我完全聽不懂的境界了，競技大賽袍級團隊概念什麼的我完全聯想不起來，一點都不懂，「你們慢慢聊，我還有事情先回宿舍了。」很尷尬，但是沒辦法。

因爲我好像還無法融入這個地方。

※

匆匆走出學生餐廳之後我才鬆了一口氣。

自己跟別人不同早就知道了，可是眞正在談話時更可以感受到完全的隔閡，那種感覺很難形容。說也奇怪，我跟學長還是五色雞頭混在一起的時候好像比較沒有這種感覺。大概是一個很暴躁一個很台，都是那種不會深聊的人。

「漾！」說鬼鬼到。

雖然跟他說話比較輕鬆，可是不代表我想跟他混在一起，所以我立刻轉身準備拔腿逃，但是不到一秒領子立刻就被拽住。

「你每次看見本大爺都想逃走嗎？」五色雞頭嘿嘿嘿的聲音從後面傳來。

廢話！當然想逃，我又不想跟你再去圖書館送死！

「有事情嗎？」皮笑肉不笑地轉頭，就算我對他意見很多也不敢直接講出來，畢竟我還不想被殺手喀嚓解決掉。

「沒事情，本大爺剛剛從右商街回來，遇到好玩的東西。」五色雞頭鬆開他的手，然後從口袋拿出一個透明的小玻璃瓶。

我瞪大眼睛，玻璃瓶裡面關著一隻跟被學長踩死的一模一樣的黑蟲，「使役？」

「你知道？」這次換成五色雞頭驚訝了，他本來應該是想來看我大驚小怪的表情的哼哼哼，「沒錯，是使役，順手抓回來的。」他晃了兩下瓶子，裡面的蟲被他轉得暈來倒去。

眞的是順手嗎？我懷疑他是手賤抓回來玩的，而且這個機率高達百分之九十。

「你買了很多好水晶。」看了我手中的紙袋，五色雞頭突然伸手從裡面拿了一個純紅色的出來把玩，「很漂亮，選得眞好。」

「那是學長選的，我只是幫他拿回來。」伸長手我想把水晶要回，不過五色雞頭晃了一下，就是讓我搆不到。

「原來如此，就說你怎麼會有那麼多錢買這種高級貨。」他彈了一下手指，然後紅水晶就在他手上消失，下一秒就出現在紙袋子裡面，「你這一袋至少也要花上四、五百卡爾幣。」

那不就是幾十萬？

我的手差點軟掉。知道應該不便宜歸知道，實際上聽見大約價碼還是讓我的心臟突然漏跳一拍。

太恐怖了，學長居然把幾十萬的東西讓我這樣大方地拿回來，如果我在路上被搶劫怎麼辦！

「下次有空跟本大爺一起去逛右商街吧，右商街有趣的東西比較多。」五色雞頭搭著我的肩膀，提出了惡魔的誘惑。

說眞的，我的確是稍微有點興趣，只是稍微而已，可是我不會笨到跟五色雞頭一起去，圖書館那次是個血淋淋的慘痛教訓，如果我再跟他去一次我就是白痴。「有空再說吧。」到時候我會一直說我沒空的！

「好，那就說好了。」五色雞頭移開手，然後把他裝著蟲的瓶子放進我的紙袋，「既然你對這個比較有興趣就送你啦，我再去多抓幾隻回來，反正這個也不用本錢。」

拜託你不要抓了！

還來不及說，五色雞頭已經消失在原地了。「……唉……」

現在我該把蟲放到學長腳底扭一扭嗎？

好累。

我可能老了。

❀

學長一直到墓陵課當日早上才回來。

不曉得他去出什麼任務，好像花了很長一段時間。

學校的課程時間一直排得很奇怪，和我以前讀的學校不一樣，早上第一堂是法學，接著十點半開始跨過中午一直到下午兩點都是墓陵課，而之前因爲都是上教材所以大約中午老師就讓我們下課，下午改成空堂。感覺上好像是隨老師的心情排課，有時候還會因爲奇怪的理由調課，例如時辰不對之類的……你們是眞的有心授課嗎！

話說回來，聽說今天是現場實習課，可能就沒之前文字課程那麼輕鬆了。

「你有沒有帶爆符？」學長氣勢熊熊一踏進專業教室之後，劈頭第一句話就是這樣問我。

「當然有！」我發現學長一進教室，整間教室大約十來個學生都拚命盯著他看，幾乎都是某種尊敬的眼神還有部分是愛慕，當然愛慕很多都是來自女同學，我都可以看到愛心滿天飄了。

選修的墓陵課本來就是冷門的課，所以人數都不多，約二十幾個人左右，所以大概沒有人想到會有黑袍來選修這種基礎課程；而且因爲學長之前都蹺課沒來，今天突然出現，嚇傻一票學生。無視於其他人的目光，學長直接坐到我旁邊的空位，然後把黑大衣脫下來，裡面穿的是T恤跟牛仔褲，我這才發現大衣上面有很謎樣的破洞，感覺很像被什麼銳利的東西抓破，還正好抓在胸口處。

那到底是什麼鹹豬手的位置……還是不要開口問好了。

「我跟另外兩個外校的黑袍去處理獄界結界問題，快三天沒睡，都在跟惡鬼的東西對峙。」學長勾起冷笑，自動自發地告訴我，「獄界的居民腦袋不知道都在想什麼，任務有點小棘手。」

我眞的不想知道……

「獄界？」一聽見這個名詞，原本正在各做各事的喵喵和千冬歲立即湊過來，幾個人圍成一圈，「聽說最近獄界跟妖靈界都不太平靜。」

學長笑笑的，沒說話。

我覺得他好像不是很喜歡和別人討論工作上的事，從來沒聽過他跟別人聊這些，除了偶爾他會主動講兩句……而且我懷疑他講的那兩句都有專程來嚇唬我的感覺。

你是故意的！

「漾漾不是有看過妖靈界的嗎，跟萊恩和千冬歲在一起的時候。」喵喵轉過來衝著我笑，「他們一向不是很安分，就像鬼族一樣，永遠都喜歡攻擊想要的東西，但是妖靈比起鬼族講道理多了，起碼那邊的妖王、妖靈都還算遵守規範。」

妖靈？

很耳熟的東西，然後，我突然聽見學長哧了一聲。

對了！就上次莫名其妙被拉去風景好氣氛佳的那個腐爛鬼。

「獄界比妖靈界更凶狠，難怪要一次出動三個黑袍。」喵喵爆出愛心的眼睛又轉向她心愛的學長，「因爲獄界中最大的居民群就是鬼族，鬼族就是最難應付的凶惡種族。」

我眼前正在活生生上演一齣落花有意流水無情的戲碼，跟我老媽很喜歡看的芭樂連續劇一樣，愛到死都不會是你的那種，結果最後男主角絕對是別人的。

「你也遇過獄界的手下。」將銀髮拉下來重綁，學長漫不經心地說著，他的音量很小，只有我們兩個聽得到，「比申惡鬼王。」

我想起來了！間接害我想到黑色大炸彈的凶手！

等等！現在看見學長在綁頭髮時我想到了一件被我遺忘非常、非常久的事情，久到我自己都以爲不存在了，「學長！」

「幹嘛？」可能沒注意到我會突然喊出來，學長有一秒錯愕。

「這個送你！」我急急忙忙從背包裡面抓出被我遺忘大概有半月多的小盒子，包裝精美的暗藍色，買了之後因爲又遇到很多事情就一直放在背包裡面遺忘了它的存在。

那天跟喵喵、庚去買的項鍊。

坐在旁邊的喵喵一看見我拿出盒子馬上瞪大眼睛，用一種驚訝的表情看著我，「不會吧，漾漾！你現在才想起來！」

反正我就是記性爛。而且進學校之後被嚇到虛脫，根本忘記有這回事。

「什麼？」學長瞇著眼睛，臉上有個大問號。

這讓我覺得奇怪，學長不是一向都聽得到我在想啥，怎麼會是這種表情？

然後他閉上紅眼、睜開，「項鍊？」

喔，原來還是在偷聽。

「漾漾你送學長項鍊？」千冬歲好奇地湊上來看。

學長將盒子打開，裡面是那個銀色狗牌項鍊，有一簇紅得像是要燒起來的火。等等……我之前買的時候這火有這麼紅嗎？

我怎麼記得應該是銀色的火？還是我自己記錯了？糟糕，最近記憶力越來越不好了，該不會是被嚇到腦退化了吧？

「這是漾漾答謝學長照顧特別選的。」喵喵低低地笑，笑聲還滿可愛的，感覺很悅耳，「庚和我都看見他找很久。」實際上並沒有找很久，因爲我不會買這種東西。

「答謝我？」我聽見學長冷笑了聲，這讓我突然擔心了起來，會不會學長不喜歡這種東西？糟糕！那送了反而有反效果！

就在喵喵好像還想要說些什麼的時候，原本有點吵的教室突然安靜了下來。

墓陵課的老師來了。

※

我對墓陵課老師……其實應該說是教授的第一印象是——

沒印象。

他長得就是平凡、路上一抓就會一大把的那種老頭樣，有時候講話還會咳兩聲，花白花白的頭髮跟看起來隨時會翹掉可是又不是很容易隨隨便便翹掉的那種感覺。

千冬歲高深莫測地說，他是一個紫袍。

第一堂上課時，我的確曾看過他穿紫色的大衣來，只是很詭異的是，他穿起來不知道爲什麼像壽衣，於是我覺得還好他現在不是白袍，不然就很像殭屍出棺了。

「各位……同學……現在請移動你的腳步……我們要到……第一實習場去了……」斷斷續續的聲音，上氣不接下氣。

看，他講話也是標準老頭快要斷氣樣。

啪一聲，學長直接巴在我後腦，「他是個好教授。」偷聽別人心聲的學長瞪了我一眼。

能讓學長稱讚的絕對不簡單。

搞不好老頭會突然撕掉外面的皮，變身成為什麼戰士之類的！

「對了學長，你前兩堂都沒來上課，怎麼知道老師都上什麼？」跟在班級隊伍最後面，我突然想起來這件事情。前兩堂學長都沒來聽課，可是不知道為什麼他給人的感覺好像都有聽課，很熟悉的樣子。

紅眼瞄了我一下，「我本來去年就要選修了，暑假沒事時都在圖書館看關於這科目的書籍，沒想到和其他課程衝堂，所以延到今年才選。」

意思就是你在家都準備好了？我突然發現學長眞是一個好學生。

老師帶我們走的路很奇怪，往專業教室大樓地下室之後穿過一條有點發光的小黑道，直直地就往前一直走。「這好像是穿越隧道。」喵喵靠在我旁邊走，然後這樣說：「跟移動符是同樣的意思，不過這個比較費腳力，優點是可以一次安全地傳送很多人。」

穿越隧道？我又學到一個新名詞。感覺上這個好像是通往異世界的某種道路。

嗯……問題來了，那我們現在是要被送到哪邊？

「大概是某座墳墓裡面吧。」走在稍前面的學長拋來這句話：「我聽說這位老師很喜歡求生遊戲，他會把學生丟到墳墓裡面……類似古代巨型墓陵那種，裡面什麼狀況都會發生，然後要運用課堂所學自行逃生。」

這些我從來沒聽過！我一秒看向慫恿我塡課的喵喵，她也是一臉驚訝。

很好，喵喵也不知道，而上兩堂該死的教室課程我根本一字都沒聽進去……根本聽不懂他在講什麼。

還有，課堂根本沒有教逃生啊！所學在哪裡！

「這樣很好啊，可以就地野戰實習。我還在想說這堂課一點趣味都沒有，這下可好玩了。」千冬歲推了一下他閃閃發亮的眼鏡，勾起一種詭異的笑容。

只有你好吧！

「學長你怎麼知道這件事情？」喵喵連忙追問。

「因爲去年我在保健室睡覺時看到的，有一大票人身上掛著白骨跟詛咒幽靈跑去求救。」

……我不玩了。還有，爲什麼你會在保健室睡覺！

「你要去哪裡。」學長揪住我的領子，把我從逃生之路拉回來，第一回逃跑失敗。「已經到了。」他宣告著讓我聽起來好像有要死感覺的前言。

整個隊伍都停了下來。

就是那個光！

隊伍前面有一點光，光前有個老頭兒！

「各位同學……我們已經到了……第一實習現場……鬼王塚……」

什麼怪名字！聽起來非常不妙！

「這是獄界鬼族與精靈族大戰時候……據說曾經虐殺一百多名精靈……的獄界鬼王……之後被聯合封印……埋在這裡……」老頭兒講話斷斷續續，只差沒有斷氣。「精靈們在此地做下了……很多封印……後來鬼族陸續地來此……也放下了不少機關……所以這就是我們今天的功課……到中心點之後拿回……學校徽章……就過關……」

我現在覺得他如果是要我們去類似某電影的那種詛咒埃及金字塔還算是好一點的天堂，至少我還知道木乃伊曾經是人類……獄界鬼王是怎樣啦！還被精靈聯合封印又是怎樣！叫學生組成去死去死墳墓團對嗎！

「精靈跟鬼族大戰？」學長的表情變得有點怪怪的，像是自言自語。「那不就是耶呂鬼王塚……？」

爲什麼你會知道？

學長突然看向我。「我以前學習精靈歷史時，裡面記載了大約一千多年前的舊史中有一段大事記，耶呂鬼王跨越了獄界降臨到世界上，捕捉了許多安棲之地的精靈殘殺至死，就連靈魂都讓他當作糧食而吞噬，是當年的最大災難。」

簡單說就是連死後都魂飛魄散嗎……？眞是可憐。

「後來精靈族中的冰牙族精靈三王子聯合附近一帶的貴族精靈們將邪呂鬼王重創之後鎮壓，將他的屍骨藏在最冰冷的地底下，從此不見天日。」

是說學長明明在說很悲慘的故事，可是他的口吻怎麼越聽越像在講鬼故事？

而且他講的是等一下我們要進去的那個鬼地方的故事啊——！

這個並不是夏夜的試膽大會，我什麼都不想聽！

「可是我聽說鬼王塚的屍體好像會作祟耶。」千冬歲靠過來，開始沒有良心地跟著講鬼故事：「鬼王塚聽說有很多精靈族的寶物，所以來冒險的人很多，可是卻沒聽說有活口。例如最近幾年也曾發生過如此的案例，幾名盜墓者相約而來，入了鬼王塚之後就再也沒有任何消息……據說似乎有目睹者聽見鬼王塚當中有淒厲的求救聲，但是僅僅數秒就平息了。」

靠！那還叫我們來！我第一個念頭是想衝上去砸老師的頭。

「請各位同學……珍重……」下一秒，那個光前的老頭兒就這樣平空消失了！

我生平第一次如此想譙髒話。

※

「時間到了。」

就在學長說完話的那一秒，我突然覺得腳下一鬆，那條黑色道路突然不見了，整個人踩空。

「哇啊啊啊啊——！」我們居然從半空中被丟出來！

下面整個全部都是黑的，那個光已經消失了！這根本是謀財害命課吧！

「冰之翼、水之器，糾羅纏結蛛網、現！」在我旁邊的學長顯然鎮定得非常多，一下子就拿出一個藍色的圓圓珠子劈里啪啦地唸了長長一串，瞬間呵成、一點打結吃螺絲都沒有。

黑暗中，我看見一個透明又有點銀白的東西從學長手中竄出來，接著像是蜘蛛絲般朝四面八方爬出，很快地，就織成了一張網。幾秒後我摔在一個冰涼涼的東西上，四周也傳來咚咚咚的聲音，幾個學生在另外一邊滾成一團。

很快地，我們就發現是摔在一張冰做的大蜘蛛網上面。

「點光。」喵喵立刻爬起身，一彈指，她的掌心上出現了一小簇火，四周微微亮了起來，

「下面有東西。」說著，她將那小火團往下丟，然後蜘蛛網下面立即明亮。

全部摔在網子上的學生們都倒抽一口氣。

蜘蛛網下不到幾尺的距離就是銳利的尖刺山，剛剛如果直接摔下去九成十全都變成肉串，接著就會END，下台一鞠躬。

我的腳有點抖。

「哼，小意思。」學生裡有人用仰首鼻孔噴氣式說話，然後他站起來，很不可一世地開口：

「不用這個東西我也可以走。」說完，他手出現了一對銀色的小翅膀，接著整個人就浮起來往外飄。

「啊啊，A部的人都覺得自己比較優秀。」千冬歲伸了伸懶腰，涼涼地說：「要不是學長動作快，他們還沒命狗吠哩。」

我很想說，學長也是A部的，不過他是怪胎。

「褚。」有隻冰涼的手搭在我脖子上，然後耳朵出現鬼吹氣。「不想被我在這裡捏死棄屍，就給我不要亂想。」

「啊啊！」我往前彈，後面出現了陰惻惻的學長鬼臉。

知道了知道了知道了啦！不要嚇我！我很沒種好不好！

一見到自己的同學走了，有幾個一樣是A部的人也陸續離開冰網，然後是B部的人，到最後，網子上剩沒幾人了。

「時間也差不多了。」見到四周大約只有我們，千冬歲突然露出邪笑，真的是邪笑，會讓我想到萊恩裡人格發作時候的詭異笑，他們還眞不愧是好搭檔，連邪笑都這麼類似。「人都走光啦，我們可以慢慢來策劃一下路線圖了。」

「嗯嗯，規劃路線的時間到了。」喵喵立即湊去。

那一秒，我看見狐狸跟貓，背景纏繞一圈又一圈的黑氣。

「雖然我看起來不擅長戰鬥，不過可別忘記我是雪野家的人。」千冬歲說這話時看了學長一眼，然後又對我笑了下，「漾漾要看仔細喔。」他彈了一下手指，四周立即浮出好幾團青白色的鬼火，整個空間都被照亮。我才看清楚原來我們在墓塚裡面的一間小墓室，四周都是牆壁，只有底下有扇小門，估計剛剛那些人應該都從那邊走了。

「降神、歸一咒、西之虎鬼馳奔之路。」千冬歲唰地一聲手上突然多了四張白符，眨眼就著了白色的火，感覺有點像在看特技。

火燒盡，奇怪的是，灰燼不是灰黑色的而是銀白色的，從千冬歲的手上落下、停留在他胸前的半空中。「指路與預咒，先占後卜，現。」銀白色的灰立即湊在一起，然後分裂，變得有點像簡便地圖的感覺。

地圖上出現了幾個移動的小光點。

「這就是雪野家的追蹤術嗎？」學長彎起了唇，感覺好像頗有興趣，「眞不錯，這一手不簡單。」

千冬歲也跟著笑了，而且還是一樣笑得有點陰險。「不只追蹤術，還可以預知他們會發生什麼事情，例如最前面那組在左上角光點，他們很快就會玩完了。」就在他說完的不到幾秒後，銀色地圖上的某處光點突然碎開。

一個慘叫聲從遠方迴盪到我們這裡面，淒厲到了極點。

我整個人都毛了，他們是A部的對吧他們是A部的對吧他們是A部的對吧他們是A部的對吧……

那個慘叫聲代表什麼！

「接下來是右下角第三小組。」兩秒後，光點爆開，第二次的慘叫迴盪在小空間裡面，聲音越來越遠，最後才緩慢地消失。

「然後中央第五小組。」同樣的光點爆、人慘叫。

過了大約三十秒之後，千冬歲才彈了一下手指，四周的鬼火和銀白色的灰燼同時消失。「這三條路的機關已經都報銷了，可以選你們喜歡的走，第一階段的路都指向同一個地方，第二層才是迷宮。」

所以你讓別組人先去送死順便破壞機關是嗎……其實千冬歲也不是什麼良善的人，我完全有了認知。

「放心，醫療班應該會在這裡待命，他們還死不了。」學長站了起來，「走吧，下去了。」

下去？

我有一種很不妙的預感。

然後我的領子突然一緊，整個人被拖起來，「準備好了沒有？」學長笑得很邪惡，這讓我有種不好的預感，「飛吧，小子。」

飛？

我的眼皮跳了兩跳，不用半秒我立刻理解他的話，因爲學長拽了我直接往出口砸下去——

「哇啊啊啊啊啊——」

會死會死會死這次會死！我看見很多刺在我眼前飛過去，閃閃發亮、晶瑩動人，感覺就好像隨時貼在身邊那麼奇妙。

你丟得很快樂……可是我飛不到門口那麼遠啊——！

接著我看見喵喵也蹦了下來，往我身上一踩借力安全滑壘，然後我整個人重重往下墜，有那麼一秒鐘我看見刺就在我眼球下面，多一公釐就會刺爆整顆眼球。「漾漾！拍手！」喵喵伸出手往我身上一扯，把我整個人往出口處摔出去，樣子非常像被人用柔道摔出滿分，然後我摔得頭昏眼花。

沒有更溫柔一點的方式嗎！你們這些渾蛋！

我整個人被摔得滿眼都是金星飄，痛到一下子說不出話來。

「點光。」最後一個下來的學長拍了一下手，四周立刻亮了起來。沒有喵喵那種火焰，不過光是直接從牆壁上發出來的，整道石牆路都閃閃發光，看起來飄忽得有點詭異。

「漾漾，你還活著吧？」還算有良心的千冬歲走過來把我從地上拉起來，「別躺在這裡睡覺，會有墓蟲跑來吃肉。」

我立刻從地上彈跳起來。

吃肉！吃什麼肉！不要告訴我是吃人肉！

就在站穩之後，我的眼前出現好幾個分岔的道路，大概有七、八條，都是石牆路，天花板都是石頭壓頂，感覺好像很不穩、隨時會崩塌。

「第一條、第四條、第七條都可以走。」負責記住地圖的千冬歲這樣說，一點思考停頓或猶豫都沒有，直接指向了傳說中的康莊大道。「第六條還沒有人走過，不過路上也有機關。」

「那我們就走第四條吧。」學長看了一下，然後指著最中間的路，「其他兩邊的血味很濃，我怕有人會吐。」

不好意思會吐的那個是我喔！

「沒問題。」喵喵和千冬歲異口同聲地說。

我有很大的問題，關於人身安全的最大問題。

「誰管你人身安全，快走！」學長舉起腳從我屁股上踹下去，我整個人差點飛出去摔個狗吃屎，不過還好我經驗豐富、站穩了！

我只能硬著頭皮往前走，可是、爲什麼我要走第一個？

「據說耶呂鬼王性好血色，當年的精靈每個都慘遭凌辱，等精靈大軍攻進來時，到處都可以看見鮮血與肉塊，還有已經扭曲到看不出原樣的精靈……」走在我後面的學長很小聲很小聲地在我耳邊細語：「就像呢……你現在快踩到的東西一樣……」

我愣了一下，本能地低頭往下看。

有時候，人都是犯賤自找，低頭看是一種錯誤。

「呀啊啊啊啊啊啊啊啊啊啊啊啊啊——」有顆人頭滾在我腳邊，新鮮的，還在噴血，它的眼睛翻白死死地盯著我看。是剛剛先走的學生之一，四周散滿了血跡和肉塊，還有斷得到處都是的切刀，「啊啊啊啊啊啊啊——」

我會崩潰！我一定會崩潰！

就在這麼驚悚一瞬，我居然聽見有人在笑，有人在竊笑！有人給我心情很好地爽快竊笑！我轉過頭，在竊笑的那個居然是學長而不是喵喵！

學長今天變得特別邪惡。

你絕對是故意的對吧！

第三話　過往的精靈們

地點：未知
時間：中午十二點二十六分

我完全不記得我是怎麼走出那條通道。

因爲我被嚇到腳軟了，好像是千冬歲硬把我拖著走完整條路，然後一直到出口時學長都還在很沒良心地笑。這讓我懷疑他是不是沒睡飽會變邪惡？

尤其聽說他已經三天沒睡了。可是就算你沒睡飽也不要拿我當提神振奮用品好嗎！這種出人命的東西多嚇幾次很快就變成我沒命了耶！

「接下來往下走。」喵喵站在往地下的地孔旁邊，下面整個都是黑的，感覺一下去就是會直通十八層地獄之類的。「不知道當初建立鬼王塚時有多深，而且現在手上也沒有路線圖，可能還要走很久。」

我突然想到一件事情。如果要繼續走很久的話，那下午另一堂課不就不用上了？

「放心，通常實習課過長的話，第二堂課會適時調整，就不用去上了。」蹲在洞旁邊的學長拿出一條很像是細繩子的東西打了幾個結，然後就綁在地孔入口處的一根石柱。「我先下去，然後褚、米可蕥，最後千冬歲。」他鬆開手，把剩下的繩子拋進去地孔裡面。

爲什麼第二個是我？

爲什麼？

爲什麼要讓我排在那種不上不下好像很可怕的位置！

「好。」喵喵很快就舉手代答完畢。

不要代答！不要用我的生命隨便代答啊！

點點頭，學長就沿著細繩往地孔下滑下去，瞬間就消失在黑不見底的地穴裡。

這個會不會斷掉啊？我看著細繩子有點怕怕的。

「漾漾，換你。」喵喵發出聲音催促我。

算了，不管他，反正跟著下去一定沒錯！反正掉下去還有個學長作墊背，要摔大家一起摔。

我用力深呼吸了一下，然後抖著手拉繩子，硬著頭皮往下爬。一下到地洞之後，可能是因爲學長先開道了，下面全部都亮了起來，很清楚地可以看見我們是從某個大廳的天花板破洞往下爬，底下整個空曠巨大，只有一些很像是擺飾的不明物體。學長已經站在有點距離的地面了。

天花板有夠高，大概是一般住家又挑高兩、三層那種，我硬著頭皮死命地抓著繩子一點一點往下爬，一邊爬還一邊抖，就怕一個不小心也不用爬了，直接迫降。

「看來已經有人經過這裡了。」學長彎著身，在地面敲了敲兩下，那邊有幾枚鞋印踩在久封的塵土上。「不過他們沒有仔細看。」他在地上走了一圈，裡裡外外檢查過一遍。

就在他忙碌時我也爬到下方直接跳在地上，接著上面陸續下來喵喵，最後一個是千冬歲。

「這裡好像是第三大廳，鬼王曾經用來做樂的地方。」蹭開地上的灰塵，千冬歲盯著下面這樣說。

地面隱約好像畫著什麼圖案。

「當年精靈軍隊攻入鬼王之城，也就是這裡，將鬼王封入最地底處之後將整座城沉入地下中陪葬，所以這些都是當年留下來的遺跡。」學長繼續歷史講古，接著拿出一紙白符，「這是風使符，風捲。」他放開手，白符落地的那一秒捲起了小小像是颱風的東西，然後地上的灰塵都被風颳著跑。

這比萬能吸塵器好用啊！

啪一聲，學長往我後腦勺重擊一記虎掌，當場把我的妄想整個打飛出去。「吸你的頭！」

我就知道我應該離他遠一點。

抱著後腦，我哀傷地往千冬歲那邊靠一點。如果繼續站在學長旁邊，我可能不用出鬼工塚就已經先爆腦就醫了。

不用幾秒，滿地的灰土全被吹開，底下居然是透明的，牆壁上的光照在上面閃閃發亮，像是水晶一樣，感覺就好像踏在水晶玻璃上。

「好美。」喵喵也看呆了，透明的地板下面好像有水流，扭曲變形。

「水華，這是高等的魔晶石，沒想到鬼王居然會用這種東西當地板。」千冬歲看著地板這樣詫異地說，「上面有字。」他沒說我還沒注意到，地板上有一些淺淺的痕跡，看起來很像小蟲扭來扭去，全部都是我看不懂的玩意兒。

「這好像不是現在的通用文字。」喵喵蹲在地上摸來摸去，那些蟲字的範圍很廣，幾乎寫滿了大半個地板，因爲有水流的關係所以看得不是很清楚。

……耶？現在的通用文字？我怎麼不知道有這種東西？

「你讀完一學年之後就會開始學了，通用文字是必定要學的一門課。」學長站在我身後，涼涼地說道，「現在的世界共用的一種文字……跟語言搭配。要不然你出學院之後就會發生很美好的事情。」

就類似英文、中文、日文那種東西嗎？

那我該死了，因爲我記得我的英文非常爛，爛到老師想跳樓，這說明了我的語文很難好得起來，現在又多了一個啥鬼通用文字。

要命！眞的是要了我的老命！

如果只是單純背東西我還有一點把握說……

「嗯，這應該是某種種族文字？」千冬歲也蹲下去看，瞇起眼睛摸來摸去研究著，「很古老，不在我看過的範圍中。」

終於有個千冬歲看不懂的東西了，老實說，我一直覺得他像小型圖書館還是情報收集中心，原來也有他不知道的時候。

左右看了一下，大家都蹲下去只有我沒蹲很奇怪，所以我也跟著蹲下去。

「聽說水華魔晶石中蘊含了魔力，我想鬼王應該是拿來吸收用的才會這麼大一片。」千冬歲看了我一下，然後推推眼鏡下了結論。

基本上，我根本聽不懂什麼什麼石，管他是路滑還是水滑，我一直覺得這個地方怪怪的，不太想繼續待著。

「這是古代精靈文字。」唯一站著的學長一腳踩上地上的爬蟲字，完全沒有古蹟得來不易要好好珍惜的道德感。「古代精靈族的通用文字，只有精靈族才看得懂。」

那爲什麼你知道？

學長用一種很鄙視的目光看我。

好吧，我知道因爲你是學長、你是萬能的天神全身都是力量，當我多想。

「上面記載了鬼王一役的相關事情，你們要浪費時間在這邊聽嗎？」學長好像很滿意我內心的答案，勾起冷笑這樣問。

「我想聽！」喵喵蹦起來，舉手。

「如果可以的話，我也想知道。」小型情報收集中心的千冬歲推著眼鏡站起，發出精光一閃。

我不太想聽……我想快點到終點然後回去……不過很顯然，沒人理我。

我哀怨地從地上爬起，因爲我覺得繼續蹲等一下會被學長拿來墊腳。

學長踱著腳走了幾步，然後瞇著紅眼把地上的文字大約掃了一下。「這是秋天的事情，時間在風之深淵的精靈王上任第二年。」

然後，他停下腳步開始講古。

這是風之深淵精靈王繼任前一位的第二年，當秋天的金楓落下之時，我們收到如此震撼而可怕的消息：在西方一帶出現了耶呂鬼王的軌道，他打破時間的禁忌將城池設立在西之丘上。而安歇之地的精靈們尚未來得及脫離此地，當所有人收到消息時已經是惡耗的開始。

西之丘的歌聲不再，僅有數位當時被送走的精靈們來通報消息。

我與父親兄長們商討過意見，但是鬼王勢力坐大，父親與兄長們認為精靈族力量不足以對抗如此邪惡之事，只做了消極的抵抗；可我認為事情不該如此下去，先是西之丘，當冬天來臨時，北之雪邊境也逐漸傳來有精靈惡耗之事。

於是我便與眾多精靈貴族們達成了協議，領起了精靈軍隊往西之丘前來。然而慶幸的是，此事有許多精靈族們以及更多不同種族共襄盛舉，在到達西之丘這片舊有安樂之地時，人數已經壓倒性地超過盤據在此的鬼眾。

軍隊在外環戰鬥了兩日，終於攻破了第一大廳，並且在第四日時收下了第三大廳，估計應該很快就能夠將耶呂鬼王等眾拿下。

于 第三大廳記筆

「這就是上面寫著的全部翻譯。」很快速把精靈文字翻譯給我們聽之後，學長停頓了一下，稍稍思考，「最後沒有署名，但是我想大概是當年發動攻勢的冰牙族第三王子寫的，可能是被部隊隨行的書記刻印記錄在上面。」

不知道爲什麼，我總覺得學長在翻譯這些東西時，表情有點怪，好像是……想些什麼？那些文字跟他有什麼關係嗎？

喵喵做了一個雙手抱胸然後微蹲的動作，感覺很像祈福還是祝禱之類的什麼。

「原來這是記錄而已。」千冬歲應該是一字不漏地記下了，然後點點頭，「看來其他人廳應該也都還有類似的字。」他很好奇地看著往外的通路，有躍躍欲試的感覺。

「可是我們沒時間一個一個去看。」結束動作之後，喵喵搖搖頭，不太贊成千冬歲的想法，「時間有限。」

「我知道。」哼哼了聲，千冬歲表情看起來很遺憾。

如果沒有時間限制你是打算一個一個去找是吧？對不起請不要拖著我們奉陪。

我打從心裡認爲千冬歲應該是畢業之後會每天在墳墓裡鑽來鑽去的那種人，考古學家或是歷史學家或者是盜墓專家什麼的自己挑一種。

「這些是精靈記的東西，應該可以在舊史裡面找到相關的記載，你回去之後到圖書館找看看，通常公開的地方都會做有完整的記錄。」學長拍拍手，四周變得更亮了些，整個地板下的水都在發光，「如果這裡是第三大廳，那照上面寫的我們應該很快就會到鬼王當年被收拾的地方了。」

我突然覺得我好像身在觀光旅遊團，接著請讓我們參觀當年鬼王被殲滅的案發現場之類的。

紅眼看了我一下，我立刻下意識保護頭部，不過居然沒有被巴，學長轉開視線。

神奇！

不過喵喵跟千冬歲也不太對勁，兩個人都看向四周，怎麼了嗎？

「漾漾、趴下！」就在千冬歲喊了一聲之後，整個地面都在震動，轟隆轟隆的聲音從我們剛剛下來的地孔傳來。

「快趴下！」不知道什麼時候在我身後的學長一巴把我打倒在地。

正確來說，我根本是被擊倒在地，還是那種一拳K.O.的暴力打法……他一定是復仇！公報私仇！

我看見透明地板下面的水晃動得很厲害，然後有東西浮上來。

蟑螂？

黑黑的，黑金黑金地發亮，很多腳，正在狗爬式。我活到這麼大了第一次看見這麼多蟑螂在集體游泳！是怎樣！

「有人觸動到大機關了！」我腦袋上傳來喵喵的聲音。

水下面疑似蟑螂的黑金不明物體越來越多，滿滿地漂動。我有點想告訴正在抬頭看天花板的那三個傢伙，我覺得這東西很眼熟，很像在哪邊看過。

有土塊掉在我臉旁邊，啵地一聲碎成更多粉屑，大概是從天花板被震下來的。接著，我看見恐怖的事情。有一隻黑金物體突然踩住它同伴彈跳起來，黏在地板的另外一邊，我們的視線相對……應該是，因爲蟲的眼睛太小了我也不確定。接著，巴掌大的黑金蟲突然抖了兩下……露出了……如同鯊魚般的……鋸齒狀尖牙！

「啊啊啊啊啊啊——————！」

我想起來了！

它很像某埃及古墓詛咒探險影片裡面的聖甲蟲！

脖子突然一緊，我被人從地上拽起來。

「剛剛那個機關把墓蟲放出來了。」踢開了旁邊的大石頭，千冬歲拉著我急速往後退，可是整地板下的水都已經爬滿了黑金色的蟲，還用牙齒開始咬地板，喀喀喀的發出非常立體的音效。

「快走！」喵喵連忙推著我們往外跑，「墓蟲牙齒很利，地板會被咬穿。」

我突然想起電影裡面的情節，此蟲愛好鑽人皮，然後把人當成儲備糧食一吃三千年；沺水木乃伊老兄就是最佳案例。

不過喵喵只走了兩步就往後退，我們所在大廳唯一的出口已經爬滿了小黑蟲。

「別讓我知道是哪個白痴啓動機關的。」千冬歲惡狠狠地罵著，我都覺得他應該已經在心中無限詛咒那個白痴了。

地板下發出卡滋卡滋的聲音。

「風捲成型。」

學長拿出了印有和剛剛一樣圖騰的白符，一陣風捲過之後他的手上多了一把有點透明的長槍，槍身上有著銀色的圖騰。「這個地方不能用爆符，地板會打壞。」他用槍底敲敲魔晶地板，然後遞了張一樣的白符給我。「風使符跟爆符的使用方法相同，不過你最好不要給我想出吹風機那種東西。」

啊，我倒是沒想到有吹風機，我剛剛的第一反應其實是電扇。

「那個也不准！」學長發出凶惡的警告。

我知道了。

「與我簽訂契約之物，讓包圍者見識你的型。」喵喵拿出了黃綠色的幻武大豆。我看見了頗像某種變身的那種七彩閃亮光芒，大豆像粉狀散開後伸展成無數細絲捲住她的手，接著攀爬著五指往外擴張，「夕飛爪！」光芒散去後，一個鋼鐵模樣的五指爪出現在喵喵的右手上，爪子是金銅色的，上面有綠色圖騰，看起來像是某種很漂亮的藝術品。

「風捲成型。」千冬歲拿出了張跟學長頗像的白符，風過後他手上多了把與萊恩的有點像的大刀，不過它是單把，萊恩的總是雙刀。

「對付這種蟲夠快就可以了。」只拋下這句話，下一秒我看見學長已經站在門口，他四周像是狂風一樣捲起了大量黑金色蟲，每隻蟲都被切成兩半掉在地上然後又被新的一批覆蓋上去。

他的確是很快……快到很像鬼影追追追，一秒成型。如果現在有某台媒體來拍攝，絕對會嚇掉眼睛忘記要拍攝這件事情，然後拿著空影帶卷回去被老闆狠狠刮一頓勒令回來重拍。

喵喵也馬上追上去，不過她的目標是地孔下面，那邊正在下起蟲雨，我看見爪子劃過的地方好像都有綠色的線，掉在地上的碎蟲被一條綠色很像藤蔓的東西捲住。

聽說自封為比較不擅長打鬥的千冬歲已經在學長旁邊輔助了，門口的大批蟲群一下子變少了，有逐漸被逼退的感覺。

然後，我覺得只有我什麼都不能做。看著手上的白符，在這個第三大廳中，只有我什麼也不能做。

四周的牆壁突然更亮了，不知道是不是錯覺，我隱約好像看見水底在發光，在那些蟲底下好像還有些什麼東西，一點一點地發出亮亮的光芒，又很像是有一層銀粉慢慢往上漂。

那是什麼東西？就在我想要提出疑問時，我看見水下震動了一下。

接著，我手上的白符突然碎了。

※

四周捲起了白色的風。

與其說是風，不如說是挾著濃濃霧氣的氣流，那陣白風就捲在我身邊，我的視線被遮蔽沒看見其他人，只看見到處都是白茫茫的一片，感覺有點靈異。

……這不就是傳說中的鬼打牆嗎！

根據我個人經驗，通常在這時一定會出現某種東西，而且是那種我絕對不想看見的東西！白色的風裡面我好像看見有人影晃來晃去，又好像沒有。不要眞的是鬼打牆吧？我隨便想想而已，你可以不用成眞沒關係啊……這樣想的時候，猛然就有個人影突然晃到我面前。

「哇啊！」一個白白的人，不知道爲什麼他衝著我笑。

應該是沒有惡意，我倒退兩步慢慢鎮定下來。只要是不要跟上次灰白眼那個鬼一樣，我就不會太害怕，反正從小看到現在也看太多了，多少已經稍微有點麻木。

眼前這個人感覺跟賽塔有點像，可是好像又不一樣，亮亮的似乎會發光。他就是一直笑，笑到讓我覺得他可能顏面失調、神經抽筋須要去找醫生好好檢查才不會下半輩子遺憾。是說有時候賽塔也是這樣，所以，我開始懷疑我眼前看見的很有可能是個精靈。

這年頭是怎樣，精靈到處逛大街嗎？想看的時候到處都沒有，沒有特別想看時到處都有。

疑似精靈的人看著下面，我也跟著他往下看，地板下還是爬滿正在亂啃的黑金蟲，蟲下面有一層銀粉在發光。然後他伸出手，手上飄著很多碎片，我看出來那個是白符的碎片。

不知道爲什麼，我自然而然就伸出我的雙手，像是要捧住一樣。那個人又是笑……他可能沒有別的表情，然後慢慢地把那些飄在半空中的碎片放在我的手上。接著他握起我的手合著，然後拉著往地上、用力按去。

就是那一瞬間，我四周的白色風突然消失了，同時我感覺到整個地面震動了好大一下，整個人也被震得昏昏的特別感覺。

好幾秒後，我才慢慢回過神來。

一回神之後，我才注意到其他三人各站立一處，用種被鬼打到的驚愕表情看我。

「呃？怎麼了？」甩了兩下頭，我從地上爬起來。

「漾漾，你怎麼做到的？」喵喵發出問句一。做到？

「你看一下四周。」千冬歲第二發言。

順著他的話我左右看了一下，突然發現原本還在瘋狂奔馳的黑蟲已經變成碎蟲泥了，到處都一堆一堆粉粉的不會動了。驚到，我趕快低頭，水底下也漂滿了蟲的碎片，然後被沖走，什麼都沒有了。

學長走過來，他手上的槍已經不見了。

我下意識倒退一步。

不會吧，他們三個居然把蟲給打爛成這樣?有必要這麼恨它們嗎?

「我剛剛突然有好幾秒察覺你不存在。」無視於我的心聲，學長這樣說：「然後風符爆裂，你又出來了。」

我不存在？難不成被外星人拖去洗腦了是吧！說笑啊！

可是學長跟其他人的表情不像說笑，且還有點嚴肅地看著我，讓我不敢再繼續亂想。「呃，剛剛水下面好像有東西。」我指指下面，還好銀銀的粉還沒散，不然他們可能以為我眼花了。

「這不是普通的水。」千冬歲先出聲，「這是……」他沒往下說直接皺起眉，這讓我肯定他絕對有了答案。

看著水下，學長蹲下身，然後把手掌貼在地上唸了幾個我聽不懂的字，水裡面的銀色東西突然像是霧一樣四向散開了。

原來不是薄薄一層的銀色，是很厚一層的銀色，大概有好幾十公分左右的厚度，在銀色的東西散開之後，我們看見底下的東西、全部都倒抽一口氣。

在水下面最深沉的地方放滿了許多棺材，透明的、很像水晶的棺材。棺材裡面裝了東西，不過被覆蓋起來，所以看不出來放了什麼，隱約有點像是人的樣子。

銀色散開之後，我們才發現地板下面原來也有字，之前反光所以沒看出來。

「我們將死去的同胞葬在此地……守護、安歇，直到主神召喚所有的孩子回去……而我也將在此，永遠保護這些沉睡的靈魂不受污穢干擾。」學長看著那些字，只有一點點，所以很快就說完了，「螢之森精靈武士，辛亞，光明的寵鷹。」

字下，有副棺材並沒有被覆蓋起來，裡面躺著一個人。

他已經不會再發光了，只是很像沉睡。穿著輕便的盔甲，手上抱著一把長刀，面容很安詳。

我愣了一下，這個人就是我剛剛看見的那個疑似精靈的人。

他已經不存在了，可是又仍然存在。

我們安靜了很久很久，直到學長轉過身，一個拍掌，四周起了小小的風，然後一層厚厚的泥土與灰塵將地面整個都覆蓋起來，直到再也看不見透明的地面爲止。

「我們走吧。」

※

告別了精靈沉睡之地後，我一直若有所思。

辛亞？跟我認識的一個人名字好像。

四周安靜無聲，所有人都各自在想自己的事情，還包括了剛剛所見。我想，大家應該多少都有點衝擊。

「有人肚子餓了嗎？」我們朝外大廳走了很遠一段路之後，突然有人打破了安靜問了以上這句話。「我有準備午餐喔。」整隊中唯一的女性，喵喵，微笑著做出如此體貼的發言。

所有人都看向她。

喵喵自動自發地從自己的背包裡面拿出了包裝完美的便當盒，而且還是四層的……妳包包看起來根本沒那麼大啊！

「出發之前我有去餐廳買了簡單的食物喔。」

全部人大概只有她想到這件事情，果然女生就是女生，多了點細心。整個凝重的氣氛因為喵喵的發言開始略微輕鬆了起來，不再像剛剛那麼低落沉重了。

四周都是石壁，目前已經到了很深的道路之中。學長張望了下，確定了現在所處之地應該沒有危險才開口：「你們先休息吧。」

我想起來學長好像曾說過他在工作時是不吃東西的，不知道現在是不是也算是工作？

「你們先吃吧，我不餓。」紅眼看了我一下，我覺得我應該是猜對了。

「這裡吧，這個裡面比較安全。」走了一圈，千冬歲找到了一處很像小房間的地方，裡面空蕩蕩的只有一個很像石桌的東西。因為他的預知準，所以大家幾乎完全沒有疑問地就往小房間裡面移動。

學長沒跟進去，就在外面徘徊，這給我種孤僻老人喜歡走來走去的感覺。

「不知道還有多久才會到老師說的放校徽的地方。」看著喵喵把便當一層層打開，裡面放著的是很簡單的三角飯糰，有很多種顏色，讓我想到萊恩的最愛。可惜這次萊恩沒有一起來，不然這些飯糰一定可以讓他很幸福。

「照這個速度走下去，如果一路上沒有碰到什麼的話，應該再二十幾分會到。」千冬歲在桌上按了一下，銀色的細線從他手掌下爬出來，在半空中畫成一小方簡便地圖。「這裡已經很下層了，再來就不是建築物，是當年大戰之後又挖通的地下道，所以直接往下走很快就到了。」

我看見銀色的地圖上有發光的小點在移動。

「看來還有兩組人馬尚未陣亡。」千冬歲勾起了冷笑。說眞的，一路上多虧了雷達千冬歲，所以我們幾乎沒有碰到什麼機關啊怨靈之類的東西，走得非常順暢。不過也有可能是因爲我沒有看到……

「看來A部的人也不算差嘛。」喵喵拿出放在便當盒旁邊的小紙杯沖茶，然後放在桌上遞給我們。「我還以爲他們的特技除了用鼻子說話之外就沒別的了。」

我注意到班級與班級之間處得似乎不是很愉快，「A部不是所謂的資優班嗎？」

正要咬下飯糰的千冬歲轉過來看我，哼了聲，「是這樣沒錯，但是分班標準並不是按照成績什麼的來分。」

不是按照成績？

「分班的標準是按照能力、統一性以及團體性來分。」千冬歲放下手上的東西，正襟危坐地告訴我，「學校選人時會依照學生的程度以及熟稔度加上他的背景等等分班。A部是年級中最團結也是綜合能力最高的一班，所以你看見的A部應該是全部統一都用鼻子看人。」

就是個性很統一的意思？

「而B部就是比較次等一點，整合能力沒有A部的好，最後的C部……你應該就可以看得出來了吧。」他詭異地笑了兩聲，「在A部裡面應該很難找到世仇還是衝突的門派，因爲這些東西全部給歸在C部裡面，C部是全年級中統合性最差、最不團結、還有可能會自己內亂打群架自己消滅自己的班級！」

我明白了……看五色雞頭跟千冬歲就知道了，他們兩個就是內亂的最佳代表。

「如果單比個人能力的話，C部的人不見得會比A部差，你看萊恩是白袍，而喵喵也是醫療班出身，另外班長的來歷也不小，個個都可以與A部較量。」

說得也是，萊恩的確很厲害。我應該修正我本來的想法了，原來我讀的不是後段班，是內亂外患班。

「快吃吧，學長還在外面等。」已經從醫療班升級爲補給班的喵喵催促我們兩個。

被她這樣一說，我們兩個才想起來外面還有個孤僻老人在閒晃。

我瞄了一眼門口，正好看見學長走過去，銀色的髮飄在空氣中，有點發光的感覺，也有可能是牆壁的光映在上面。

「爲什麼學長每次工作的時候都不吃東西？」我很疑問，然後拿了一個黑色的飯糰咬下去。

噗！甜的，原來是紫糯米包豆沙！

「我聽說有些高等法術使用之前一定得淨身禁食，類似要請神明降體之類的，有可能是學長怕哪天會用到，所以盡量避免在工作時用餐確保最好的狀態吧？」喵喵隨著我的視線看過去，綠色的眼睛閃閃發亮。

原來如此。

學長眞辛苦。

第四話　惡鬼王

地點：未知
時間：下午一點四十五分

用餐完畢大概是十分鐘之後的事情。

大家都很有志一同地停下、喝茶，然後用手帕擦乾淨嘴巴。喵喵還掏出濕紙巾擦弄髒的桌面，教養非常良好。

不知道是不是計算好，學長也正好從外面走進來，「休息好的話我們就繼續走吧。」他看了我們一下，又往外走。

喵喵整理飯盒的動作很快，就是全部都往看起來好像比較小的背包丟進去之後就好了。一群人迅速地走出小房間，重新踏上了通道。

「接下來下面都是挖空的道路，小心不要滑倒了。」負責領路的千冬歲這樣告訴我們，然後帶頭往旁邊不起眼的小路走。與其說是路，還不如說是獸道。就只是在地下挖了一條的穴道而已，我覺得現在我們比較像是在走老鼠還螞蟻打通的地方。

「這裡是當年精靈們爲了把惡鬼王的屍骨鎮壓到最冰冷的深處費了幾日開挖出來的，本來有建階梯之類的，不過後來全毀了不讓人繼續使用；我想這個應該是之後的盜墓者重新挖的。」學長在我前面一邊走一邊旅遊講解，因爲地洞有點小，所以他要彎著身走，比較前面一點的千冬歲也一樣。幸好這個是往下的下坡路，所以走起來比較不會辛苦，而且還滿順的。

越往下走，有一種越冷的感覺。

我聽見水滴的聲音。

「下面有水脈，可能會很冷。」喵喵抖了一下，捱著我身邊走，看得出來她好像也覺得冷。

現在我有點後悔出來時應該帶件外套，除了學長之外，我們全都穿著短袖制服。

學長突然停住，我差點從他後面撞下去，幸好及時煞車。「拿著。」他丟了一個東西過來，我連忙接住，才發現是一個紅色的小珠子，不過裡面的紅色紋路好像會動，我的手開始有點熱熱的。「我把火焰封在水晶裡面，可以取暖，不用耗費力量起火咒，你們輪流將就一點吧。」

就是簡便型暖暖包的意思嗎？

眞的好方便啊學長！你居然連如此生活化的體貼法術都有。

前方的人回過頭，狠瞪了我一眼。

拿著火焰暖暖包，我磨蹭了一下之後就拿給喵喵，她看起來比我還怕冷。

「不用給我了，我不怕冷。」前頭的千冬歲傳來這樣一句。

然後我們繼續往前走。

越往下的路四周的石壁慢慢出現了白色的霜，一個沒走好，按上去手還差點黏住。我現在又覺得以後上這堂課除了要穿外套外還要戴手套……不然多摸幾次，我很快就會體驗到撕手皮的快感了！

「差不多到了。」就在道路冷到某一種極至點時，千冬歲的聲音從前方美妙地降臨。

路在稍微變大後，我們出了地穴、來到一個……好像是天然地底洞的地方。裡面非常人，而且閃閃發亮，不是學長弄的，好像本來就是這樣了，每個石頭上都亮晶晶的，折射出很冷的詭異銀光。地底洞很大，感覺還通到別處，而在一小段距離外有水聲，應該有地下河流。

大概幾公尺處有個很像我們剛剛吃飯的石桌，不過有點大，上面有東西在發光。

「找到了。」喵喵立時跑過去，翻身跳上了大石桌，「校徽。」她笑笑地拿起了發光的東西，的確就是學校的校徽。

上面擺了好幾個。

「應該是照人數拿吧？」她看了一下，捲走了四枚校徽。「其實喵喵想要全拿走，讓其他人拿不到。」

小姐，請別如此狠心。

「再來要往回走嗎？」我看著學長，他的視線不在校徽，而是一直看著河流那。「學長？」不知道爲什麼，他好像從進來墳墓之後就一直怪怪的，不知道在想什麼事情的樣子。

像是被我的叫聲驚動，他猛地轉過頭，「不用了，這個地方好像有設定學校的連接點，用移動符就可以了。」頓了下，紅色的眼睛看了我一會兒，「剛剛是因爲墓裡面有精靈結界，不能隨意動用類似的東西所以才沒叫你們使用。」

他把我想問的東西都說完了。

我本來是想說移動符這麼方便的話，應該一開始進墳墓時就用的才對。

「那就可以回去了。」千冬歲從他口袋拿出一張淡黃色的符紙，跟學長給我的不太一樣，不過看樣子應該也算是移動符的一種吧？

「你們先回去吧，我在這邊探查一下。」

其他兩人眼睛立刻亮起來。

「這裡面有什麼東西嗎？」喵喵好奇地問：「對了，埋葬鬼王屍體的地方在哪邊？是不是可以去看看？」她剛剛還冷得發抖，現在精神全都來了。

說眞的，我也有點想看，因爲好奇是人的天性。不過聽說好奇心會殺死貓。

學長轉回過頭又看了我們一眼，「看那種東西沒什麼好處。」他的聲音有點嚴肅，似乎是眞的不太想要我們去看

「不過可以當成一種經驗吧？」千冬歲也盯著學長看，很顯然的，他也是屬於非常想看的那種人。

學長感覺不怎麼樂意，不過最後還是無奈地嘆了口氣，「來吧。」然後他往剛剛一直注意著的河流那邊走，喵喵與千冬歲相視一眼，很快地就跟了上去。

也跟上其他人，不知道爲什麼越走我越覺得怪怪的，哪邊怪倒是說不出來。

越靠近河流越冷，等我們看見那條河流時，全都愣了一下。真要說的話，這比較像冰川，流動的水上面浮著冰，一塊一塊的，石岸邊全部結滿了透明的冰塊，很滑腳。

難怪下面會這麼冷！就是有個天然冷氣。

「耶呂鬼王的屍骨就埋在這個裡面。」指著冰川，學長這樣告訴我們。

※

說真的，這裡……什麼都看不到！

我的眼前除了水和冰之外，還是水和冰。

「這有封印耶，怎麼可能那麼簡單被你看見。」學長往我後腦送一巴。

差點滑倒，我連忙拉住千冬歲，腳下都是冰很滑。我這才注意到，除了我會滑腳之外，千冬歲差一點也被我一起拉著滾，他瞪了我一眼，接著穩穩地站好才沒有被連累到，然後喵喵則是沒有很靠近河邊，保持最佳距離。

站在冰上完全無動於衷的，果然只有見鬼的學長大神！

「這是冰精靈做出來的封印，理所當然都是水跟冰。」學長瞄了我一眼，冷笑，「既然你們都看過了，該回去了。」

他在趕人，他真的在趕人！我的第一直覺就是學長有某種東西不讓我們看。

「我想試試看能不能驅散這些冰，都已經走到這邊了，只看冰跟水很不划算。」千冬歲發出叛逆的拒絕宣言。

「這是絕對封印，不能隨便動它。」學長的態度也很堅持。

然後就沒有再繼續說下去，因為地孔通道那邊傳來響聲，接著幾個人滾出來撞成一團，四周揚起一片不小的灰塵。

喔喔，是剛剛用鼻子講話的A部同學，灰頭土臉的，衣服也有點殘破。

「哼，我以為是誰，原來是幾個C部的在吠。」可能是帶頭的人繼續用鼻子說話，我看出來他是剛剛第一個跳出冰網的。他好像沒認出學長是黑袍的樣子，把他跟我們全部歸在一類。「怎麼，不知道怎麼回學校嗎？」

這個人長得有點怪，比我矮很多，大概一百六十公分還不到吧？壯壯的，頭髮鬈鬈的，而且還有尖耳朵，看起來應該不是人類。他旁邊跟著兩個看起來就是會魚肉鄉民……口誤，就是那種小嘍囉的應聲蟲人物，還一胖一瘦的非常均衡，這讓我想到這種類型的小跟班通常在鄉土劇好像都會被命名成阿猴跟大胖仔。三個人用鼻子說話的囂張表情倒是如出一轍，完全看得出來真的是一掛的。

學長不做聲，只是一逕冷笑。我看他也懶得糾正了。

「我們才不像某些慢吞吞的人，晚到了還不知道怎樣回學校，不知道不恥下問還想要探別人口風。」硬是把話題扭曲的千冬歲也學他們用鼻子講話，還抬起下巴用四十五度角完全表現出他的不屑。

我發現千冬歲有那種三姑六婆在市場吵架的資質，搞不好未來他可以殺遍市場無敵手，被封爲第一市場王。

「你說什麼！」按照所有小說都會出現的慣例，A部的發飆。

「聽說A部的都很厲害，你們可以看見冰河裡面有什麼東西嗎？」慣例二，千冬歲開始出言煽動外加諷刺，「不過我看你們應該也不行。」

「夠了！」學長開口遏止。

不過通常被罵瘋的資優學生才不管有沒有人出口制止。「當然可以看見！你們這些C部的三腳貓給我滾遠一點。」說著，我看見帶頭的A部人手上猛然多了一層金色的粉末，然後變成整片往冰川裡射去。「散去、顯我見之物。」

他的動作很快，學長還沒出手阻擋，金粉已經整個散到冰川裡面去了。

整個冰川狠狠震動了下。然後水上的冰散開，原本飄浮在上面的白色霧氣也像是被風吹走一般立時捲開，我看見了透明的河水。

「你是妖精族的人，對吧。」學長看著剛剛那個A部灑金粉的人，「黑盔山的妖精使者用的是金花中煉出的粉。」

妖精長這樣？

我心中繪本裡的美艷妖精圖全都碎了。我剛剛還以爲他們是什麼藍色小精靈還蘑菇人。

「哼，C部裡面居然有人也有些見識。」A部的妖精人繼續用鼻孔說話，「這種花粉只有貴族才可以用，怕了吧！」旁邊兩個跟班也嘿嘿地笑。

他們眞的很有團結力，看這樣就知道了。

學長冷笑，沒有繼續接話。

冰川顫動了幾下之後，水突然都變成透明了，接著水中有我們剛剛在精靈棺材大廳裡面看見的東西，很厚一層的銀色物體。

「聽說精靈的血會發光，上面也是……當年大戰到底死多少人啊……」我聽到千冬歲的聲音，很低，像是喃喃自語。

也就是說這層銀色的東西都是精靈的血囉？原來精靈的血是銀色？

「精靈的血顏色會依照精靈種族而顯色不同，只是這裡的時間流動太久，顏色已經都被沖刷掉了，只剩下發光的原始色澤。」學長看著河裡的東西這樣說。

這讓我想到一樣東西。

原來精靈的血過期之後會變成水銀啊？

啪地一聲，學長直接毫不客氣地砸了我的頭。

「哼，這有什麼難，馬上就教你們都看清楚！」A部的妖精人又灑出一把金粉，然後水裡面的銀色東西也慢慢散開。

我看見一個人。

一個男人。一個非常高大的男人，他的身體整個嵌在河的最底部，身體到處都有腐爛的跡象，很多地方都已經變成白骨，而且像是被什麼固定般一動也不動，連水流不斷沖刷都無法移動這個軀體半分。

巨人？

我估計這個人大概有三個我那麼高……說不定更高。

他的臉有點恐怖，整個糾結變形，而且左眼下面還有一排大概五、六個橫縫，看起來好像是眼皮之類的東西。他的額頭有角、三支黑色的角，其中有兩支已經被折斷了，一支有裂痕。應該已經死掉的巨人不知道爲什麼給我一種毛骨悚然的感覺，我注意到千冬歲跟喵喵的臉色也整個都刷白，然後頻頻後退。

那三個A部的學生也一樣，一個字都說不出來。

水底下的男人皮膚是紫色的，看起來很像過期發爛的肉，整個都是浮腫的，血管啊筋啊什麼的跟著水一直漂個不停。

我好想吐。

好噁心的死人！

這個比我見過的保健室大排隊還要可怕。

「這個就是耶呂鬼王的死屍。」學長很鎮定地開口了，聲音在這邊突然變得非常清晰。「你們不是很想看嗎？一次看個夠吧。」

我隱約覺得學長在生氣，而且是非常不爽的那種。

「噁——！」喵喵受不了了，跪在一邊整個人吐了出來。

其實死屍並不是恐怖到會吐的程度，只是那具屍體不知道爲什麼給人一種很重的壓力，像是會把整個內臟啊腦漿都壓爛的那種壓力，整個人都覺得脫力跟噁心。

原來這就是鬼王？

千冬歲把喵喵扶走，不再多待一秒。

我直直地盯著鬼王的屍體看，不知道爲什麼，我爲我心中浮起的念頭感到恐怖。

因爲我覺得，他應該會復活。

「褚！不可以！」

學長猛然叫了很大一聲，我根本來不及意識到發生什麼事情。

我看見一個黑金色的光，然後與一雙凹陷、只有一半的眼睛對上。

水波動了一下，轉出了波紋圈。

發生什麼事情？爲什麼地板震動？爲什麼冰川突然翻騰？

我整個感覺不到周圍發生什麼，可是我聽見很多人的尖叫聲。

在我終於回過神有意識時，是被一個巨大的力道拽開，我整個人摔在都是石頭的地板上，全身都在痛。然後有人把我扯起來，往另外一邊跑。

回神聚焦之後，我看見我本來站著的河邊有隻巨手攀在上面，手的指頭全部都爛了，指節上看見的到處都是外露的白骨，接著是一股極度噁心的臭氣傳來。

拉著我跑的是學長，他把我甩到剛剛校徽的石桌另一邊。「千冬歲、以提卡，你們快用移動符回學校！」我才注意到陌生的名字是A部的那個妖精人，他也嚇得整張臉都是慘白色，兩個同伴都腿軟了跌坐在一邊。不過我們這邊也好不到哪邊去，喵喵一直在尖叫，怕得整個人都抓住我，手勁大得恐怖，整個指甲都抓進我的肉裡。

當水中的手伸出了第二隻拍在岸邊，整個地面又是一個震動，接著是一雙眼睛露出來，黑金色的眼睛已經缺了半，然後他左眼下的橫縫一個個地緩慢睜開，是好幾個不停轉動骨碌濁黃的眼睛，大部分都凹陷、爛了。

我終於意識到，鬼王不知道爲什麼、活了，就跟我剛剛想的一樣。

「漾漾，別亂動！」千冬歲整個人都在發抖，他把我跟喵喵扯在一起，又去把另外三個人連拖帶拉地也揪過來。「學長！」他拿出移動符，卻看見學長已經往鬼王那邊跑。

整支精靈大軍才能對付的鬼王……我的手在抖，整個人都是冰的，一直冒冷汗。

「與我簽訂契約之物，讓侵害的異界之物見識你的殺。」學長掌心上橫切出了銀色透明的長槍，「你們先回去、快點！」然後，他槍尖就是往鬼王的整排橫眼掃去。

四周捲起了冰冷的風，然後乍然停止。

我第一次看見學長的銀槍落空。那隻腐爛的枯骨手格在中間，長槍硬生生被擋住了。

鬼王看著他手邊的長槍，然後爛得只剩骨頭的牙跟嘴突然笑了，「…………」

我很肯定他說了些什麼，因爲學長臉色一變，可是我完全聽不懂那個爛鬼骨頭的話，他的聲音很低，可是又好像在尖叫，我整個耳朵都嗡嗡地痛。

那一排濁黃的眼睛突然轉過來，他的視線全部跟我對上。

接下來的話，我聽得最清楚不過。

「讓吾復活的妖師……在哪裡！」

我突然想起來，很久很久之前……其實也不是那麼久，追著我的鬼也說過很類似的一句話。

妖師。

那是什麼？

「千冬歲！」學長發出吼聲，然後他雙掌合起，打開時，手中突然出現了金色的粉像是大網子一樣朝鬼王罩去，可能沒預料到有這一手的鬼王整個摔回水裡，冰塊與水花猛地大肆濺起，潑散在一旁的岸上。

我記得剛剛A部的不是才說這是只有妖精貴族才能用的粉嗎？

千冬歲整個人一顫，然後取出他的移動符貼在地上。

就在陣型要畫出同時，我看見有個東西穿過千冬歲的手臂，然後是鮮紅色的血噴在我的臉上，熱燙的，一點一點從我的臉頰滑下。

「誰都……別想走……」重新爬起的鬼王用他詭異的聲音說著，整個地下天然洞窟都迴盪他的聲音，轟轟的聲響不止，我的耳膜好像要被那個聲音震破，痛得連腦袋都快要崩裂了。

千冬歲按著他的右手，全部都是血，而他手上的移動符已經整個都碎了。

有個藍色的東西擦過我的臉。

「止血。」很熟悉的聲音，我看見有個藍色的影子倏然冒出來擋在我們中間，然後拉著千冬歲的手一按，血立刻被止住了。「你們馬上回學校，這裡的事情我們會處理。」與平常不同，穿著藍色大衣的輔長不再像平常一樣不正經地亂笑，他塞了另外一張符給千冬歲。

四周突然出現好幾個穿著深藍色大衣的人。

我想，這應該是學長說的埋伏在裡面的醫療班，因爲他們的顏色不是學長他們袍級的顏色，然後裡面又混了好幾個穿著黑色大衣跟紫色大衣的人，衣服款式都有點不太一樣，但是基本樣子都相似。學長往後退了一段距離，我看見有個穿紫色大衣的人拍了他的肩膀，那個人臉上戴著白色的面具，面具額心有個紅色的圖騰。

「哥！」我聽見千冬歲訝異的喊聲。

「別耽擱時間了，你們會變成負擔，快走！」輔長用力一掐千冬歲的肩膀，然後退出了移動符的法陣。

我看見四周立刻被白色的光圈住。

下一秒，我就失去意識。

※

那究竟是什麼？

我不清楚，也不曉得。

紛鬧的聲音逐漸停止，接下來是一片沉默寧靜。

隱隱約約，我知道我睡了很久。因爲我一直感覺到有人走來走去，四周有點聲音，他們不停地說話，可是卻沒有讓我聽進去任何一點內容。

我聽不懂他們所用的語言，我不曉得他們所要表達的意思，我不知道他們要做些什麼。

然後，安靜下來。

再度醒來的時候，我躺在一個房間裡面，約略感覺到這地方跟我的房間感覺有點像，可是並不是我的房間。

我聽見有人說話的聲音，就在我旁邊。「『那位』已經傳話給你了，對於在鬼王塚的事情他也很在意。」一個沒有聽過的聲音，壓得很低，不過我居然聽懂他在說什麼。「幸好鬼王剛復活並沒有什麼力量，要不然不是我們幾人可以鎮壓下來。」

「我知道，嗯……他醒了。」

談話猛然中斷。

我睜開痠澀的眼睛，房間裡面沒有燈光，有一種說不出來的自然光，銀銀的發亮。

房間裡面有三個人，一個是學長、然後賽塔，最後一個是我不認識的人，他穿著紫色的大衣然後戴著白色的面具，面具額心有一個紅色像是要燒起來的異國圖騰，於是我想起來好像有看過這張面具一眼，在鬼王塚的時候。

所有人都轉過頭來看我。

「年輕的學生，還有沒有哪邊不舒服？」賽塔在床邊坐下來，然後伸手把我扶起來半坐在床上、靠著枕頭，動作非常地輕柔。「鬼王復活的惡氣可能會波及到任何人，若有察覺異樣的話，請務必要說出。」

點點頭，我這才把整個房間都看清楚。

房間裡什麼都沒有，只有一張床、一張桌子跟幾張椅子、一個嵌在牆上的木製衣櫃，最後是被風吹得一直翻動的落地窗簾與外面空空的陽台。

好貧瘠的房間。

「真是對不起我的房間很貧瘠。」從窗邊踱步過來的學長瞇著紅色的眼睛，冷冷地笑，「不好意思委屈你了。」

學長的房間？

我整個人的精神一秒回歸，馬上清醒無比。「不是不是，你的房間好大喔。」跟我堆滿雜物的房間就是不一樣。「對了，我怎麼會在這裡？」我記得最後好像是在移動符裡面，可是後來不曉得爲什麼突然暈眩過去，算算應該是傳到學校。

「你們要走的時候鬼王突然散出大量毒氣，你嗅到了一點，暈了好幾小時，不過提爾已經來過幫你去毒了。」學長勾了一張椅子逕自坐下，「放心，醫療班已經處理過了，所以不會有什麼後遺症。」

他又把我的心聲都聽完了。

我注意到陽台外面天色整個都是黑的，應該是晚上了。

「看來他也好得差不多了，那我就先回去把這次事情的報告整理起來。」掛著面具的那個人走過來靠在學長旁邊說了這些話之後就回頭往窗台走，下一秒紫色的人影就消失在外面。

原來還有跳窗這種出入方式？我每天都要衝上衝下鬼屋，居然還有這種捷徑我沒想到！

「因爲他是紫袍才可以這樣走，你如果從陽台跳出去，估計不到半路就會被房子外圍的……給攔腰折斷。」

那個「……」是什麼？有時候我覺得學長沉默不說的東西比他說出來的還恐怖。

「您先將這個喝下去吧。」坐在床邊的賽塔拿出了一個馬克杯，裡面裝了銀銀的不明物體，有種淡淡的清香，嗅起來讓人很舒服。「這是精靈們特製的飲料，對精神以及身體恢復方面很有益處。」

我接過杯子然後小心翼翼分了幾口喝完。說眞的，好像是牛奶的味道，可是喝起來有很濃、類似楓糖那種香氣，不是很甜膩反而很清爽，喝下去之後喉嚨都是那種香香的味道，整個人都舒服很多。「好好喝……」

「那就好。」賽塔彎出了溫柔的笑容，讓人也跟著放鬆了下來。「我帶了很多過來，如果您還想喝的話再慢慢使用吧。」我隨著他的視線看過去，不知道什麼時候，房間裡面唯一的一張桌子上面出現了一個銀色、很像水壺的容器，閃閃發亮的，壺瓶上面還有優美的雕刻紋路，一看就知道是高級貨。

然後我看見發著微弱光芒的精靈站起身，然後走到學長前面，兩人好像在交談些什麼，他們說的話我聽不懂，很微弱的聲音聽起來有點像在唱歌，可是又是在說話。

大約結束對話之後，賽塔朝我這邊微微點個頭，就離開房間了。

他或許跟剛剛那個紫色的人一樣是來確認我的狀況？

可是我不明白，爲什麼？

學長把椅子拉過來蹺腳坐在床邊。

他一句話也不說，所以我被紅眼睛瞪著一直看，看到我自己都覺得發毛。這個……用不著這樣大眼瞪小眼吧？

我會怕怕。

時間又過了一會兒，「呃……千冬歲跟喵喵呢？」學長似乎完全沒有開口的打算，所以我覺得應該我先打破沉默會好一點，不然繼續被這樣看下去，他不無聊死我也會因爲害怕先腦神經衰弱而死。

「千冬歲被耶呂鬼王打傷，現在在醫療班裡面接受治療，喵喵是醫療班的一員所以正在那邊待命，畢竟對付鬼王一場下來，不管是黑袍還是紫袍都有人受創，需要醫療班支援。」學長一口氣把所有話都說完了。

「喔，這樣啊。」尷尬了，我想不到什麼話題可以接下去。

其實我有點想問爲什麼鬼王會突然復活之類的，可是我又覺得我不應該問。那我要發問說你吃過晚餐了沒嗎？

不經意地，我瞄到學長沒有穿黑色的大衣，不過他露出短袖的左手腕包著白色的繃帶，看起來好像也是受傷。注意到我的視線，學長把左手舉起來讓我看得更清楚。「手上的筋全都斷了，骨頭也是，不過大約明天會好，被鬼王直接打到的傷都有黑毒，所以在恢復上比較緩慢一些。」

聽起來很痛的樣子。

「看來以往的精靈們會在那邊下封印也是必要的事，鬼族這種東西向來很難死透，我們將他擊倒之後又重新做了封印，現在鬼王塚已經被列入禁止進入的五級區域。」

「五級？」

「從一到十級，數字越少的越危險。」

「喔。」還眞是簡單易懂的分別。

房間超級安靜。

基於之前的疑惑，我四處瞄了一下，可是學長的房間裡面也沒有看見那種詭異的人偶，難不成整間宿舍裡面只有我的浴室裡面有嗎？

不會吧！你們是故意針對我來的不成？

「對了，剛剛穿紫色的那個人是誰？」我看他的樣子好像跟學長頗熟，可是之前好像都沒有這一號人物。

「是我的搭檔。」學長還眞是會挑問題回答，應該說，他想回的才回，不想回的就隨便我去想破腦。「紫袍的藥師寺，現在也是高中部二年級的學生。」

藥師寺？

好耳熟的姓。啊、對了，有在日本的動漫畫裡面瞄過。「他是千冬歲的哥哥？」我一直以爲千冬歲應該是獨生子，因爲他聊天都沒說過他家有兄弟的事情，只說過他家的長輩什麼，我反而覺得萊恩還比較像他的兄弟，「欸……好像又不是，姓不一樣嘛……」千冬歲是姓雪野。

可是話題繞回來，爲什麼我聽見他疑似叫了哥這個字？還是其實他那時候是喊別的字，然後空間扭曲之後發音也扭曲所以我才聽錯？

搞不好那時候他只是純粹打嗝也說不定！

「藥師寺夏碎，他是千冬歲的哥哥沒錯，剩下的事情你可以自己去問千冬歲。」學長很顯然不太想說明別人的家務事。

「喔。」我摸摸鼻子，很有自知之明地沒繼續問。

問了一大圈之後，我也只剩下最後一個問題。爲什麼鬼王會突然活跳跳地蹦出來？

學長又看了我一眼。

我覺得他現在的表情應該是表示他寧願解釋千冬歲家裡的事情給我聽，也不太想解釋鬼王突然殭屍復活的樣子。

很尷尬。

「啊、對了，前幾天五色……不是，那個西瑞抓了一隻黑色的蟲給我，我想應該也是什麼收集情報的小黑蟲。」繼續轉移話題，太尷尬了我會覺得不對勁。

「踩死，不然就把它洗乾淨。」學長簡單明瞭地給了我幾個字。

「啊？」踩死我還聽得懂，洗乾淨是什麼意思？

把蟲抓來洗？順便還要幫它上潤絲精是嗎？

別搞笑了！

「你爬得起來嗎？」學長豁然站起身，「去拿過來我洗給你看。」

很好，現在寧願洗蟲也不想解釋爲什麼鬼王會復活了是嗎？

你這個逃避現實的不良範例！

不過我還是乖乖聽話爬下床，準備跑回房間拿蟲。

畢竟，惡勢力還是比好奇心可怕。

※

我從房間拿來那個裝蟲的玻璃瓶回到學長房間時，學長已經坐在客廳的椅子上，拿著一本很像筆記本的東西在寫，一看見我來就把筆記本闔起來，也不知道是在寫什麼見不得人的東西。

將玻璃瓶遞過去，我看著精力還很旺盛的蟲在裡面不停爬來爬去，一點也沒有停下來的打算，而且不知道是不是我的錯覺，它看起來好像更黑了，還黑到有點發亮。

「這個也是使役。」接過玻璃瓶子學長搖晃了兩下，蟲子也跟著搖來撞去兩下。「一般用來收集情報的蟲，先前在我們學院裡面也有很多人會使用這個東西，不過因爲太醜了，現在已經不流行了。」

我看著黑蟲，無言。

這就是傳說中不討喜也不叫好的悲傷產物嗎？

「情報收集越多的使役會越黑，要讓它吐情報的方式就是這樣。」學長打開玻璃瓶塞，快狠準地一把就將裡面的蟲給揪出來，然後掐著按在筆記本撕下的一張白紙上。

我跟著瞪大眼睛。

被壓在紙上的蟲抽動了兩下，然後有黑黑的東西開始從它肚子流出來。應該不是學長掐太大力腸子噴出來了吧……就在我覺得那隻蟲眞可憐的時候，噴出來黑黑的東西突然開始移動了，接著我看見黑黑的東西在紙上擴散，變成一個個我看不懂的文字，排列得非常整齊，幾乎可以和打字機相比。

學長把蟲抓起來，剛好滿滿一張紙全都是字。可是不知道是不是我看錯，那隻蟲好像褪色了，沒有剛剛那麼黑，不過還是繼續在掙扎，「這個就是情報使役，它收集的東西還眞不少。」學長嘖嘖了兩聲，然後抓著那隻蟲往廁所走，「不過大部分都是廢資料，浪費紙。」

說眞的，我看不懂字，我也不知道是什麼個浪費法，所以只好就跟著學長往廁所走一邊幫那隻倒楣的蟲祈禱。

然後，我傻眼。

傳說中的洗蟲——眞的就是洗蟲！學長把蟲丟到放滿水的洗手台，然後擠了清潔劑下去開始搓。

眞的是貨眞價實的洗蟲啊……蟲啊蟲……你到底是招誰惹誰啊……

「蟲型的使役會把收集來的資料存在肚子裡面然後轉換成墨水，像這樣不想要的時候搓一搓，把墨水洗掉就可以了。」學長扭開水把水裡的東西洗乾淨，然後提出來給我看。

……黑蟲變成白色的蟲……

靠！這什麼噁心的爛東西！

「這種舊型的蟲使役就是很爛，現在大概丟在路上也不會有人想要，而且還有礙觀瞻，不如踩死了還比較方便。」學長把變白色的蟲丟回去玻璃瓶還給我，「洗乾淨之後，你把它放在房間三天它就會倒戈變成你的了，連做陣法召喚成型都不用。」

還倒戈勒……我大概知道爲什麼不會有人想要了，因爲耗費大，不是被踩死就是被捕去用，自己浪費錢、浪費術法。等等，那麼爲什麼我們還會抓到？

「不過也可以由此得知放蟲來收集資料的大概是哪所爛學校了，鄉下學校才會用這種鄉下東西。」學長勾起詭異的冷笑，然後拿了毛巾擦手，他的綁帶濕了一大半，不過一下子就乾了。

說眞的，我以前也以爲這所是鄉下超便宜學校。

紅眼瞪了我一下，轉開。

「那現在流行的使役是什麼？」我看著玻璃瓶裡面的白蟲，剛剛黑黑的看起來還好，還可以催眠自己是蟑螂，怎麼洗白之後變得有點噁心……你有看過白色的蟑螂嗎！

「現在流行自己做。」學長很乾脆地這樣告訴我。

喔……DIY我知道，現在大家都很流行這樣，只是沒想到這邊也是這樣。

是說我現在有點好奇，自己做的話，不曉得學長的使役是怎樣的東西喔？我從來沒有看過他用其他靈異的東西，除非手機算。

「我很少用使役！」一個冷哼傳來，我馬上不敢繼續亂想下去。

是說，我對使役有點好奇，等我能力夠了，不曉得有沒有辦法也找到或做出漂亮的使役？

只要不是蟑螂這類玩意我就很滿足了，眞的。

走出客廳之後，我注意到外面的天色還是黑的，沒有變亮的跡象，現在不知道幾點了。

「清晨兩點多。」學長馬上替我解答，「你如果還想睡，看你要回去睡還是這裡睡都隨便你。」看來他應該是沒有就寢的打算。

其實我頗想睡這邊的，因爲今天又是鬼王又是什麼的，現在想一想還有點怕。

尤其是黑金色半爛眼睛下面那一排濁黃色的眼珠子，讓我想起上次的公園廁所鬼，整個人都起雞皮疙瘩。

那個鬼王……讓人很不舒服。

「沒有人會對鬼王感到舒服。」

學長就坐在客廳的窗台邊，外面整片都是黑色的，連一點亮光也沒有，我突然覺得這好像是我進入黑館以來第一次半夜清醒。

因爲之前老是聽見有怪聲音在牆壁裡面、天花板上面走來走去，所以都早早抱著棉被悶頭大睡假裝什麼都不知道。有時候，睡著比清醒好很多，這是我在黑館這段時間所體驗到的不變眞理。

「鬼是扭曲的事物，惡鬼王更是其中之最，身上充滿了扭曲的邪惡與毒氣，一般人連靠近都無法靠近。」他就這樣看著陽台外面，很像自言自語，不過也是說給我聽。「就拿人來說好了，人死之後便會化成魂、脫成靈，但是有所願望執念就會將之轉變成鬼，就是連一點點都會。」

「然後就變成鬼王那種？」我不是很懂，人死掉之後應該都是一樣的東西，可是感覺學長說的又比較正確，因爲一般民間說法的確有靈魂跟鬼怪分開來使用之說，不過好像沒有很明顯。

「那個是集眾所之最，就像我之前跟你說過的，每個區域的鬼都會有這樣一個領頭。」學長把視線轉回來看我，「有時候鬼不是自願成爲鬼，活著的生命或者外力也會讓靈變成鬼，說白一點……就像你跟你祖先天天拜天天要求發什麼大財之類的而不願自己努力，更糟糕的是，你的祖先先靈竟然回應你了，而讓你賺大錢時，他也已經化成鬼。」

呃……這個說法有點抽象，不過或許我可以稍微明白那個意思。

「離去的靈魂應該安歇，不應該再回到這個地方來。」很淡很淡地說著，學長的表情整個平板看不出情緒。「耶呂鬼王本來是神眾之一，他是保佑一方的地方小神祇，原本只要聽命守護自己的小小土地便可，但是後來因爲他貪圖了更多的供品、更多的葷樂、更多的信徒，一種黑色的手遮住他的視線，他看不見原本應該做的事情。他扭轉了很多人的命運，到最後扭曲自己。接著，他再也不能滿足小小的土地，於是他走出了供奉的神廟，拿起了祭祀的刀，成了惡鬼之王，接下來的事情就如同我說過的一樣。」

其實我覺得學長現在說的比較像各地民族傳說，因爲類似這種神造反的故事好像到處都有，不限於哪邊。

「耶呂鬼王爲什麼復活？因爲他是回應，精靈結界被淡退之後，他認爲他應該回應，然後就復活，只是現在已經不是他曾有的世界。」

我不懂，回應？惡鬼王究竟在回應什麼？他在回應誰？

學長沉默了，牆壁上的銀色光都映在他身上，有一瞬間我覺得學長的銀色頭髮跟身體好像也會閃閃發光，就像賽塔一樣。

一個精靈。

然後我又想起來，我好像沒聽過學長說他自己是人類。或許他眞的也是什麼其他不一樣的種族吧？

等我再仔細看的時候，學長身上已經不會亮亮的發光了。

這個晚上很安靜，大多時候的晚上都很安靜。

「螢之森的辛亞，精靈武士。」

突然的一句話，我立刻抬頭看向學長，這個名字就是我鬼打牆時候看見的那個東西……應該是靈魂還什麼的那個精靈的名字。

對於這個名字我一直覺得很耳熟，似乎不是第一次聽見。

在哪邊？我有聽過類似這樣的名字嗎？

「書上記載螢之森非常漂亮，像是終年有螢火蟲一樣，森林裡永遠都是一點一點的亮光不會熄滅。如果你走入那面亮光中，你會發現那些光不是蟲也不是靈，就只是在那邊發著亮、讓人驚奇。當中的辛亞是保護森林的第一武士，如果你對他有興趣的話，可以到圖書館找資料，有些歷史上都有記載他的名字跟事蹟。」學長看了我一眼，然後跳下窗台，「你也可以去問賽塔，他們兩個認識，不過不是什麼好朋友，大概曾見過幾次面而已。」

「好。」說實話，我對這人也有興趣，因爲風使符的關係。

我隱約知道那個爆風不是我用的，應該是那個幽靈弄的，我也很好奇是怎樣弄的，可能書上也會有解答吧？

……等等？

賽塔認識他？

我記得那個人不是聽說是已經快千年前的人嗎？

賽塔有這麼老？

好吧，精靈的確跟一般人不一樣。我再度有了這個認知。

微微打了一個哈欠，我也有點想睡了。

看來今天晚上還是跟學長借床好了，我可不想半夜摸回去床上還要聽牆壁上詭異的敲打聲。

今天精神耗弱過度，我不想眞的變成神經衰弱的患者。接著我想起來一件事情——

如果下週的墓陵課還是這麼勁爆的話，我打死也不上了。

第五話　外校衝突

地點：Atlantis
時間：下午兩點五十四分

今天一整天我都沒有看見其他人。

千冬歲聽說還在休養，喵喵也沒有出現，就連晃來晃去的萊恩也不見人影。

下午只有一堂基礎得悶死人的基因課，聽都聽不懂。

鬼王塚那天之後，學校的氣氛有點怪怪的，大家像是在討論什麼也像是在隱藏什麼，總之，比往常安靜了許多，連上課也同樣。我覺得在校區有點無聊，空氣讓人感覺到莫名的窒息，應該早早滾回宿舍去上網打網路遊戲才對，最起碼線上還可以找到幸運同學聊天，繼續待下去我會因爲太過發悶而抓狂。

「漾～」有個地獄般的呼喚聲從我後面飄來。

跑？不跑？

就在我思考中，一切都已經來不及了。

「不要一見到本大爺就想開溜嘛。」五色雞頭從我後面搭上來，那隻手抓在我肩膀上，讓我完全沒有辦法開溜。

早說過你既然知道人家想開溜就不要每次叫住我啊！你讓我溜你會怎麼樣！

「我今天沒有要去圖書館。」第一秒我撂下狠話，「所以，有空再見。」最好不要見。

我很想講完馬上轉身蹺頭，不過顯然五色雞頭的目標就是我，因為他把我揪得很緊，完全沒有辦法掙脫。「那好，看起來你也沒有事情，我們一起去左商店街吧，大爺剛好缺水晶要買。」

「左商店街？」五色雞頭居然會去如此正常的地方！

「你要去右商店街也可以，不過本大爺前幾天買的水晶在課堂上爆炸，所以今天要去找正常一點的東西，不然遲早會被當掉。」他說得好像很哀怨，可是不知道為什麼我在他臉上看見的居然是得意的笑。

你家水晶在課堂爆掉你很爽就是了？

「早晚本大爺會去跟賣給我瑕疵貨的人討回這筆帳。」他發出既年輕又可怕的宣言。

既然你知道有瑕疵貨你幹嘛不去正當的店買啊？

「我聽說昨天鬼王的事情了。」五色雞頭搭著我往校外走，一邊走一邊說：「嘖嘖，這麼有趣的事情居然沒通知本大爺一聲，一定馬上蹺課去找你們。」他用很惋惜的語氣說，這讓我有點害怕。

我覺得以後就算有類似的事情還是別告訴他好了，因為我覺得他來的話絕對會越弄越糟，最後可能不只鬼王復活，應該還會附帶出現異次元鬼王大巢穴之類的東西，接著就一發不可收拾，這篇很快就會END完結了。

「兩位。」有個細細的聲音把我們叫住。

一回過頭，是熟悉的面孔，不過也好一陣子沒見到了。「你們要去那邊的商店街嗎？」半路碰上的庚學姊微笑地走過來，感覺上好像也是要出門的樣子，「正好我也要出去一下呢，方便一起走嗎？」

「不方……」

「當然方便！」一把捂住五色雞頭的嘴，我馬上笑笑地回答庚。與庚一起走總好過跟五色雞頭一起買東西，有個名為教訓的東西我還謹記在心。

「那就打擾了。」庚無視於五色雞頭想要抗議的掙扎，然後衝著他一逕地笑，於是五色雞頭也只好放棄抗議了。

其實我有點慶幸，還好今天要去的是左商店街，如果五色雞頭堅持要去右商店街的話，我可能會想盡辦法把他砸昏然後自己回宿舍。

不過當然只是想想，我大概還沒砸到他就已經先被他做掉了。

「喵喵還在醫療班，可能要明後天才會回班上，這兩天就麻煩漾漾你跟老師請個假囉。」庚就跟我並行著走，柔柔的聲音像是風吹一樣。

「喔、好。」其實不用我說，今天上課我就覺得老師他們好像都已經收到這個消息了，喵喵和千冬歲他們沒到居然也沒問什麼，點過名之後就直接上課了。

「庚學姊今天有看見學長嗎？」只是隨口問問，因為我今天一大早起床的時候學長就已經出去了，我想大概又是工作的事情，可是他的左手都斷了，要怎麼工作？實在是想不通耶。

庚點點頭，「有碰到，我去探喵喵班的時候在醫療班那兒有見到，好像是在拆藥的樣子。醫療班的技術眞的很高超，看起來已經恢復得連一點痕跡都沒有。」她說，不過卻輕輕地皺了眉，「其實若是在校內受傷的話可以立刻復元的，學院有與時間、歷史等各種構成種族簽訂空間大合約保護學生；當時鬼王塚中雖然也有分出類似的結界保護實習學生，但是鬼王甦醒後一度打壞了這層結界，所以當場受到衝擊的傷好得很慢，不幸中的大幸是沒人死亡。」

對了，我記得學長有說過，在學校就算死了也可以復活，可是在外面就不可能。難怪昨天他們會那麼著急把我們趕回學校，學長也是因為這樣才會說他的手傷好得比較慢些哪。

「另外，千冬歲託我帶話給你。」庚靠在我耳朵旁邊說，很小聲，似乎不是可以讓五色雞頭聽見的事情。「就算現在我受傷了，也別跟不良少年走太近。」

……

很遺憾，不良少年現在就走在我旁邊。

❀

左商店街依舊很熱鬧，兔播報員還是坐在老位置報著今天特價的商店。

不過不知道爲什麼，人好像變多了。先前來的時候人原本就很多了，走路都要很小心才不會撞到人，現在則是已經變成走路一定會撞到人，差別只在於撞到肩跟撞到整個人。

沒走多遠，我就體驗到什麼叫作連環撞到底了。

「對喔，選拔賽時間快到了，現在混進來很多外地人。」搭著我的肩膀，五色雞頭四處看了一下。

於是我才想起來我入學已經將滿一個月了，依照喵喵他們提供的時間，再一個多星期之後就會開始大競技賽的初賽選拔。

快一個月……時光眞是飛逝啊……我的年輕歲月就在尖叫聲中消失了。

眞是令人難忘的青春歲月，我想這輩子我都很難將它遺忘——忘得掉才有鬼！

「找到了，這間。」五色雞頭指著一間看起來黑黑的小店，跟喵喵他們上次帶我去看的水晶店不一樣。

「欸？這間？」

感覺上很像某種黑店。

五色雞頭點點頭，「本大爺要買詛咒用的凶水晶當然要在這間買。」

這個還有分嗎？還有詛咒用的是怎樣！你到底都選修些什麼鬼課程？

「這裡面也有賣一些符紙，漾漾可以看看，空白的符紙可以自己畫出需要的咒陣，你可以學著自己畫看看。」庚倒是對這間店沒有太大的意見，只是微笑地這樣告訴我：「一般初級者的空符紙都頗便宜，你可以一次買多一些，就是畫壞了也不用心疼。每種符紙的屬性都不太相同，用法以及有效性也都有差別，等你熟練之後就可以考慮改用中高階的符紙了。」

符紙有分？我還以為就是學長他們用的那種，只是顏色不一樣而已。

「我還不懂用符。」因為我還沒學過實際製作，唯一的印象只有上次千冬歲幫我找來的學長移動符陣型，而且難畫得要命，三十張處罰作業差點讓我畫到哭出來。

「放心。」五色雞頭又過來搭住我的肩，「哪邊不懂的大哥哥可以教你。」

我不用你教！你只會畫出詭異的東西！

還有……「你跟我是同年吧！」

「啊哈哈，別在意這種小事情嘛，不然就永遠長不成男人。」五色雞頭用力拍拍我的肩，然後打開了黑商店的玻璃門，裡面立刻傳來一種詭異的味道。

一個甜甜的味道，可是感覺又苦苦的捲在喉嚨裡面不太舒服。

「這是銀秋的味道。」庚從我旁邊走過去，先進去店裡了，「對人體無害，是用來驅逐不同的使役，現在這個時間很敏感，很多商家都會用。」

簡單來說就是天然驅蟲劑就是了。

我跟著也走進去，五色雞頭才從後面跟上來。一進去，整間屋子裡面黑黑暗暗的，不過因為架子上有陳列水晶，而頂上有一盞小燈所以還不至於看不到路。

「歡迎光臨……」來了！電影中必備的黑店老巫婆、不是，就是那種詭異的老人聲音從櫃台處……如果那也算櫃台的話，就是一個大大的大理石台子後面發出來。

「哈囉老張！」五色雞頭馬上朝櫃台走去，「我又來買東西了。」

等等，他叫啥？老張！

這麼平民又簡單易懂的稱呼是怎樣？

櫃台後有個人探出頭，詭異的是他並不是一個老人，而是一個……長得還滿可愛的小孩子，大概十一、二歲那種年紀，「又是你！」小孩嘴巴裡發出老人聲，聽起來非常不協調而且還滿詭異的。

「我來買上課用的水晶，詛咒課，你找一個好用的給我吧。」一點都不知道什麼叫作客氣的五色雞頭一屁股坐在大理石上面，對小孩指使。

小孩立刻鑽回大理石桌子下面，再上來時，手上已經多了一個盒子，盒子上印著奇異的圖騰，看起來好像是某種猛獸。「這是新貨。」他打開盒子，裡面有一顆暗綠色的水晶，不過很奇怪，感覺與學長他們買的那種不太一樣，綠得有點詭異，好像會發出黑光。

「那就這個。」五色雞頭拿出一張卡片給小孩。

卡片我認得，是這個世界的儲款卡片，當初學長幫我辦好的時候也有一張，聽說是各地通用、一卡在手走遍全球那種。

原來還可以當作刷卡用？

「漾漾，這個就是空符紙。」沒有參與對話，在一旁架上找了好一會兒的學姊拿下一盒東西。我仔細一看，是個白色的盒子，大概比一般面紙盒小了一半。封著的，上面的封條蓋著圓形圖印。

「那個一盒兩卡爾幣，杜林西岸邊出產。裡面有一百張，初級者用，是妖精族做出來的次等品。」小孩一看見我們在看這盒東西，立刻發出聲音告訴我們，「拿來練習學校的符咒是最佳的紙品，爲了方便學生寫壞揉掉心情不佳拿不出來，本店已經把它改成抽取式，一抽即可，很方便。」

抽取式勒！啥鬼！

不過我可以體會寫壞了揉掉要重寫拿紙拿不出來的心情，因爲上次我被罰畫移動陣就是這種感覺，起碼撕掉幾十張的白紙。

「那我買這個好了。」既然庚大力推薦我也不好意思丟回去放，於是我拿著盒子到大理石桌子前面學五色雞頭剛剛一樣把卡片交給小孩。

大理石桌上有個三角形的東西，上面有個溝槽，小孩拿著卡片往溝槽一刷，然後就還給我。

原來那個是刷卡機？

「客人是新學生吧？小店對新生都有打八折的服務，以後請再多多光臨。」小孩這樣說，然後從口袋拿出一個有包裝紙的小球給我，「這是甘梅球，請你吃。」

「喂！等等！」五色雞頭一腳踏上大理石桌，「大爺我來這邊買東西買到死你也沒打折過！不要一看到年輕的就馬上打折！」

重申一次，其實我跟五色雞頭同年。

小孩用手遮著嘴，眼睛彎彎的，「我喜歡可愛的小孩不喜歡太老的。」

再重申，我跟五色雞頭眞的是同年。

「靠！本大爺也很可愛好不好。」

「嘔——」小孩的反應很直接，非常非常地直接。

「不好意思，我要買這個。」打斷兩人沒營養對話的是庚，她拿著一個包裝的綠色盒子放在桌上，將卡片遞給小孩。

小孩接過卡片，眼睛彎彎的好像在笑。「客人是個美女，小店對美女都有八折服務，以後請再多多光臨。」

「我宰了你這個老色鬼！」

五色雞頭發出爆吼。

「別跟老頭兒一般見識。」小孩立刻這樣對他說，「小夥子啊，要懂得敬老尊賢。」他將卡片還給庚之後就坐在桌子上，拿出菸斗塞了菸草進去開始哈菸，四周浮現一圈一圈的煙霧，有種甜甜的香氣。

「老了就該進棺材去。」五色雞頭開始磨他的獸爪。

「小鬼就該回娘胎去。」對應如流的小孩繼續哈出一口圓圓的煙霧。

……我怎麼覺得他們現在說的話應該對調過來才對？

「別管他們。」庚挽著我的手往店外走，「老張跟西瑞很熟了，不用擔心他們打起來。」她拉著我走出店外，空氣突然變得非常新鮮。

「那個小孩……老張幾歲了？」我對小孩的老聲感到很疑惑。

庚伸出手指算了一下，「如果沒有記錯好像有四、五百歲了，還挺年輕的，聽說他好像是從中國漂來的烏龜精。」

烏龜精？啥鬼？

「老張在這裡已經很久了，店號上也有寫。」

庚抬手指指招牌，我跟著看上去，剛剛還沒有注意到，現在才看到的黑色招牌上寫了幾個大字——「百年老店」。

……

搞笑啊！

※

我們大約在店外只等了幾分鐘，五色雞頭就出來了。

「死老頭！」他出來之後把門踹上，玻璃門發出很大的聲音。我想他一定到最後都沒有殺到價。

「買完東西要回去了嗎？」我看著還想吐口水在門口的五色雞頭問道。既然符紙也買了，他的什麼詛咒水晶也有了，我可不想繼續泡下去。今天人眞的太多了，感覺很擁擠，讓人有點透不過氣。

「等……」五色雞頭的話還沒說完，我們便先聽見一個匡啷的響聲。

對街有個女神像飛出來，完美的拋物線出現在所有人面前，然後掉在地上整個砸碎。

原本在商店街走來走去的人全部都停下來，盯著那個店家看。

那是一間賣陶瓷的店家，擺了很多很漂亮、我沒有看過的陶瓷藝術品。砸東西的是個青年，看上去年紀好像也沒多大，大概和庚學姊差不多年齡的樣子，然後旁邊有一個應該和他是同行的，兩個人正在對著櫃台裡面的老闆吼叫。

「這不是我們學校的學生。」庚瞇起眼睛。

太神了，這樣看就能知道是哪裡的學生嗎？

我注意到那兩個人的臉色很凶，比五色雞頭還像不良少年，打個比方，就像那種連投幣都不投就直接踹自動販賣機讓飲料滾出來的混混；他們穿著便服，便服上是一樣的大骷髏圖案。

現在不良少年出來還流行穿情侶裝嗎？

「外校的人竟然在我們學校專用的商店街鬧事？」五色雞頭瞇起眼，然後露出凶光，「好、很好，非常好。」

難不成只有我們學校的人可以在這邊鬧事嗎？

五色雞頭說也不說就搭著我的肩膀往那間店走，根據以往的經驗，我知道現在他想幹的事情就是走過去跟外來客嗆聲。

不過，幹嘛我也要一起去？

「放手，不要拉我去死。」我抗議了，我頭一次大膽抗議。

「你沒聽過好兄弟要有福同享有難同當嗎？」

問題是，我不是你的好兄弟！

掙扎時，那家店的喧鬧已經近在眼前。

「我說過這間店裡面沒有那種東西。」被砸店的老闆異常冷靜，是個留著白鬍子的老先生，看起來整個人就是很慈祥，好像有種看到土地公的感覺。「你們在這邊砸壞的東西將會全部扣帳到貴校中。」

「你這老頭……！」砸了神像的青年一臉陰狠，感覺很像會隨時拿蝴蝶刀出來捅人。

「你們在找什麼？」搭著我的五色雞頭直接走進去店裡面，涼涼地打斷店家與惡客的爭執。

我看見人群又圍過來了，跟上次一樣。看好戲這種東西果然不分國界啊……

「他們要找祅教的神像，左商店街不賣這種邪門貨，我跟他們說叫他們去別地方找。」老先生很鎮定、非常鎮定地說。

「買那種過時的東西幹嘛？」五色雞頭用一種很輕浮……加上連我都想扁他的表情說話，

「現在都流行直接養活的來祭咒，看來你們也沒多了不起，還有種在其他學校旁邊鬧事是吧。」

那兩個砸店的人臉色變得更凶，眼神整個都不正常了。

我很想逃開到旁邊去加入看戲一族，可是五色雞頭把我搭得很緊，根本逃不掉。

嗚嗚……他一個人死不夠要別人跟他去死……

「你是誰？」情侶裝一號開口問。

「是要來扁你們的人。」五色雞頭回答得很爽快。

就在那一秒，我突然整個人被往旁一推，差點沒摔個狗吃屎，幸好老先生馬上把我扶住。

五色雞頭跟那兩個人打起來了。

喂喂！打壞別人店怎麼辦啊！

「眞是的……現在的小孩子都不懂打架要挑地方。」老先生嘆了一口氣，我看見他從口袋裡抓出一把綠色有點亮亮的粉末，攤開手之後粉末就到處飛。

就在五色雞頭拽住其中一個人的腦袋往架子撞去時，我看見神奇的事情——本來應該直接乒乓被撞爛的架子跟藝術品發出很雄壯的咚一聲，什麼也沒有破，那個外校的人好像撞上牆直接摔在地上，捧著腦袋唉唉叫。

感覺好像很痛。

「你知道我是誰嗎？」剛剛摔神像那個人還站在原地，我看見他勾起了一種很邪的笑容，他從腳邊抽出一把刀，可是剛剛他腳邊並沒有東西。

「你腦殘啊！自己都不知道是誰還敢問本大爺！」五色雞頭的手臂扭曲，然後那個巨大的獸爪就出現在他的身側，「老子可以把你打到負負得正想起你是誰。」

五色同學，負負得正不是用在這種地方。

「我是亞里斯學院的紫袍競技賽代表。」那個人說話也有一種和A部很像的特徵，就是用鼻子說話。「大學部二年級，今天就給你這個不知天高地厚的小鬼一個教訓！」

紫袍？這個人是紫袍？可是他的同伴實力看起來並不好。

說到紫袍我就想到那個白色面具、學長的搭檔那個人，我本來想問問千冬歲這件事情，可是一直沒見到他。但話又說回來，真的遇到千冬歲之後我要從哪問起？

你有個哥哥沒告訴我們？

這樣怪尷尬的。

「紫袍有啥了不起，大爺我只是不想考而已。」思考之間，五色雞頭的聲音又傳來。

他正在繼續挑釁別人。

然後兩個人的眼神都變得很銳利，連我在旁邊都有一種詭異的感覺。

※

「小朋友，快避開！」

我突然被人由後面一拽，那個老先生拉住我就往櫃台下縮進去。

一個巨大的爆炸聲在我耳邊響起，伴隨著各種拆房子的乒乒乓乓壯烈聲音。我抬起頭時，架子好像還是被封住保護著，可是裡面已經有幾座陶瓷品被波及變成粉末了。

五色雞頭的獸爪上面出現裂傷，可是他看起來好像完全不在意，紅紅的血滴了整個地板都是，感覺好像頗痛的樣子。「你的爆符也沒啥了不起。」他舔去其中一個爪子上的血珠，然後這樣說，「先讓你一下，免得有人說紫袍都被我打假的。」

「什……」那個人反應來不及。

說眞的我也反應不上。

我只看見五色雞頭突然不見了，然後眨眼之後出現在那個人的身後，快到很像忍者。於是我想起來，聽說五色雞頭是做暗殺的。

那個人脖子出現了一條血痕，不過他動作也不慢，一下子退開離五色雞頭好幾步遠。

「你是羅耶伊亞家的人！」他說得非常肯定。

「對啊，你不是暗戀我們家族吧？這麼快就認出來。」五色雞頭還在亂挑釁，「討厭，人家會害羞，就算你暗戀我們家族也不會有打折的，抱歉。」

「去死！」青年又抽出了好幾把小刀，都是黑色的，是爆符。我突然了解剛剛爆炸是怎樣來的了，因爲他將小刀射出，不過這次也沒有爆炸了。

五色雞頭比他更快，獸爪劃過去，整排的刀子都被他接下來。「並不想去。」

我懷疑他的嘴都是跟老張練出來的。

然後他收緊獸爪，裡面的幾把小刀發出喀喳的聲音，我看見黑色的碎片從他的爪縫裡面掉出來。只是這樣幾下，連我這個外行人都可以看出來五色雞頭是壓倒性地比對方強很多。

等等……既然他這麼強……那圖書館的事情根本是他在整我嘛！渾蛋！

「西瑞！夠了，不要再打。」本來在旁邊看的庚突然一喊。

五色雞頭愣了一下，然後側身往右閃，那個外校人突然拿了把刀往他砍下來。

「是他還想打。」五色雞頭回了一句之後翻身到那人身後揮動獸爪，然後我看見那個人背後出現了三條又深又重的血痕。

五色雞頭的眼睛都紅了。

我不太會形容，可是我覺得他在抓上對方背後那秒好像殺紅了眼，整個呼吸變得又快又急。跟平常那個搞白痴的五色雞頭不太一樣，有點恐怖。

他好像真的要把那個人殺掉一樣。

背上被抓出重創的人發出哀號，接著倒在地上抽搐，不斷冒血，從我這邊還可以看見血裡面有肌肉跟血管收縮的樣子，最裡面出現了隱隱約約的骨。

五色雞頭猛然一腳踩住那個人的背然後露出笑，那種沒有感情的冷笑。

很冷，讓人打從骨子裡發寒。

我看見他舉高了獸爪，對著那個人的後頸。

「不要這樣！」我眞的很怕五色雞頭當街殺了一個不認識的外校人。

就在我回過神之後我已經撲上去抓住他的獸爪，尖銳的指爪掐進去我的手掌爆出血花。

痛啊痛啊痛啊痛啊——

他沒有看我，爪子還是舉高高的，可是他的動作停下來了。

正確說，有人讓他停下來。

有一條黑色的多結鐵鞭纏在五色雞頭獸手上，像棲息的蛇，而鞭結上還有金色的漂亮紋路。

「別鬧了。」

然後，我看見學長跟他的紫袍搭檔。

「一切到此爲止。」

我轉過頭，有種鬆了口氣的感覺。

在屋子的另一端，學長跟他的搭檔很明顯應該是臨時趕來的，我看見他們腳下還有一個大的魔法陣。跟移動陣有點像，可是又好像不是。

黑色的鐵鞭來自於那位紫袍的手上。

「褚，你可以鬆手了。」學長這樣說，我立刻把我的手拔起來，整個都痛，血糊糊的一片，手都有點開始抽筋的感覺。

在掛著白面具的紫袍把鞭子收回去之後，五色雞頭也放下手，然後肌肉糾結恢復成原來的人手，不過手上的裂傷還在一直冒血，一滴一滴的看起來有點驚人。

四周的人一看見黑袍出來之後馬上散開不敢多逗留看戲。

「那個……」庚迎了上來，像是要幫忙解釋點什麼，不過學長搖搖頭之後她就沒有繼續說下去了。

紅色的眼看著庚學姊，「我知道是外校的人先挑釁的，不過把人家打成重傷也不好交代，先把人帶回去讓提爾治療再說。」學長轉身對紫袍點了個頭，後者將躺在地上的兩個外校人拖進還沒消失的陣法當中，然後三人立刻就消失在我們眼前。

四周安靜了下來。

「好痛。」鬆懈之後，我皺著眉，感覺被獸爪刺進去的地方像起火，已經開始有點發麻。

「漾~不好意思。」愣了一下，五色雞頭晃過來搭著我的肩膀這樣說，剛剛那種很恐怖的冰冷感覺已經完全不見了。「我不知道你會突然衝進來。」他用很無辜的神情看著我。

我也不知道你會突然發飆啊！要是你提早告訴我，我一定會有多遠閃多遠的老兄！

我再次打從心底覺得我眞是一個蠢蛋，老是喜歡衝進去別人廝殺的中心。上次是千冬歲跟五色雞頭，這次更好，一個還是不認識的人……等等！爲什麼每次都是五色雞頭！

誰來告訴我爲什麼！

我是上輩子欠他嗎？

「三王泰府，不好意思在您的店裡打架。」學長也不管我們這邊兩個是不是爆血爆到快死掉，逕自就先到櫃台向老先生低頭道歉，口氣之好，讓我推測那個老先生一定也是某種來歷不凡的人。「請您計算完店中損失之後由我這邊扣除，若有什麼連帶責任的話請告知我；而待那位外校學生醒來之後，我會帶著他來跟您賠罪。」

「黑袍先生。」老先生呵呵地笑了兩聲，「您很年輕也很懂禮貌，損失一定是找您的，不過我瞧那位學生也免了，我這小店受不了第二次給砸，剩下責任我會直接找他的學院算帳，您還是先送您那兩位在校生回去吧，瞧他們傷也挺嚴重。」

「那在這邊先謝過了。」學長又彎身道謝了一次，才朝我們走來。「先回去吧。」他瞪了我一眼，我想應該是把我剛剛想的事情都聽進去了。

「喔。」我偷偷瞄了一眼五色雞頭，他的表情有點複雜，一旁的庚已經先幫他止住血了，不過那個裂傷看起來還是滿驚人的。

學長走過來，拍一下我的肩膀，「下次這種打架不要隨便衝進去，他們打死就讓他們打死，別拿自己生命開玩笑。」

我……我知道了……

然後我看見他微微彎身，張開了手掌對著地面，「移送陣。」就在那秒，地板上出現了一個巨大魔法陣，就跟剛剛他們突然冒出來時一模一樣的東西。

連符咒都不用？

好高級啊！

對了，我記得之前的確有聽學長說過他不太用符咒移動這件事情。

就在眨眼之後，我們已經出現在輔長的醫療室了，不用半秒的時間，太神了吧！

我喜歡這個陣法，逃跑起來一定更快。

啪一聲，學長往我後腦拍下去。「這東西是二等法術，等你學到會的話頭髮大概都白了。」

我知道數字越少的越高。嗯嗯，難怪學長頭毛都是白的，原來是學了一堆不是一般人可以用的東西。

冰冰涼涼的手搭在我肩上。「我這個是天生的……你如果嫌血噴不夠，我可以再幫你放點血。」

「不用了！」

我立刻逃出。

第六話　競賽對象

地點：Atlantis
時間：下午三點三十二分

整個室內空間跟我上次看見的一樣仍然很大。

不過醫療室的人比往常多，大都是我沒見過的人。

「漾漾？」原本正在跟一個穿著白袍的人說話的喵喵一見到我們突然出現在醫療室，連忙跑過來。她身上穿的是深藍色的服裝，與之前輔長他們的很類似，但是款式型有點變化，衣服上有識別的圖騰，看起來很帥氣，是隸屬醫療班的服裝。「你怎麼受傷了？」

「不小心的。」我看了一下五色雞頭，有個一樣穿藍色衣服的人把他拖走貌似要開始治療，五色雞頭還在掙扎，被一巴打在腦袋上。

「眞是，要小心一點啊。」喵喵拉著我到旁邊的空椅子坐下來，然後從架子上拿起了一個透明的藥罐子。「很痛對不對，忍耐一下，喵喵幫你治。」看著她的動作，我深深覺得其實沒死已經算是夠小心的了，照理來說我從入學開始應該已經死超過一千次以上了，可是到現在還算都好好的，難得一見的超級好狗運。

因為不是第一次來了，我大概也知道治療程序，所以趁著喵喵在消毒上藥時候我開始四處張望。滿屋子裡面有五、六個穿著藍色衣服的人走來走去，沒有看見輔長。醫療室裡幾個房間的門都是關著的，有時候醫療班的人會走進去又走出來，手上帶著藥物替換。

「那裡面住著很多上次在鬼王那邊受傷的人。」喵喵注意到我的視線，這樣說：「鬼王造成的傷不好恢復，可能還要等上幾天。」

看來鬼王好像眞的很厲害，這麼多人受傷。要是那一天沒有先被傳走，搞不好我們現在也在那些門裡面了。

我所在的室內裡面還有兩、三個白袍，沒有看見學長的搭檔，那幾個人一見學長進來之後就圍著他不知道在說些什麼。

「好了，今天晚上就可以拆掉了。」喵喵拍拍我的手，我立刻回過神來，看見手上已經被包紮得好好的。「我們不太用術法幫人治傷，術法雖然很快，但是久了之後會變成一種依賴，而且也會對藥物開始陌生，所以漾漾你忍著點，藥物的治療雖然比較慢，可是效果很好。」

晚上就可以拆叫慢？

那我住的那世界裡，那些賣藥的應該集體去自殺了。這已經叫作神速恢復了好不好！

我看著手上的繃帶，有種很神奇的感覺。

剛剛那三個白袍背對著我我還沒注意到，他們一轉身之後我才驚愕地發現，原來裡面有一對雙胞胎，而另外一個也跟他們長得有點像，應該也是兄弟之類的。他們都有一頭深藍到幾乎墨黑的短髮與淡褐色的眼睛，輪廓滿深的、算是西方人的面孔，三人的年紀好像比學長大一點，長得不太一樣的那個看起來很穩重，另外那對雙胞胎看起來年輕些，不過也沒年輕到哪裡去就是了。

「褚，這三位是水之妖精族的貴族，大哥是伊多，雙胞胎中的老二是雅多跟老三的雷多。」

學長給我介紹了那三個人，然後又用我聽不懂的語言和他們三個說了一下子話，應該是介紹我，因爲他們三個又轉過頭很禮貌地向我點了點頭。

說到妖精，我突然想到A部用鼻子說話的那個人。原來妖精也不全部都是長那樣子嘛，眼前這三個雖然不像賽塔有那種精靈飄忽感，不過看起來也滿漂亮順眼的，而且眞的有一種高高在上的優雅氣勢。

他們的耳朵有點尖尖的，上面掛了好幾個民族風的耳飾。剛剛學長介紹時我稍微注意了一下，雅多跟他哥哥比較像，感覺穩重；雷多看起來就是一臉很想玩的表情，而且他一直盯著五色雞頭的彩色頭髮，直到被五色雞頭惡狠狠地瞪回去才轉開視線。

我們學校有這樣子的人嗎？

「他們不是這個學校的人，是來接剛剛那個小鬼的。」學長這樣告訴我。

耶？他們跟剛剛的小混混是同一個學校？

氣質差好多。

「我們是亞里斯學院大學部一年級的學生。」伊多走過來，然後這樣告訴我。他的中文發音不是很標準，有很重的腔調，感覺就像在聽外國人說中文那樣子。「不好意思給各位惹麻煩

了。」他看了一下五色雞頭，然後彎下身。

「算了，反正他也栽得很慘。」五色雞頭哼了一聲，似乎對自己的成果感到很滿意。然後旁邊的庚推了他一下，他才斂起囂張的壞笑。

「如果有什麼該賠償的地方，請向我校提出申請，對於此事我們深感抱歉。」依然很有禮貌的伊多這樣說，「學院派我們來處理善後，請相信我方的誠意以及友好，若有得罪各位的地方，還請多海涵。」

就在學長好像想說些什麼的時候，醫療室裡面其中一個房間傳來大吼大叫的聲音，接著門被踹開，剛剛穿著情侶裝的兩個混混從裡面殺出來。

唉，被打成重傷，精神居然還可以那麼好，眞是不簡單。

「我討厭他們。」喵喵就在我身邊，很小聲地說。

我也很討厭他們，因爲我差點就被五色雞頭當作人串，都是他們害的。

「搞什麼！剛剛那個混帳我要殺了他！」據說是紫袍的不良少年一出來就亂吼亂叫，整個眼睛都是血絲，臉上還有血漬沒擦乾淨，看起來滿恐怖的，很像命案現場的殺人凶手。

啊，他應該是被殺者。

「來啊，看誰殺誰。」五色雞頭就很囂張地坐在椅子上，涼涼地撇撇唇，一副「我歡迎你隨時來光臨讓我幹掉你」的欠揍表情。

「去死！」就在那個人要衝上來時，兩個白影擋在五色雞頭前面，那對雙胞胎一個一臉像是被欠債八百萬、一個笑得像神經病，就這樣四隻眼睛看著那個人，讓那個人猶豫了一下不敢繼續往前衝。

「隆德，理事長已經取消你的競賽資格了。」完全沒有移動的伊多很冷靜地這樣說，他說的話有點大聲，我們全部都聽得非常清楚。「而且依照公會聯盟的規定，你在左商店街利用紫袍權力破壞商家造成損壞，接著又傷害無袍級的學生，身爲紫袍者竟然還被無袍級學生重創；就在剛才，公會已經發下了處決書到學校由我轉述，你已經喪失紫袍的資格，從今天開始剝除袍級回到無袍級身分。」

「你這白袍憑什麼……啊啊——！」還沒吼完，那個人身上突然出現一把紫色的火，像是閃電一樣劃過了室內，接著落在伊多的手掌上飄浮著。那人像虛脫般，整個摔倒在地，他的同伴也嚇壞了，連個屁都不敢放。

「根據公會規定，無袍級者若在非常狀況下打敗了有袍級者，對方的袍級可以依特殊法規轉移到無袍級者身上。」伊多的淡褐色眼睛看著五色雞頭，「您是否願意接受，西瑞．羅耶伊亞先生？」

「不要。」五色雞頭用不到半秒就回絕。

「爲什麼？」伊多顯然嚇了一跳，不只他，整個室內在聽的人都嚇到，就連學長都盯著五色雞頭看。

對啊，我也很懷疑爲什麼。跳級跳那麼快是件好事吧？搞不好很多人想要都得不到耶。

「拿了這個以後打人就變成有袍級，打起來都不帥氣，你不覺得無袍級揍倒有袍的聽起來比較威風嗎！」五色雞頭握著拳很熱血地說，「懂嗎懂嗎？你們懂這種差別嗎？那是一種發自於內心深處完全不同的感動。」

室內有那麼一瞬間安靜了三秒。

好冷。

我搓搓手臂，感覺到一股冷風吹過。

「……」伊多的整張臉都呈現空白狀態，他一定是不知道該說什麼。久久，他才像回神一樣點點頭，「我想我明白您的意思了，這樣就由我將紫袍證明處置掉。」然後他手掌一捏，紫色的火光整個就散掉了。

摔在地上的那人發出哀號聲。

其實，他也滿哀的。

「對了，既然他被取消資格的話，那亞里斯學院的競賽者不就沒了？」庚打破了室內的安靜，完全沒人理會趴在地上哀號的那個人，全都注意到她說的重點上。

「對啊，這樣不就沒有競賽者了？」喵喵看著伊多等人，問著。

「不，我們是亞里斯學院理事長委託前來，一併告訴各位，亞里斯學院的代表競賽者已經更換為我們兄弟三人，另外一組人則是按照先前一般沒有變動。」伊多勾起優雅的笑容，然後看著學長，「我們看過代表者，Atlantis學院今年由兩位黑袍各分一組出賽，我們很期待會與您對上，相信這一定會是個非常愉快的比賽經驗。」

「彼此彼此，請多多指教。」學長向他點點頭，這樣說。

雷多的注意力貞的被五色雞頭的毛給吸引，因爲別人在說正經事情的時候，他又在偷瞄那個鮮艷的彩色頭。如果下一次看見他的時候他也變成彩色頭，我想我可能不會驚訝。

發現他又在偷看的五色雞頭惡狠狠地又瞪回去。然後雷多又轉開視線假裝沒有在偷看，可是過沒有多久又開始偷偷瞄了。

那顆怪腦到底有哪裡好看？

我完全無法理解。

五色雞頭露出非常凶惡的神情，大概有隨時準備動手的跡象。

「耶，學長是兩個人，可是伊多是三個人？」無意識地，等我發現時已經把問題問出口了，所有人都在看我。

我想去撞牆。

幹嘛嘴賤！

不過其實我還有疑問，爲什麼黑袍是分開組的？全部都放在一起不就殺遍天下無敵手了嗎？

「這位……褚同學？」我明白我的中文音很難唸，因爲輔長也抱怨過，伊多沒有被打擾的不悅，反而笑咪咪地轉向我，「您應該是新人對吧。競技賽的基本組隊有規定，每個學校只能派出兩隊參加，每一隊中最多只能有一個黑袍……因爲怕實力懸殊，一支隊伍的基本人數是兩人，最多可以到五人，這樣類推；依照綜合能力不同，被編派的賽事也會各有不同，不會全然一樣。」

喔喔，我明白了！就是強的打多、弱的打少，然後打到全翹光爲止！

「而且老師不能參加，規定只有學生能參賽。」喵喵這樣補充，不過這件事我早就知道了。是說我們學校黑袍的學生好像不是很多，上次的安因我後來聽說他是學校的行政人員，還有一個髮油男也是，其他人我就沒有見過了。

學長看了我一眼，似乎沒打算解釋給我聽。

「耳聞夏碎與冰炎的殿下搭檔，是近年來難見的強勁組合，這次的大競技賽一定會很有看頭。」

冰炎的殿下？誰啊？

學長又瞥了我一眼，才把視線拉回去伊多那邊。「亞里斯學院中的水妖精的三位貴族，我也耳聞三位綜合實力可以抵過高等的紫袍與黑袍，相信在大會上也可以一放光彩。」

好恭維的話。

我偷偷打了一個哈欠，沒給別人看到。

「既然如此的話，不知道冰炎殿下是否能賞臉，在競技大賽之前先讓我們來個小小的友誼賽？」說這話的不是伊多，是目標一直放在五色雞毛上面的雷多，他看上去頗興奮的樣子，好像很期待可以打一場。

「雷多！」伊多立刻遏止。

「有啥關係，大哥你不是也很想交手看看？我們又不一定會抽到跟他們組對戰，先事前友誼賽過癮也好吧？」拉著他的雙胞胎兄弟，雷多扯了對方好幾下，「雅多也這樣覺得，對吧。」

很合作的雙生子點點頭。

「別鬧了……」

「這沒關係，就是友誼賽而已，當作訓練比試一下也好。」學長笑笑地打斷了伊多的話，一邊的雷多立刻叫好起來。

「不好意思麻煩您了。」伊多只能跟著點頭。

就在一切都底定之後，喵喵突然很有氣魄地從我旁邊唰地一聲站起來，所有人的注意力都移到她身上。

只見喵喵一臉嚴肅，非常非常地嚴肅。

「要打架通通到外面去打！」

※

「我也好想打。」

一干人等通通被掃地出門之後，跟我被類歸看戲一族的五色雞頭坐在一邊的扶杆上，很遺憾地發表自己的意見。

你剛剛是還打不夠嗎！還有，爲什麼我也被掃地出門，明明我就沒有很想看。

被掃出來之後，學長他帶著我們走到一座大圓台來，圓台非常大，台外四周都是湛藍的水圍成一圈，然後是很像圓形觀眾台的地方，還有座位，這感覺讓我想到古羅馬的圓形競技場。

「這個是學校的第三武術台，也是競技場的一種，平常都開放給校內學生使用。」學長簡單明瞭地把這個地方介紹完，我看見他拿了一張紙好像在寫什麼，然後那張紙突然字體燃燒完畢消失成空氣。「我將這地方借下來了，三位可以不用客氣。」

很明顯，兄弟三人組也不像會客氣的樣子。

等等……平常開放給校內學生用？你意思就是說平常開放給校內學生廝殺是嗎！有哪間學校平常會開放競技台給學生打到死的你告訴我啊！

「我也好想打。」看著競技台中心的那三個人，五色雞頭發出二度抗議。

「你下次再去找別人打。」我很想一腳把他從扶杆上踹下來，因爲下面是水，下去就可以看見經典的落湯雞。「對了，你知道他們剛剛說的冰炎殿下是誰嗎？」我覺得很怪，因爲剛剛室內疑似沒有別人。

五色雞頭看向我，「是學長啊。」

「欸？」

「有什麼好驚訝的，就像賽塔一樣，賽塔蘿林在他們那族自己的話裡就是光神貓眼的意思，所以學長他的名字也有冰炎之聲的意思，伊多才會叫他冰炎殿下。」他看了場內一眼，又轉回來告訴我。

「學長也是精靈族？」我訝異、我錯愕！他是突變的暴力精靈不成？

哪裡有精靈是這樣子的！

「好像不是，沒聽學長還是其他人說過。可是精靈族好像都會發光、走到哪裡都亮亮的，學長又不會。」五色雞頭偏著頭想了一下，「真的要說的話，從稱號來看他是個貴族沒錯，本大爺推測學長應該是某個種族的貴族。」

你講廢話嗎？這個我也可以推測好不好！

「與其說是精靈族，我反而覺得學長像是獸王族的一種，很有可能是獅啊虎啊豹啊狼啊那幾個猛獸族群的，因爲學長眼睛很利又很漂亮，跟一般的種族差很多，反而很像是獸王族的眼睛。」

呃、這個我就看不出來了。

然後五色雞頭沒有再繼續搭理我，他整個心思都被場上的一舉一動佔據了。

學長跟另外三個人分別站開。

於是，開打。

四周全部都安靜下來。

場上的雅多與雷多同時脫去身上的白袍丟在一邊，他們底下穿著的是襯衫和長褲，那件襯衫看起來還頗像現在很流行的視覺系那種衣服，質料很好，剪裁也很特別，綁帶或是環釦都有設計過，整體看起來就是很貴。

「與我們簽訂契約之物，請讓朋友見識你的無限。」我看見伊多慢慢地舉起雙手與肩平齊、放在他眼前，接著掌心朝上，有兩個小小的光點在他掌心畫出圓，然後兩掌上分別浮現了某種兵器的柄，不知道從哪邊捲起的風把伊多的白袍吹得翻滾、看起來好像波浪。

雅多跟雷多幾乎是同時伸出手，一左一右地將他們大哥掌心的兵器抽了出來。那是兩把西方中古世紀的長劍，如果想知道眞正樣式的人麻煩自己把魔戒這部大作品拿出來放映一下，找到精靈重鑄給人王的劍就是了，大概就是那種感覺。

等等，爲什麼劍是從伊多身上長出來？

「喔喔，那個是附身型態的幻武兵器！」五色雞頭整個眼睛都亮起來了，「很少人會用這個，眞有意思！」

完全聽不懂。

「什麼附身型態？」幻武兵器不是都是大豆型態嗎？

五色雞頭轉回來看我，「一般你們用的幻武兵器不是都是一顆寶石然後變成那個樣子嗎，那個叫作契約外用。不過幻武兵器還有另外一種，就是現在他們用的那一種——附身型態，就是簽訂的契約精靈不是在寶石裡面，而是精靈和寶石都寄生在人身上，人就是兵器。聽說附身型態的兵器都比較好，因爲是仰賴寄生體所以特別地銳利。」

簡單說就是吸附在身上吸收日月精華然後變成高等用品嗎？

不曉得爲什麼，這讓我想到某種詭異的東西，像是可以使用的吸血蟲。

「別再吵本大爺了，現在是緊張時刻！」五色雞頭把視線轉回去，沒再繼續搭理我了。

學長把黑袍脫掉，然後他的手上出現了銀色的長槍。

雅多跟雷多的動作很快、眞的很快。因爲我完全沒有看見他們移動，他們就地消失之後我聽見鏘地一聲，兩人已經拿劍由上往下砸了學長。

不過學長的動作也很快，兩劍分別砸在他的槍頭與槍尾，一點都沒漏掉。

「好快！我只看見影子！」五色雞頭發出讚歎。

……你隔壁的連影子都沒看見！

不曉得能不能申請錄影倒轉，這樣我根本不知道他們在比什麼啦！

就在我很努力想要看清場上到底在幹嘛時，競技台另外一端的影子吸引了我的注意力。

伊多完全沒有移動，他不打？

沒打中的雙胞胎立即往後退，學長一槍掃過去，削去了他們額前的幾根髮，落下的時候地面發出清脆的聲響，斷髮上面結了冰，然後摔碎。

看得出來，學長好像很懶得主動攻擊，他的槍就橫擋在胸口前面，掛著冷笑看著停在一段距離之外沒有動作的雙生兄弟。

雅多先有動作，他的劍直刺，蹬了腳後直直向前衝去。只見學長動作稍退一步，不見慌張卻很優雅地轉動了銀槍，然後蹬了腳往前。

我看見火光擦過空中，劍尖一點誤差都沒有地抵在槍尖上面，兩人一步都沒有動，只是握著自己的兵器。

四周的空氣猛然沉靜。

只是不到幾秒的停頓，雅多猛然一放手就地往後躍高，他身後出現了從頭到尾都維持一樣笑容的雷多。落下的劍在雷多的劍上一彈轉了向，落在雷多空著的另外一手。學長將銀槍橫過，硬是接下雷多一模一樣招式刺來的那一劍，同樣火花擦出在劍尖與槍身之上，然後雷多像是得逞，揮動了另外一手的劍往學長的腰際劈去。

「啊……！」我瞪大眼，學長那種姿勢根本很難躲過雷多的劍。

可學長像是一點壓力都沒有，整個人鬆開銀槍然後往後倒，趁劍揮空之後，他一個扭身又踢高了腳將長劍踹開，銀槍就落在他的手上。

「給！」雅多落下之後就站在雷多的肩上，雷多將自己劍拋高到了雙生兄弟手上，他騰出手接住被學長踢開的劍，轉到右手。

這些動作不到幾秒鐘。

我看得眼睛都發直了，根本不敢轉開視線，就怕一轉開他們就打到天邊。

雅多的臉還是繃得死緊，然後藉著他兄弟的肩膀一使力就往才剛站好的學長身上刺去。幾乎是同時的動作，雷多也蹬腳往前直刺，兩人一上一下擊去。

學長連站穩都沒有，就著那個姿勢將銀槍直接插入地面，槍身正好擋下上下的劍尖，然後他握住了銀槍用力抵著地面往上一翻，槍前的地磚整個被翻起。

雅多、雷多吃了一驚，兩人連忙退開。

地磚在脫離地面那秒整個爆碎開來，上面都凝了冰，閃閃發亮的，像是下起冰雨。

就在雷多要舉劍重新攻擊時，他突然停了下來，我也沒看見，不知道什麼時候學長已經站在雅多的身後，槍尖就抵著他的後頸，雅多連回頭都來不及。

不到一分鐘的比試到這邊分出勝負。

學長收回了槍。

「不愧是黑袍，果然很厲害。」雷多沒有被打敗的喪氣反而率先出聲，直直衝著學長大笑，感覺好像很爽快。

轉過身的雅多微微躬了身，像致敬。

伊多走過來，他伸出手收回了兩把劍，微笑著，「您的實力的確非常強悍，不愧是有黑袍之名的人。」

「好說。」學長也向他們回了個禮，「水妖精族的貴族們也讓我驚訝了，若是時間容許，眞希望能與夏碎一同再與您們三位眞正地較量一番。」

競技場被翻開的地磚不知道什麼時候自行恢復了，連一點痕跡都沒有看到。

我突然覺得，學校的地板都很恐怖。

「哼哼，那種程度我也會。」站在我旁邊的五色雞頭顯然看得不很過癮，哼哼幾聲表示持續抗議，「來吧，可以下去了。」說著，他也沒問過我的意願，非常直接抓著我的領子就往下跳。

「啊啊啊——」會死會死！我會被勒死！

要知道觀眾席比較高，跳下去那個重力加速度的瞬間讓我感覺到什麼叫作上吊自殺的一瞬間。

整個人在那一秒都窒息掉。

在泛白的視線中，我再度看見我阿嬤的慈祥笑容。

等我感覺好像碰到地面的時候，我整個眼睛都是花的，那種花眼持續了好一段時間，四周都是閃亮亮的不明物體在飛，讓我有某種想吐的衝動。

過了一會兒，當我暈完回過神之後，競技場上已經沒有那三兄弟的蹤影了。

「漾~你已經靈魂出竅歸來啦？」正在跟學長說話的五色雞頭轉過來衝著我笑。

那一秒，我想衝過去砸他的臉。歸你的死人骨頭！媽的我差點被你謀殺！

學長轉過來看我，臉上掛著一種詭異的笑容，我才驚覺他一定把我剛剛想的東西全聽進去了。「他們已經先回去回覆學院了。雅多對你很有興趣，剛剛走前說有時間希望可以找你聊大什麼的。」

找我？依照我剛剛看見的，我可不想他是舉劍來找我。

不過，爲什麼他會對我有興趣？明明我就很像路人甲啊……

「雅多說現在已經很少看見你這種新手了……明明有力量可是什麼都不知道，很有趣。」學長補充了這句話。

這算是恭維還是挖苦啊……

「然後雷多他一直想問你的頭髮是怎麼用的，不過他哥的意思是說你可以不用理他。」轉過頭，學長這樣告訴五色雞頭。

「這是商業機密。」五色雞頭咧了笑，「有空來幹架贏本大爺的話，我再告訴他。」

他很明顯是用頭毛來釣人打架。你有這麼飢渴嗎老大？

「我會轉告。」學長點點頭，這樣說。

「他們好厲害。」我看著無痕的地磚，打從心底這樣覺得。

五色雞頭盯著我看了半晌，「漾~他們根本沒有發揮實力好不好，簡直是打好玩的！」他口氣有點不滿，因爲他看戲看不夠。

「耶？」是這樣嗎？我覺得很強耶！

「伊多從頭到尾都沒有出手，他們只是當作熱身賽而已。」學長完全不否認，然後這樣說著，「就如同友誼般的交流。」

「可是學長你也沒用全力啊，而且你家的紫袍也沒有出來。」五色雞頭用一種很遺憾的語氣說話。

「大家都有所保留的話，正式比賽上才會有意思不是嗎？」彎起了淡淡的笑容，學長這樣告訴他。

「說得也是。」其實……我根本看不出來他們有沒有保留。

如果是我上去，大概不用一下子就被秒殺掉了吧。

「對了，萊恩有參賽你們知道嗎？」話題突然一轉，轉到天差地遠的地方去。

「什麼？」

※

萊恩有參賽？

那個飯糰偏執人？

我突然想像到他不會拿著便當盒上場吧？

「學校正式的其實一共有四隊，兩隊是正場的選手，不過私底下還有另外兩隊是候補的選手。」學長直接告訴我們，連關子都不賣，「另外一隊是三人一組的，所以他們的候補隊員也有三個人，我聽說今天已經找上萊恩了。」

難怪我今天一整天都沒看見萊恩的鬼影子！

「那傢伙居然可以上場！」五色雞頭發出鬼叫聲。

他一定是從腳底到腦頂都不爽，因爲沒半個人來找他。不過見識過萊恩出任務的樣子，其實我覺得他被找上應該也算是合情合理，而且他還是一個白袍。

「因爲我們今年與學校探討過後，決定候補都採用新人，讓大家都有表現機會。綜合了所有實力與隊員的補足狀況來看，擅長使用各式各樣幻武兵器的萊恩的確是一個很好的人選。因爲競技大會上，大部分的人都只單練一種到三種左右的兵器，再來就是法術，所以在這一點上萊恩佔了很大的優點。」學長像是分析給我們聽的樣子，說得頗清楚。「雖然萊恩不擅長使用術法類，不過其實幻武兵器在實戰上的效果遠比法術更好，他是替補隊員的最佳選擇。」

五色雞頭開始蹭地，浮躁起來，「那我去幹掉他證明我比他強好了。」這是他不經過大腦的結論。

「喂！夠了你。」我一把拉住五色雞頭的衣服不讓他去幹傻事。

「放手！讓我去！」

「不可能！我不會讓你去！」

「我一定要去！不然我沒有未來！」

「沒你的死人骨頭啦！不要在這裡跟我上演瓊瑤的戲碼！」我一拳從五色雞頭的腦袋揍下去，揍完之後才發現我居然眞的下手了！

有時候，失去理智的人是非常有勇氣的。

我覺得現在五色雞頭應該會想幹掉我。

按著被我一拳揍歪的頭，五色雞頭用一種非常、非常詭異的表情看我。

我倒退一步，在心中描繪出許久不見的孟克吶喊扭曲版。

「很好，非常好，你是第一個碰到我的頭的人。」然後，他咧開了詭異的笑容，我看見他正在磨著森白的牙。

「你沒被你媽洗過頭嗎！」我又退後一步，開始抵抗。

「……那好吧，第二個。」五色雞頭可能覺得我說得也有道理，一下子就改口了。

「你老爸沒摸過你的頭嗎！」我繼續退一步。

「那好吧，第三個。」他又改。

「你老哥……」

啪地一聲，學長一巴從我後腦打下去。「夠了你們兩個，給我安靜一點。」他發出不耐煩的聲音，「不要在這個地方給我說相聲！」

冤枉啊大人！我才沒跟他說相聲！

「所以我們這組綜觀實力之後，也決定在一年級中選出候補。」學長神奇地把話題硬是扭回去，「夏碎指定的人選就是你。」他看著五色雞頭。

五色雞頭呆滯了三秒，「我？」

學長點點頭。

「千冬歲他老哥指定的？」學長還是點頭。

「他不會是要趁我在比賽時直接把我暗殺掉吧！」

你想太多了同學。

「夏碎說你的實力很強，這點從你的家族就知道了，所以他指定如果我下場的話，代替我上場的候補選手就是你。」學長正色地說，完全把五色雞頭的話當作耳邊風。

可是，我覺得學長應該很難下場，因爲他不是人。

啪一聲，我的後腦又被砸了。

五色雞頭的表情現在從錯愕轉變成中頭獎那種爽歪的表情。

「那學長你的指定人是誰？」我假裝完全沒看見五色雞頭開始跳起詭異的舞蹈，然後轉頭問學長。

學長搖搖頭，「說眞的，我找不到可以跟我搭檔的人。」

意思就是說你實力太強沒人搭得上就是了？

然後，學長居然點頭！

好囂張！

「那就這樣了，我把夏碎的話轉告到了，候補選手的資格表應該會直接送到你的宿舍中，等你塡完之後拿給夏碎就可以了。」學長告訴那個還在嘿咻咻跳舞的五色雞笨蛋，「我還有其他工作，就先走了，有事情可以打手機跟我聯絡。」

啊對，我完全忘記有手機的事情了！

「那支手機就是給你用的，不用還我了。」學長揚揚手，下一秒他的腳下就出現大型的移送陣，人呼地一聲消失了。

好快，眞的是逃命用的必備陣法。

我決定我一定要學會這個高級陣。

※

學長走了之後，我決定趁著五色雞頭還在跳舞趕快逃離現場。

可是剛跨出一步，領子馬上被揪住，「漾～不要開溜嘛，再陪我去一趟醫療班。」五色雞頭結束他的舞蹈，然後搭在我的肩膀上這樣說。

我的眼皮突然跳了好幾下。

絕對沒有好事！絕對沒有！

五色雞頭就這樣拖著我走回醫療班，完全沒有過問我的意願。

其實我發現好像幾乎沒有人會問我的意願，我的意願是空氣嗎？

進到醫療室之後，裡面的人已經變很少了，只剩下一個身穿深藍色服裝的醫療班人員在藥劑櫃上不知道在弄什麼。我認出來了，他是剛剛幫五色雞頭治療的人。

朝著他一點頭，五色雞頭拖著我就筆直地往一間醫療室、推開門大大方方地走進去。

裡面的人全部都熟到不能再熟。

「漾漾？」半坐躺在床上的千冬歲非常錯愕，因為他看見我跟五色雞頭又走在一起了，而且五色雞頭還很故意地搭著我走。

喵喵坐在床邊，另外一邊是萊恩，三個人都把目光放在我們身上。

「那個……不好意思打擾了。」我很尷尬，非常地尷尬。

「漾漾，我剛剛才說到你受傷的事情耶！」喵喵從椅子上蹦起來抱住我的手，不著痕跡地把我從五色雞頭手下拉出來閃到一邊去。「還有，萊恩這次被選到大競技賽的候補選手喔！他也是剛剛才知道，馬上來告訴我們。」

呃，其實我已經知道了，剛剛學長說的。

「喔，那眞是恭喜啊！」五色雞頭痞痞笑著，然後對萊恩這樣說。

「謝謝。」萊恩也很有禮貌地回答。

「你是來幹嘛？沒事的話可以回去了！」很明顯發出極度憎惡口氣的千冬歲瞪著五色雞頭。

「我來探病啊，看看某個會預知的傢伙掛倒在床上。」

我覺得五色雞頭有一種惡習，就是很喜歡隨便挑釁別人，而且會看對方的程度調整自己的嘴賤。

「啊，對了，我忘記探病要帶禮物。」

說著，他立刻走出去，不用一分鐘又回來，手上有兩罐冰涼涼的飲料放在床頭櫃上。

我肯定他一定是去輔長的冰箱摸來的。

千冬歲的額頭浮現了青筋。

「我也被選上候補了喔。」五色雞頭一屁股就坐在床邊，然後這樣說。除了我之外的所有人都訝異地看著他。

你特地來看病就是要炫耀是嗎？

我覺得有時候五色雞頭這個人全身上下都是一個問號，一個很詭異的問號。

根本不知道他的思考路線是長怎樣的。

「而且還是你哥選我的。」他講出了必殺一擊！

我拉著喵喵往旁邊閃一些，怕千冬歲突然轟了整個房間。

「我哥？」千冬歲的表情突然整個都怔住。

「是你哥選的沒錯，聽說是他指定的。」五色雞頭點點頭，然後用更肯定的語氣說，『你看你們家族是怎樣對他的，要不然他選的應該是你，可是他連選都不敢選。』

不敢選？

我被五色雞頭的話弄迷糊了，感覺上五色雞頭好像和千冬歲他家滿熟的，連內幕都知道。

聽他說完，千冬歲的表情變得很奇怪，好像在想什麼。「我家的事還輪不到你管。」最後，他只說了這句話。

五色雞頭聳聳肩、站起來。「那好吧，本大爺探完病囉。」

基本上我覺得他不是探病，應該是來刺激病人使其傷勢加重提早升天那種。

「漾～你還要繼續探病嗎？」五色雞頭突然轉過頭看著被喵喵拉著的我。

呃、我覺得我應該點頭，不然很可能接著會給千冬歲他們分屍。

「漾漾還要跟我們聊天啦！」喵喵代替我說話了。

其實我跟他們也沒什麼好聊的，因爲我總是聽不懂千冬歲他們說的話，我對這個世界了解太少。

五色雞頭看了我一眼，突然拽住我另外一隻手拖過去。「那我偏不給你們聊！」

你是小鬼啊！

「喂喂……」

喵喵也加重力道，我的手好痛。

「漾漾要跟我們聊天啦！」喵喵完全不服輸地用力扯。

「偏不給！」五色雞頭看起來沒使勁，其實他已經快把我的手給扯下來了。

「兩位……」

「你出去啦！」

「偏不！」

我突然覺得我很莫名其妙，被當成一塊肉讓兩隻狗拉著咬。

「好痛！」我一喊，喵喵立刻就放手，我整個人差點栽個狗吃屎，還好五色雞頭的力道夠大把我給扯起來。

「謝啦，小美女。」然後他直接拽了我走出房外，還不忘用腳把門踹上，拉了我就跑出醫療班好一段距離。

他是神經病！

「你幹嘛！我又不想出來！」我有點生氣，他完全不過問我的意見。

五色雞頭疑惑地看著我，「反正他們說的話你又聽不懂，還不如跟我出去玩得好，順便氣氣那個書呆子，真是一舉兩得啊！」

得的那個只有你吧！

我甩掉五色雞頭的手，「你自己去玩啦，我要回宿舍了！」如果跟他繼續泡下去，我懷疑我會控制不住二度砸他的頭。

「漾～」

「又怎樣啦！」

我沒好氣地回過頭，五色雞頭沒有追過來，就站在原地跟我揮手。

「下次再一起玩喔。」他咧了嘴笑。

沒有下次了笨蛋！

我再次確定，此人全身上下一定都是用問號構成。

不宜靠近。

第七話　安因的符咒課

地點：Atlantis
時間：下午四點零三分

我累了。

我眞的累了，今天發生一連串事情已經讓我的心智急速老化，急須休息。

送走五色雞頭之後，我打開了黑館的門，裡面靜悄悄得可怕，感覺好像隨時會衝出來什麼。

不過黑館終年就是像會衝出來什麼，這個時候我最常做的就是牙一咬，朝樓梯直直向上衝，直到進房間之前什麼都不要看就對了。

「漾漾。」就在我抱著必死決心踏上第一階時，身後突然傳來有點熟悉又有點陌生的聲音。

黑館裡面除了學長還有誰會叫我？

轉過頭，我看見某個讓我有點害怕的人。

「眞剛好，我正要拿東西給你。」才剛打開門要走進來的天使安因衝著我微微一笑……他應該不會像上一次一樣突然抓狂吧？我還是有點小怕。

「這是固定房間用的護符。」關上黑色的門之後，安因走過來，手上拿著一小塊像是翡翠一樣的東西，翠綠的顏色非常漂亮，而且上面還有細碎的光芒。「我那天看你進出房間都有點戰戰兢兢的，想說應該是房間裡面的物質都還沒安靜下來，這個可以讓你的房間沉靜一點。」

房、房間的物質沒安靜下來？

我有那麼一秒突然聯想到原來其實我房間裡面的「居民」還有很多是吧？

那個沒有安靜下來是什麼鬼！

「欸？你都沒有感覺房間不對勁嗎？」看我沒有反應，倒是安因自己吃驚了。

「沒有，我覺得我的房間很不對勁。」我只是在驚愕眞的跟我想的一樣而已。

不過簡單幾句對話下來，我開始慢慢修改之前我對安因的看法。其實他人還不錯，連我進出房間很害怕這件事情都知道，還特地去找一個據說是讓房間安定下來的東西給我。

你眞是善良的天使，請原諒我之前把你跟殺人鬼畫上等號。我錯了，我眞是錯太多了，原來殺人鬼也是有非常天使的一面……是說，他好像本來就是天使沒錯。

「這個是木之森的翡翠鎮石，木天使們所培育出來的精石，對於不安定的物質有鎮靜的效果，而且還能夠驅逐一些不必要的物體侵入。」拉起我的手把翡翠放在我手上，安因大略地解釋了一下這東西的特點。「你只要在房間裡面找個通風的地方把它擺好就行了，這是活的精石，過一陣子等它習慣之後還會繼續成長。」

……活的？

「它會不會活動？」我看著手上的精石，害怕地問著。其實我比較想問的是，這東西是不是肉食性。

「基本上是不會的，它就像植物一樣，只是會成長而已。」安因這樣告訴我。

還好，那看起來危險性應該不高。

如果安因告訴我這東西會活動，那我一定馬上把它沖到馬桶下面去讓它慢慢動。

「呃……那就謝謝您了。」我收下精石，開始想房間有哪個地方可以放了。對了，放在電腦旁邊好了，搞不好還可以順便把輻射和電波啥的吸一吸，這還眞是一舉兩得。

那就放在電腦桌上好了。

就在我思考著該怎麼放精石的時候，安因也湊過來，看著我今天去百年老店帶回來的紙袋，

「嗯？你要練習符咒學了嗎？」

我跟著看進去紙袋裡，是那盒抽取式衛生……不是，我是說抽取式符紙。「欸、對啊，因爲我對符咒法陣這些東西都不熟，所以想說來練習這樣……不然有時候上課聽不懂老師在說什麼，這樣感覺很奇怪。」雖然說是庚學姊推薦，不過我自己多少也都有這類想法。有時候上課的確會聽不懂老師們在說的元素課程還有法陣組織，雖然老師們都從基礎開始講沒錯，可是聽不懂的地方還是會聽不懂啊！

「符咒、法陣這些基本上是不難的，如果你有興趣或問題的話可以到我房間沒關係，這方面我多少還可以教你。」安因微微一笑，非常有誠意。

他要教我？

※

「安因的話，的確是夠本事可以教你。」

晚上，當學長回來之後我跟他借了浴室，順便提出疑惑。「術法科是安因的專長，從法陣、符咒、詛咒、一直到完成組織學等等他都很精通，你向他學可以學到很多課堂上沒有教過的東西。」一邊從冰箱拿出飲料遞給我，他一邊這樣說，「而且，他還是專門社團的顧問指導老師。」

安因很精通術法？

不曉得爲什麼，我一直聯想到他考黑袍考一百年的事情。

「安因的實際操作以及固定測驗全部都是優等評鑑，另外關於他考一百年的事情，我認爲你應該去問當事人會比較好一些。」打開了手上的飲料罐，紅眼瞄了我一會兒，「畢竟有時候有些事情不是只有表面上看見的那樣。」

我大概懂學長的意思了，應該是不像五色雞頭講得那麼誇張，有可能是中間有什麼事情延誤到之類的吧？

我看著手中的飲料，開始猶豫到底要不要去上課。

「我看你還是去加強一下會比較好。」學長冷哼了一聲，深深刺碎了我幼小的心靈。「你的心靈會幼小？」

他又在偷聽了！

對了，我想起另一件事，因為這幾天實在很混亂，害我都差點忘記。「學長，你的手……」

我記得某人跟我說過他的手斷光光，可是打起架還眞是流利順暢啊。

「不是說過很快就好了。」學長抬起左手，果然連繃帶都沒有了，上面一點小小的擦傷痕跡都找不到。

實在是太神了。

我看了一下自己今天被打傷的手掌，「這個應該也是明天就好了吧？」說眞的，恢復速度實在是太驚人了，我越來越喜歡醫療班的藥了。

「廢話。」學長白了我一眼。

眞有意思。

「這個有沒有郵購販賣？」

「……」

「當我沒問好了。」

「你有說過話嗎？」

學長！我被刺傷了，你居然把我忽略得這麼徹底。

抱著殘缺的心靈我拿著飲料很悲傷地走出學長的房間。走廊上很安靜，一點聲音都沒有，這讓我又開始感覺發毛，完全不想多待，馬上衝回自己的房間，關門、上鎖。

房間裡面很安靜。

我拿了擺在桌上的遙控打開電視，隨便轉了一台節目，接著翻出下午安因送給我的翡翠走到被我充當電腦桌的桌子前面，把精石放上去。

那一秒，我好像聽到某種尖叫聲。

……那是電視聲音，那絕對是電視聲音，我沒有聽錯也沒有耳殘，我非常清楚地知道也肯定那個絕對是電視聲音。

哇哈哈！你嚇不倒我！

有時候，人不要自己嚇自己會活得比較久一點。

嗯，我現在很認同這句話。

❀

我再遇到安因是在隔天下課之後的事情。

他就坐在大廳裡面翻閱著公用的書報，一看見我走進來就闔上那本我完全看不懂字的雜誌。

「下午安，眞是巧。」書報被放在旁邊的公用架上，我注意到桌子上面擺著一個瓷杯，不曉得他已經在這邊坐多久了。

「午安。」基於禮貌，我也很快地回禮。「呃……這個是我在餐廳拿的點心，要不要一起吃？」我提了提手上的點心盒，這是熊熊很想吃點心順道繞去拿的，也不曉得安因吃不吃這種東西。

「這是我的榮幸。」安因還是笑笑的，很溫和。

我想，五色雞頭不在的話，他應該就不至於突然跳起來砍人了吧。

那他的意思應該是他也會吃就是了？

欸……我有點不太敢進廚房泡茶跟拿盤子。

安因思考了一下，就突地站起身。「在大廳吃東西似乎對其他人有些失禮，不介意的話，就過去我房間如何？」

我拚命點頭。

說真的，我也覺得在大廳吃不好，尤其旁邊的尖叫女人畫一直把臉擠在畫布上盯著我們看。

一支帶著淡綠色光點的鑰匙出現在我眼前。「那麻煩你先上去幫我開個門，我到廚房去端些茶水，畢竟有點心沒茶水不是一件好事；另外，我們可能也需要一些盤子。」

我感動地接下鑰匙，安因八成看出我怕廚房，就幫我去拿了。

他眞是個好人。

快速地跑上樓之後，我提著點心盒找到上次安因走出來的那個房間，就像平常開門一樣，把房門推開……在房間內的東西進入我視線的那一秒，我立刻就把門關上。

我剛剛看到什麼！我應該什麼都沒看到吧？可能是剛剛眼抽筋，所以我才會以爲裡面有一條人面蛇在爬對不對？

那是天使的房間，怎麼可能會有那種奇怪的東西出現在裡面，要嘛應該也是有天主還是他同伴之類才對，所以一定是我的錯覺，當我重新打開門的時候，那個東西就不會存在了。

深呼吸一口氣，我再度轉動鑰匙拉開門。

那瞬間，我看到一張臉跟我面對面，大眼瞪小眼。

我倒退了一步，再倒退了一步。對了，我一定是沒睡飽、電動玩太多才會看見山海經裡面的生物出現在這裡。

那張人臉又往我逼近一步，我可以很清楚地觀察到人臉整個是青色的，還可以看見皮膚下面若隱若現的血管和筋，臉旁邊還有一點點的鱗片……不對！我看這麼清楚幹嘛！

人臉在我面前緩緩地張開嘴巴，我看見一根一根尖尖的牙齒在我面前張開──

「漾漾，蹲下。」就在牙齒整個要往我頭上咬的那一秒，我聽見一個聲音，很自然地馬上就抱頭蹲下，然後某種轟隆巨響就在我頭上響起。

抬頭一看，看到安因端著一個銀盤剛好收腳。

那條人面蛇整個被踹進房間裡面去，撞在陽台上，四周的桌椅什麼的全部跟著被撞壞了，東西到處散落一地。

「請幫我端著這些茶水一會兒。」低下頭微微一笑，安因把他手上的銀盤遞給我，「我馬上將這不速之客請出去。」

你眞的是用請的嗎？

擅在房裡的人面蛇很快就有了動作，慢慢地滑動起身，臉朝著我們兩個人……正確的說，他的臉是在看安因。

「回去告訴你主人，叫他去死一死吧！」走入房中蛇的前面，安因只撂下這句話，然後用眨眼不到的時間猛然揮出了銀色長刀，那條蛇的人頭整個被斬斷，腦袋飛出陽台晃了一圈變成烏鴉尖叫著掙扎飛走，蛇的身體頹然倒下，猛地變成一股煙消失在房間之中，前後不用幾秒。

我倒退了兩步，開始覺得安因其實還是滿恐怖的。

收回了長刀，安因走出房門外關上門。「不好意思，讓你受驚了。」

「不會、眞的不會。」基本上，我嚇很大。

「那就好。」微微一笑，安因再度打開房門，房間已經整個被收拾乾淨了，什麼破桌破椅都沒有，整整齊齊的就好像從來沒有騷動一樣。「請進。」他接過我手上的茶水，笑容可掬地說。

我確定裡面沒有其他東西之後才往裡面踏。

安因的房間收拾得井然有序，不過他的房間有很多裝飾櫃，上面擺了滿多不同種類的藝品，還有上次他拿給我的那種翡翠。

這些藝品都非常地美，而且各自被雕塑成不同的型態。最靠近我面前的就是一個少女模樣的乳白色石像，少女周遭還有許多栩栩如生的裝飾花朵，仔細一聞似乎隱隱約約有一點香氣，白色的玉石還有種流動的光澤。

「那些都是妖精做的藝品。」

身後傳來聲音，我才猛然驚覺我不知不覺已站在櫃子前看那些藝品看到發呆了，「呃……很漂亮。」

「嗯，妖精的藝品一向很美，就如同精靈們的藝品一般令人愛不釋手。」安因微笑著，然後拆了桌上的點心盒，將點心擺在帶來的空盤上。

我馬上靠近幫忙他拿盤。「對了，剛剛那個是什麼東西？」畢竟東方跟西方應該還是有差，我也不認為安因會自己在房間裡面養條山海經裡面會出現的東西然後砍死他。

安因停下動作，眼睛不是在看我，像是看著房間裡某個裝飾發呆。

「那個是景羅天的使者。」

景羅天？

我聽見很陌生的名字。

該不會是他在學院裡面哪個仇人的手下吧？

「景羅天惡鬼王，他從獄界鬼族派來的使者。」安因把裝好茶的杯子遞給我，然後走到一旁的書櫃打開玻璃門，取下了幾本書。

好香的茶。

……

等等，惡鬼王！

我差點把喝了一口的茶噴出來。「爲什麼會有鬼王的使者進到學院？」很直覺地馬上問出口，我記得學長還是誰誰誰有說過學院裡面都有結界，那爲什麼會在黑館裡面出現鬼王使者？

該不會其實學校也是很危險的吧？

「因爲我身上有被鬼王做標記，所以低階的使者才能使用近似引導術法穿過結界進到黑館，如果是高階的話就進不來。」安因在桌邊坐下，我也跟著坐在他的對面，「你的法學基礎等於零對吧。」他翻了翻幾本書，上面都是我看不懂的文字。

「對啊，我幾乎都不會。」雖然學校有教，可是我還是幾乎完全不懂。看著他翻書，那幾本我想大概就是教科書了。「爲什麼鬼王在你身上做標記？」他說這種話的感覺好像被當成了某種活標靶。

安因抬起頭，藍色的眼睛看了我一會兒，像是考慮要不要說。過了幾分鐘之後，他才緩緩地開口：「一百年前，我本來是紫袍、學院的行政人員之一。當時獄界景羅天惡鬼王正在攻打火精一族邊境，打算取得火精一族的重要寶物。於是公會接到請求協助的急函，所以派出由黑袍十人、紫袍三十人以及白袍五十人組成的聯合隊伍前往邊境幫助擊退景羅天的鬼族大軍。」

一百年前？那不就是安因開始要考黑袍的時候？

「而那時學院方面也出動了許多人員前往公會協助，我同樣是被編列在紫袍三十人名單當中，在景羅天鬼王一役中與另九位紫袍和兩位黑袍擔任深入突襲的位置。」安因停下手邊的工作，偏著頭，像是回想起那時候的戰爭。「不曉得是哪個環節出錯，火精送來的情報錯誤，本來應該攻擊鬼族的盤石地點，結果闖入之後，居然是景羅天鬼王的大殿。」

景羅天鬼王的大殿？

我突然想起來那天在鬼王塚時，學長他們對付耶呂鬼王那時候的人數。兩個黑袍跟十個紫袍直接對上了惡鬼王、而且還是健康完整的……猛地，我有種雞皮疙瘩全起的感覺。

「公會很快就發現情報錯誤，馬上派人來援，不過面對鬼王時，我們立即就遭到攻擊。那一戰當中造成兩名黑袍以及七名紫袍死亡，來援的人員也紛紛受到重創。我因為擅長咒術，所以能對抗鬼王大多的攻擊，於是留下來跟另一名黑袍搭檔到最後等到其他人都離開。」藍色的眼睛轉回來看著我，我看見裡面有我不認識的某種哀傷。「後來那名黑袍也死了，醫療班趕不及救援，大概是因為我抵抗了攻擊，讓景羅天覺得很有意思吧，於是他手下留情沒把我當場斃命，要求我加入鬼族。」

加入鬼族？我愣了愣，還有這種招攬方式的嗎？

「在那時候，正當我被所有鬼族包圍打算先行了結，公會中的資深黑袍硬是闖入把我救出去，離開當時就被鬼王下了印記；那印記就是不管到哪，他都會知道我的位置，所以才有剛剛你看見的那種使者。都這麼多年了，他還不怎麼打算放棄，每隔一段時間就會派遣使者過來。」安因聳聳肩，這樣說著，「因為身上有鬼王印記，所以公會方面想盡辦法要去除，結果到目前為止還是去除不掉，所以黑袍的資格才一直延遲，直到最近幾年才終於能被開放資格考試，就這樣考上黑袍。」

原來是這樣。我有種恍然大悟的感覺，原來安因是這樣才會考一百年。可惡的五色雞頭，居然隨便誤導別人。他的話以後不能太相信，我已經被耍好幾次了。

有時候事情不是只看表面那樣，當實際詢問了之後，我才會知道原來裡面還有那麼多故事。

「這件事情到現在還是機密，除了較資深的黑袍之外，誰也不曉得，所以漾漾要保守祕密喔。」安因朝我眨眨眼，有種頑皮的感覺。

四周的氣氛馬上輕鬆了下來。

「我知道。」我立即用力點頭。

是說……等等，只有資深的黑袍知道，那爲什麼學長好像也知道？

他是鬼，他眞的是鬼。

「好吧，故事說完了，現在我們來做個簡單的程度測試。」安因把手上的一本書遞過來給我。「你現在學會的符咒有哪些？」

符咒？

我接過那本書，上面原本是看不懂的蟲文，卻在我接過那秒之後神奇地變成我完全看得懂的中文。「好像就只有移動符、爆符跟風符。」是千冬歲和學長教的。

「不錯，都是基本的法陣。」

不過爆符我都用在很奇怪的地方就是了……

安因彈了一下手指，「就用爆符來幫你做基礎能力測試吧。」

能力測試？

※

桌上出現了我上次買的那種抽取式符紙，全新沒有開過的，還有畫法陣的筆。

「你現在創造一張爆符出來。」安因拿起了茶杯，微笑地啜了一口，「我買了你上次的那些物品，這樣你操作起來比較熟悉。」

做一張爆符啊……其實這還算挺簡單的，因為爆符和移動符我練習過好幾次了，上次在圖書館千冬歲也有講解過給我練習，所以還算熟。

不到五分鐘之後，我把黑色的符紙放在桌上。

「好，那麼我們就開始吧。」安因突然從座位旁抓出一隻肥肥的大田鼠。

為什麼你房間裡面會有田鼠！那個東西不是應該出現在田裡面的嗎？

我愣愣地看著他把田鼠放在爆符上面。「被封印的法陣，顯現出你眞正的力量。」他在桌上用指尖叩了兩叩。

然後，我看見爆符在冒黑煙。很像那種線香的煙，小到很可憐，呼一口氣就散了。

不到三秒，田鼠的肚子底下猛地傳出小小的火花迸裂聲，我看見田鼠的肚子下出現了橘色的火光，然後就這樣消失。

四周安靜下來。

那隻老鼠抬起肥臉，衝著我吱吱叫了兩個討厭的單音，讓我很想一拳把牠的臉捶在桌上。

安因把老鼠揪起來，「你的基礎能力程度連一隻老鼠都炸不飛。」他把老鼠肚朝向我，我看見那隻田鼠的肚子出現了幾搓焦毛。

……天使可以叫人光明正大炸飛老鼠嗎？你與生俱來的職責不是勸人做好事普渡眾生嗎？

聽你叫別人把老鼠炸飛你的神會哭的老大。

「冰炎有告訴過我他一向是拿現成的爆符給你用，所以你可能才這樣不理解自己的程度。」安因從口袋抽出一張黑色的爆符放在桌上，把老鼠重新放上去。「被封印的法陣，顯現出你真正的力量。」

那一秒，我聽見某種轟隆巨響。

金色的火光直接在我眼前炸開，雄壯威武得讓人有一秒閃花了眼。

我看見肥肥的田鼠被炸上天花板然後整隻爆開，變成了無數的小光點像是煙火一樣散落，接著消失。

「一般的符咒基礎威力至少要有這樣子才算過關。」聽說是要普渡眾生的天使看著被炸成煙火的老鼠，這樣告訴我，「不然在學期考試就很可能不及格喔。」

這意思就是以後我要知道我的程度就事先抓一隻老鼠來炸看看就知道了是嗎？是說，我多少已經有心理準備會不及格了，反正我經常在不及格就是了。

「我看你的基礎程度都不行，要整個都重新修行過。」安因站起來，從櫃子裡面拿下更多的書本。「以後你只要有時間就來這邊吧，我幫你將法學的基礎全都打穩固了，這樣以後要學東西就很快了。」

我有種恍惚的感覺。「那個……謝謝。」居然有天使要來輔導我的基礎耶。整個感覺好不眞實。

翻開了手中的書本，那一秒，我有種很想去撞牆死一死的衝動。

「觀看本書之前，請先淨化你的心靈。」

我聽見耳邊有某種佛樂響起的聲音，繼續往下翻開一頁。

「不淨化就看不見本書文字。」

啥鬼啦！

第八話　第二組黑袍

地點：Atlantis
時間：上午十點十五分

在那之後，時間又過了好幾天。

偶然注意到時，我已經在學校度過了一個月，這個驚覺讓我深深體認到何謂度日如年這句成語——每天都像過年那麼漫長！

天啊地啊，我居然可以這樣平安地度過一個月，眞是有燒香有庇祐，阿嬤難不成您終於顯靈施展神威了嗎？

我好感動啊！這種感動眞的無法用言語形容。

而在不知不覺中，學長的代導人時間也結束了，我大概有好幾天沒看到他，根據同宿舍的安因說，最近學長除了忙工作之外還忙即將到來的大競技賽。

對於那個大競技賽，我想全校中最狀況外的應該是我。我到現在還不太清楚那個什麼競技賽的有什麼好興奮的。不過走出宿舍，許多學生都在討論著這件事情，每個人都很興奮，感覺上應該是什麼了不起的活動。可是，我還是沒有什麼特別眞實感，除了那天看到學長跟亞里斯學院的那三個白袍。

看了一下下課時間，我還是先去餐廳打發一下好了。

說到我們的餐廳，這個地方大概是除了房間之外我最喜歡去的地方，除了食物不用錢以外，基本上忽略掉那些會活動的奇怪東西，餐廳大概是整個校園裡最平靜的地方。圖書館基本來說也很平靜，可是一想到那個迷宮，我就覺得我還是不要去比較好。

就在餐廳門口出現在我面前、而我一腳正要踏入時，我聽見了某種來自地獄的呼喚聲——

「漾～」假裝沒聽到對我比較好，眞的，完全不多做考慮我立刻一二三向後轉。

有時候人要避免一點狀況比較不會倒楣，例如現在這種狀況。

「爲什麼你每次看見本大爺都要跑？」五色雞頭快了一步拉住我的衣領，強迫我停下避難的腳步。

基本上，我覺得已經變成習慣動作了。「爲什麼最近我都會遇到你？」這是我天大的疑問，因爲我已經很努力想避開這個凶星，連每次上廁所都找最遠的上，結果遇上他的機率還是該死得高。

「因爲朋友咩。」他笑得很賤。

我發現自從認識五色雞頭後，我的拳頭越來越想拜訪他的鋼刷頭，雖然我已拜訪過一次了。

「你這節也沒課嗎？」不管我想不想，五色雞頭已經很擅自地把我拖到他剛剛的座位上，整張桌子都疊滿了精緻的蛋糕類甜食，很明顯是他剛拿來的。「太好了，本大爺剛剛還在想說很無聊要去找你蹺課。」

老天保佑，還好我這節沒課，不然不知道眼前該死的五色雞會怎樣大鬧課堂。

我注意到四周圍的詭異視線，好幾個人看見我跟五色雞頭坐在一起後開始指指點點……不會過幾天之後，我也跟著被列入黑名單了吧，名稱叫作殺手的同夥之類的。

糟糕，那如果我的鞋子裡面被放釘子還是抽屜裡面被放刀片怎麼辦？

是不是應該先盤算一下未來，好跟五色雞頭做連帶求償。

「等等萊恩他們要過來，叫我先在這邊等，等超久。」五色雞頭拿起了一個青綠色詭異的蛋往嘴巴塞，這讓我覺得他好像在吃發霉的東西。「你也吃，不用客氣。」

我沒有很客氣，可是我完全不想吃。你點的食物在視覺效果上看起來非常詭異，讓我完全沒有胃口，「爲什麼萊恩要來？」我還以爲萊恩跟千冬歲一樣很討厭五色雞頭哩。

等等，該不會他是來下戰書的吧！

「因爲他是候補的，還有你家學長和另外一組的黑袍代表。」咬著蛋糕的墊紙推翻我個人妄想，五色雞頭算了一下手指，「聽說是要在大會前先排定什麼什麼的，他傳來紙箋時，我剛好在餵寵物，才看到集合地點、時間，東西就被寵物吃了，剩下的不知道。」

「……你養山羊嗎？」紙箋被吃了是吧，你的寵物還眞飢渴。

「不是，我養小黑毛。」五色雞頭比畫了一下大小給我看，大約是籃球的尺寸。「全身毛茸茸的，什麼都吃。」

說眞的，我很難想像那個是什麼東西。小狗還小兔子吧我想，可是小狗還是小兔子會全身毛茸茸的嗎？長毛狗還是長毛兔？

想了一下之後，我立即站起身。

「你幹嘛？」五色雞頭也抬頭看我，一把拽住我的衣服。

「你們不是說要開小組會議，我又不是大競技賽的人，在這邊聽不是很奇怪嗎？」感覺好像礙事的路人甲耶！

「不會啦，又不是什麼大事。」五色雞頭說得很涼。

根本就是大事好嗎！

就在我被拖住又很想掙扎出去時，我腳邊出現熟悉到不行的高級魔法陣，然後是紅紅眼。

我現在覺得有時候學長的眼睛很像兔子眼，凶惡版的殺人兔，偶爾會出現在電玩裡面的那種東西。

「褚，你一見面就欠揍嗎？」學長把指關節折得喀喀響。

「啊哈哈，當我想錯。」我一把拍掉五色雞頭的雞爪。

學長旁邊有萊恩跟一個我沒看過的人，是個穿著黑色大衣的人，最後一個也沒有看過，不過他穿著白色的大衣。萊恩可能是裡面最不合群的人，因為他壓根沒套大衣來，身上還是亂七八糟像是鹹菜乾的制服，整個視覺效果超級突兀。

學長他們一到餐廳，餐廳的人全部轉過來看這一桌。後來喵喵他們才告訴我，一次出現兩個黑袍、兩個白袍算是很罕見的事情，因爲平常在學校就很難見到黑袍了。可是我總覺得好像也沒他們說得那麼罕見，因爲我總是看見黑袍閒閒無事到處走的說。

「呃，你們慢慢聊。」我快閃！這一桌根本是重量級人物桌，我還是快逃比較好。

「欸～～～」五色雞頭發出不明聲響。

「你不用走也沒關係，不是什麼不能聽的事情。」那一個不認識的黑袍開口說話。

說眞的，他給人的感覺很冷、非常地冷，好像臉部被強力膠固定一樣。他也是外國人輪廓，不過皮膚很白，白得跟學長快有得拚了，可是他的臉就完完全全是男孩子的臉、那種很多女生會喜歡、酷酷的類型，看起來應該比我們大幾歲，有著亞麻色的短髮跟一雙藍紫色的細長眼睛。

我怎麼覺得這個人好眼熟……好像某種電影明星？

「密西亞．D．蘭德爾伯爵。」學長介紹了那個不認識的黑衣，「另外一組競技賽代表隊的隊長，現在是大學一年級A部。」對方向我點了點頭，我也急忙回禮。

「另外西瑞你認識了，這個是褚冥漾，現在是一年C部的學生，我帶進宿舍去住的那個人類。」學長又給蘭德爾這樣介紹我。

蘭德爾盯著我看了好一會兒。

說眞的，被他看著的時候我有點毛毛的，因爲他的眼睛顏色很怪異；雞毛的眼睛顏色也有點怪，是金色的，可是沒有他這麼怪。

「你好。」意外地，蘭德爾居然伸出手向我示好。

我有點受寵若驚，「呃……伯爵你好。」我也伸出手握他。

哇靠，他的手怎麼冰得像屍體？還有他的指甲是怎麼回事？長地快有我指甲三倍長了，而且居然還是黑色的！

「蘭德爾是夜行人種貴族，我們學校的夜行人種不多，非常罕見。」學長這樣告訴我。

爲什麼我覺得夜行人種好耳熟？

「就是吸血鬼的意思。」他附註。

那一秒，我看見蘭德爾笑了，他的嘴巴裡出現了兩根尖牙，閃亮亮的有保養過。

……

現在我是眞的想逃了。

不知道爲什麼，我們這桌從引人注目變成超引人注目的一桌。

在學長兩人允許之後，我又被五色雞頭壓回座位。現在聽說是吸血鬼的蘭德爾就坐在我面前，笑得很像變態殺人狂那種感覺……我突然覺得他剛剛不笑時眞是帥多了。

桌子被兩張合併起來變成超級大桌子。其實本來一桌就夠坐六個人，可是因爲飯糰堅持狂跟五色雞頭兩個人的食物實在是堆不下，所以那個不認識的白袍又移來一張桌子，放茶水。

「這位是林，高中部二年A部的學生。」學長介紹了不認識的白袍給所有人。

我看五色雞頭好像也不認識他，盯了好一會兒才轉開視線，表示完全沒有興趣。

白袍的林和我一樣東方面孔，黑色的短髮、黑色的眼，看起來好像是娃娃臉，感覺年紀小很多。綜觀他的外表，我覺得他搞不好跟我一樣都是亞洲人。

喔耶~同類！

「林是負責這次大競技賽預賽時，我們這邊對另一校對手的聯絡人。」偏著頭想了一下，學長看著我，「他跟你是同地方的，他是來自於你們原世界的東方學生，你們應該合得來。」

突然覺得其實來學校也不錯，可以認識各地的人，以後要出去玩應該就不用擔心沒有地陪了。

「你好，初次見面請多多指教。」林很有禮貌，就是向我一點頭，然後伸出手。

「你好，請多多指教。」我連忙回握。

蘭德爾還是一直盯著我看，我有一種青蛙被蛇盯上的毛骨悚然感覺，整個背後開始一點一點地冒出雞皮疙瘩。老大，拜託你不要一直盯著我看，現場又不是只有我是活人。

「廢話好多，找本大爺來幹嘛？」五色雞頭很不客氣地打斷所有人的話題，完全不怕被人拖出去圍毆，然後我看見他的桌面上只剩下蛋糕紙。

鬼！他是鬼！剛剛疊滿桌的東西他一下子就吃完了！

「說得也是，那我們應該進入正題了。」終於把視線跟詭笑收回去的蘭德爾，很優雅地拿起了桌上的咖啡杯，他又變成強力膠固定的冰塊臉。

萊恩把飯糰盒蓋起來，正襟危坐。

四周的氣氛馬上降下。

「雖然說是候補的備員，但是今天找你們來，主要是想了解一下兩位的慣用武器。」紫藍色的眼睛看著萊恩與五色雞頭。「幻武高手的萊恩，羅耶伊亞家族的西瑞，兩位在高中部都是名人，所以基本上我想先看過兩位的武器和作戰方式，然後再擬畫戰策。」

他說得很深奧，而且不關我的事。

其實我滿想偷溜的，可是現在這種場面想溜也不能溜，好尷尬。

「可以。」萊恩先站起來，然後從口袋拿了個黑色的圈圈把頭髮紮起來，原本慵懶的流浪漢瞬間變得殺氣騰騰。「與我簽訂契約之物，請讓知曉者見識你的型。」

匡鐺一聲，桌面上直接插了兩把黑刀。

是說，你們常常這樣破壞公物沒關係嗎……？

從我進到學校以來，這批人無時不刻都在破壞公共建設，一般學校應該早垮了才對；由此可知，我們學校還真的不是一般學校。

「異界刀，不錯。」蘭德爾點點頭，「你挑選武器的眼光很獨到。」

「如果我有上場的機會，你不會只看見異界刀。」萊恩彎起唇角，笑得有點挑釁。

我突然想起，萊恩還有一大把的幻武大豆。

「好，我記下了。」吸血鬼啜了一口咖啡，看起來沒有被衝撞的不爽感。「那你呢？」他放下茶杯，看著一臉輕浮的五色雞頭。

「我沒有幻武兵器。」五色雞頭很快地這樣說，然後站起身，「羅耶伊亞家不用幻武兵器。」然後他伸出手，右手的肌肉扭曲賁脹，立時變形成我看過好幾次的大型獸爪。

「嗯，我知道了。」看著桌上的雙刀與獸爪，蘭德爾撐著下巴想了一下。「那爲了測試實力，就麻煩兩位用自己的代表武器打一場吧。」

我愣了一下。

打一場是嗎？還眞是最快的證實方法。

「在這裡打嗎？」和我相反，五色雞頭看起來非常、非常地興奮。這讓我覺得，其實他應該是想找萊恩幹架很久了。

「當然不是。」吸血鬼搖頭。

「我將第七武術台預約下來了，去那邊打吧。」學長先站起身，他旁邊的林也跟著站起來，「走吧。」然後他腳前出現了巨大的移送陣。

呃……我也要跟去嗎？

是說看萊恩他們對打應該會很有意思，可是我覺得蘭德爾的眼神讓我很不想去。

「漾漾，等等幫我顧好這個別被偷吃。」萊恩把整盒飯糰放在我手上。「這個是限量品。」

基本上我覺得應該不會有人無聊到想偷吃你的飯糰……等等！這樣我還是要跟過去囉？

「你們要不要走啊，在那邊廢話什麼！」已經在移送陣等人的學長發出不耐煩的聲音。

我跟萊恩趕緊跑過去。

※

被傳送到的地方跟上次看過的不一樣。

上次雷多他們對打的是旁邊都是水的競技場，這次的不是競技場，是很像……呃，木椿，一根一根的、高低不均，就像電視上拍的少林寺裡必備的那種物品。

然後木椿下面是深淵……深淵？

「這個下去直通地獄。」學長站在我旁邊這樣說。

我在觀眾席低頭往下看，延續往下的黑色深淵裡面突然傳來不明的哀號聲。

啥東西啥東西啥東西！那個黑暗處翻滾的人影是什麼東西？

我看見人型模特兒黑暗版在下面蠕動！

這是地獄嗎？這眞的是地獄嗎！

你們應該是在開玩笑的吧？

「掉下去下面的話，會很痛喔。」補上第二句讓我倒退離開欄杆的話，然後學長露出邪惡的笑容。

你今天又沒睡飽了是嗎！爲什麼你沒睡飽都喜歡這樣整別人！

「他們上去了。」蘭德爾像是大爺一樣很舒服地坐在觀眾席上面，還蹺腳。

這是一個吸血鬼貴族該做的事情嗎！給我像貴族一樣端坐啊！

林在另一邊的高台上面，我覺得那個地方應該是裁判席還是播報員的位置，他拿了一本不知道什麼東西在寫。

直通地獄的木樁上一左一右站著五色雞頭跟萊恩，這是凶惡眼神流浪漢跟不良少年的對決！

五色雞頭伸出了另外一隻手，然後扭曲轉爲一樣的獸爪……我第一次知道原來他另一隻手也會變，因爲他之前都只用一邊而已！

「來吧！」他咧了笑，然後看著前方的萊恩。

也不先行發動攻擊，萊恩將兩把黑刀交叉地插入木樁裡面，然後自己站在刀柄上，看起來非常有特技效果的危險感。

先等不及的是五色雞頭，他原地蹬了下木樁，整個人就往前彈，腳力之大，整個木樁發出聲響接著震動搖晃。這次他們的動作我就勉強看得見了，上次學長他們的是幾乎完全看不到，簡直像是在看靈異追追追那種節目，幾個鬼影而已。

就在獸爪砸下萊恩頭上同時，我看見兩個黑色的刀刃像是蝶般左右飛開，險險被開膛剖肚的五色雞頭就著那個姿勢硬生生地扭轉後空翻，然後在另一根木樁上還沒站穩身，萊恩就已經逼到他的前面。刀落下同時，五色雞頭的獸爪也揮出去，我看見刀劈在獸爪上，獸爪居然一點擦傷也沒有，中間擦出了火花。

他的爪子比刀硬是什麼鬼原理！

萊恩另外一把刀就斜向往五色雞頭的脖子橫劈，可是刀只出到一半，萊恩就突然收刀往後跳。

他離開木樁的那一秒，整根木樁都碎成粉塵，凶手是五色雞頭的另外一隻爪。

「就白袍與無袍級來看，他們兩個的實力都已經可以往上晉升了。」看著簡單的攻防戰，蘭德爾這樣說，他的手上不知道什麼時候出現了一個高腳杯，非常愜意地居然在品酒！而且他旁邊還冒出了一個人，管家打扮，拿著不知道哪個年份的上好葡萄酒。

老兄！你當你是在家裡看大螢幕劇院嗎？

「只可惜萊恩對術法涉獵不多，才一直遲遲升不上去。」學長好像司空見慣了，完全將那個蹦出來的管家視若無睹。

五色雞頭就不用說了，他上次本來破例可以升，然後大家都知道是怎麼回事。

「啊，年輕眞好。」吸血鬼將空杯子微微舉高，他旁邊的管家很優雅地將酒瓶放傾，倒出了像是血的顏色的東西。

……我相信那個絕對是葡萄酒！

偷偷瞄了一眼管家，長得很好看，金色長髮、藍色眼睛，穿著正式服裝，可是臉也很白。

該不會這個也是吸血鬼吧？

「尼羅不是吸血鬼。」學長很小聲地這樣告訴我：「他是狼人。」

……這有什麼不一樣嗎！

一個巨大聲響打斷了我們的對話和分神，我連忙轉回去競技場上看——萊恩站在樁上，五色雞頭也站在樁上。跟剛剛不一樣的是，兩人中間的木樁已經全部被打爛了，不知道是誰打的，剛剛在說話沒有看見。

總之，整個場上大抵就剩下兩、三根可以站人。

接著吸引我注意力的不是被打爛的木樁，而是木樁下面的東西，那個被砸出的大空曠地發出詭異的呻吟聲，然後一堆黑黑的人體開始重疊往上爬。

啥鬼東西！

不明的黑人體突然好像河水暴漲一樣越來越多。

就連萊恩跟五色雞頭腳下的木樁都已經爬滿了那些東西，而且他們還在搖，兩根木樁被搖得四處晃。

「嗯……底下的冤魂被兩人的力量吸引上來了嗎？」學長看著黑人體疊高的小山，發出以上結論。

什麼冤魂？

有個東西噗哧一聲摔在我的腳邊，我就著欄杆往下看，「哇啊！」然後跳開十幾步。

觀眾台邊緣有黑人體爬上來，手就抓住欄杆，露出一張臉。那個其實也不是臉，很像爛泥巴糊在一起，而且還一直滴滴答答的感覺，眼睛是兩個窟窿，鼻孔也只是兩個洞。他張大嘴巴，裡面沒有舌頭、牙齒，看見的，就是泥水和露出來的骨頭。

這是什麼魂啊！怎麼跟我以前看到的都不一樣！

我突然覺得我以前去旅行時候撞到的厲鬼都比這個可愛上百倍。

「滾開！」坐在位置上的蘭德爾發出嫌惡的重重一喝，那個黑泥人愣了一下，張著嘴發出哀號聲就慢慢地往下縮回去。

原來他比鬼還凶是嗎？

我連忙又看向場上。

「欸，先解決這個再打好不好？」五色雞頭蹲在木樁上，一巴把想爬上來的黑泥人呼巴掌打回地下深淵。

萊恩點點頭。

就在他點頭的同時，五色雞頭猛蹬了一下木樁，我本來以爲他會直接摔下去，可是他居然就這樣飄浮在空中，而且他的腳也不是人腳，不知道什麼時候，他的腳變成了很像猛禽一類的巨大鳥爪，爪上面還勾爆了一個泥人腦袋，丟回去。

我看見五色雞頭的背後出現了一雙巨大的翅膀。

他是雞！

他眞的變成雞了！

他長雞爪還長雞翅膀！

我期待他等等臉上會長雞嘴，可是過了好一會兒都沒有。

萊恩也原地跳起來，一手拽住了五色雞頭的雞爪，掛在半空中。

就在那一瞬間，兩根木樁上面被泥人覆蓋。

五色雞頭突然轉過來看我，「漾～看我們的合體大絕招！」

合你的死人頭！

很明顯的，萊恩也跟我一樣的想法，因為我看到他臉上出現黑線和青筋。然後萊恩將兩把黑刀合在一起，黑刀猛地變成了大一倍的巨刀，萊恩將刀尖往下指地拿著，接著咬破手指用血在刀面上寫下我看不懂的咒文。五色雞頭也依樣畫葫蘆地在另外一邊的刀面寫下咒文，然後他的手壓在刀柄底上。

「異界的刀，穿破空間，將不應至此的返回該存之地。」萊恩輕輕地說著，接著黑刀的兩面猛地出現了冷光。

再來這個有點難描述，我建議大家可以去找一部老片叫作「ID4」出來看，尤其是外星人用飛碟轟了地球很多建築物那一段。

那些冷光慢慢地往下移動，然後在刀尖聚集。一道黑色的光線猛地直直貫穿了地下深淵，接著我看見有隻鬼爪慢慢拉開黑色的光，光像是有空間一樣被拉開，裡面出現了一顆眼睛，眼睛看著下方，然後閉起，黑色的光就這樣消失了。

那些呻吟聲乍然停止，所有的泥人都在同一秒消失，只剩下深不見底的大坑洞。

那些泥水人消失到哪邊去了？

我突然覺得有點毛骨悚然。

「原來這就是異界刀的特殊力量。」我身邊傳來這個聲音，我抬頭一看，學長紅色的眼睛整個都是亮的，好像看到什麼有趣的玩具一樣。

萊恩鬆開雞爪跳回原來的木樁，五色雞頭也是。他的雞爪雞翅膀都消失了，剩下一雙獸爪。

「這樣就夠了。」

蘭德爾突然拍手，然後場上的兩個人都轉過頭來看他。「臨場、體力、行動力、臨時合作上兩位表現都過了我預期範圍。」他說，然後露出剛剛那種詭異的笑容。

「你們完全合格了。」

這樣就算打完了嗎？

一聽見停戰的聲音，五色雞頭和萊恩兩個人雙雙回到觀眾席上面，把身上的灰塵什麼的都拍乾淨。

「本大爺還可以繼續打個三天三夜不用停。」五色雞頭發出如此宣言。

「不用了，我沒興致在這裡坐三天三夜。」吸血鬼不到一秒就非常自然地反駁他的話。「兩位的實力的確很好，那就如同先前所說，萊恩將進入我們這隊，而西瑞進入冰炎所屬隊伍，這場競技大賽，我們將會期待你們精采的表現。」

萊恩微微地彎了身表敬意。「期待與黑袍合作。」

我看他們雙方好像都很滿意的樣子，看起來應該會是個很不錯的隊伍。

大致上又說了幾句話之後，萊恩才轉頭回來看我，「飯糰呢？」

……

「在這裡。」我把寄放的東西還給他。

「漾～我剛剛很厲害對吧！」五色雞頭直接過來一把搭住我的肩膀，「如何？」

「好啦好啦，你很厲害。」

「有多厲害？」

「非常厲害。」我翻翻白眼，想給他一拳。

「打個比方咩。」

「……」

去你的比方。

第九話　亞里斯學院一日遊

地點：Atlantis
時間：上午九點二十三分

就在五色雞頭跟萊恩打完的三天後、也是星期日，我收到一封請柬。

「漾漾，你睡醒了沒？」我的房門被敲得咚咚響，這幾天學長不知道爲什麼都不在，連敲門的都不是學長的聲音。

睡眼迷濛地爬起來，拖著腳步往客廳走，然後打了個哈欠拉開門，我看見安因就站在門外。

他今天好像沒有工作，因爲他穿便服，非常正式的那種……我不會形容，好像是神父裝的改良版，反正看起來很正統就對了。金色的髮紮了馬尾在腦後，整個人看起來非常清爽。相較他的清爽，我一臉愛睏加昨天熬夜打電動的黑眼圈，看起來根本就是條活屍。

安因看著我，大抵也猜到我昨晚幹了什麼事情，因爲放假大家都這樣。

「漾漾，你這樣對身體不好喔。」然後他彎過身對我吹了口氣，我只覺得臉好像被冰塊砸到，整個人給凍到清醒過來。「人剛睡醒第一件事情就是要先洗把臉，讓親和的水精靈洗淨你的身心，將污穢的雜靈沖刷乾淨。」

你是來宣導身心清潔的嗎……？

「有事嗎？」我搓搓臉回溫一下，很怕臉結冰。

「對了，剛剛有信使送來這個。」安因這才想起他來幹嘛的，然後拿出一個白色的西式信封袋給我。「是亞里斯學院送來的，你在那邊有認識什麼人嗎？」

亞里斯？我皺起眉，好耳熟，又好像沒聽過……等等，爲什麼我的信會在你手上？還有我好像沒有看過宿舍有信箱的樣子，不曉得東西都怎麼收來的。

「亞里斯學院代表之一的伊多擁有的信使送來的。」安因看我歪頭想了大半天，很快地又補上幾句話。

啊！對喔，是上次那三兄弟的學校，難怪我一直覺得耳熟，可是他找我幹嘛？才見過一次面，也沒說幾句話，更沒有什麼特別的交情，他怎麼會突然想找我？

「大概是有什麼東西要你去看吧。」注意到我的疑惑，他說著。

「東西？」我的右眼皮突然狂跳，有什麼東西要找我看的啊？

「放心，伊多找人不是什麼壞事。」安因好像看出我的猶豫，「伊多、雅多和雷多，他們三個是水之妖精貴族，也是先見之鏡的守護者，更是整個水妖精族唯一可以使用的人，應該是他們在先見之鏡中看見什麼關於你的事情，才找你。」

先見之鏡？好個簡單易瞭的籠統名字。

「他們跟千冬歲一樣也是預知的？」幹嘛我身邊圍繞的都是這種人。

「不太一樣，你看見就會知道。」

又是我看見才會知道！

我決定我應該要去做一本學院奇人異事目錄總集，以後如果有跟我一樣不知死活的受害者進來就可以賣給他們看。

「我東西給你了，別讓人等太久喔。」安因拍拍我的肩膀，然後又走回去他的房間。

說實話，安因眞的是個好人，只要不要讓他看見五色雞頭的話。

我就站在門口把那個信封拆開來看，裡面有一張卡片，白色的、很精緻，卡片封面居然是用金粉印成的一朵花。不過本人的植物知識非常貧乏，所以看不出來是什麼花，反正感覺很高貴就是了。翻開卡片，首先看到的是一個紋印，有點像日本那種家徽什麼的，下面全部寫滿了字……蟲字。

靠！我又看不懂他們世界的其他文字！

我覺得我該去找人來翻譯了……

※

「漾～」

一走出宿舍聽到這個聲音，我立刻往回走。

「喂喂，本大爺可是好心地帶人來找你耶！」五色雞頭這次沒有揪住我的領子，反而說了這句話讓我停下腳步。

帶人？

我轉過頭，差點沒嚇到靈魂出竅！站在五色雞頭後面一點的，居然是千冬歲！

媽啊，我不會是剛剛回房間換衣服時不小心又睡著了吧？其實我現在應該是在夢境中才對吧！我震驚得倒退兩步、再倒退兩步，眼前一定是幻覺。一切都是幻覺，你嚇不死我的！

千冬歲怎麼可能會跟五色雞頭在一起，這是現實絕對不可能出現的事情啊！

我決定就這樣一路退回黑館好了。

「誰是你帶來的！」千冬歲發出極度嫌惡的語氣，就像在吐口水給水溝蟑螂那種感覺。「漾漾，我和喵喵要找你一起去左商店街看電影……」他撇開頭，完全不想看到五色雞頭。

「你要約會自己去約，漾要跟我去右商店街玩。」五色雞頭很快地截斷他的話。

等等，我什麼時候跟你約好要去右商店街了！我怎麼一點印象都沒有？

「他什麼時候跟你約好！」千冬歲的眼鏡精光飆過來。

「我沒跟他約。」該死的五色雞，你想害死我是不是！你明明知道千冬歲討厭你的程度就像看見蟑螂一定要用拖鞋打死的那種討厭，你還故意在他面前亂說是怎樣！

「漾～你明明說有空就可以出去玩的！」五色雞頭大受打擊，按著胸口倒退兩步。「你、騙、我……」

我想砸他的頭，讓他清醒一點。

「並沒有說。」說眞的，我已經很習慣五色雞頭人來瘋的模式了，大半時間不甩他就可以了，他自己覺得沒趣之後就會整個安靜下來。

千冬歲用一種看白痴的眼神看了五色雞頭一下，很快地轉開視線不理他。

「千冬歲，不好意思我今天有事情耶。」我把那張卡片遞給千冬歲。與其用解釋的，還不如直接讓他們用看的比較快。

千冬歲接過看了信封一下。「亞里斯學院？」他看了眼學院的校徽，疑惑地開口：「你有認識的人在那邊嗎？」

「算有吧，我看不懂他寫什麼。」我只看到卡片上面一堆蟲在爬。

「好，我幫你看。」他將卡片拿出來，把裡頭所寫的意思簡略地告訴我：「這是邀請函，大致上是一位叫伊多的人邀請你到亞里斯學院遊玩，他們準備了一些點心和東西，在上午十一點的時候等待你的光臨。」

注意到千冬歲有點陌生的樣子，我有點疑問。「你不認識伊多嗎？」我還以爲他們的工作很類似應該會認識，不過看樣子千冬歲好像不知道這個人。

千冬歲用帶著問號的表情看我，然後搖搖頭。

「我聽說他是水妖精族先見之鏡的什麼守護者。」我接回卡片，開始在想不知道用移動符可不可以到亞里斯學院。

然後，千冬歲突然恍然大悟。「漾漾，我也是跟你從同一個世界過來的，所以對於這邊世界各種預知類型種族也不是很清楚，不過先見之鏡我曾在書上看過，聽說是妖精族的十大寶物之一，如果可以，我也很想去看看，只不過他邀請函上只邀請你，我還是別擅自跟去比較好。」他笑了笑，這樣說。

「喔，我知道了，謝謝。」我本來還想問千冬歲要不要跟我一起去，因為沒去過，我怕會和我們學校一樣，到時候還沒進去就先死在外面。可是千冬歲都已經這樣說了，我也不好意思強迫他陪我去。

「那我就跟喵喵一起去看囉。真可惜今天是『閻王殿』上映最後一天說。」千冬歲用很可惜的語氣說著，「影片裡可以看到很多咒術跟殺人的鬼王法魂。」

……那是什麼片啊！是限制級的片子吧，我們都還沒成年耶。

「對了，卡片後面有附一個法陣，不過只可以來回用一次的樣子，你就用它去亞里斯學院吧。」他這樣一說，我立刻把卡片翻到背面，果然有個金色的咒印，看起來有點眼熟，與移動陣上面的法陣有點相似。

「好。」看了看，我想應該是跟移動符一樣用法。

「那我先走了，喵喵還在等。」趕著去看電影的千冬歲又瞪了旁邊正在嚼口香糖的五色雞頭一眼，然後才離開。

我正打算把卡片往地上丟時，注意到一個該走沒走的人還在那邊。「你怎麼還在這裡？」五色雞頭就在旁邊看著我，沒有離開的打算。

「本大爺為什麼不能在這裡。」他回答得很理所當然。

你當然不能在這裡啊老兄。「因為我要去亞里斯，你站旁邊會一起被傳過去。」我大概已經抓到法陣的大小，再怎樣小的法陣還是會有點範圍。

「本大爺也要去啊。」五色雞頭說得更理所當然。

「啊？」我愣了一下，有瞬間不太理解他想表達的意思。

然後雞爪子搭過來，「漾～我們是朋友對不對。」

誰跟你是朋友！你是麻煩製造王！每次遇到你我都不得好死！

「朋友的話就是要同行天下，闖蕩江湖，四海玩透！」五色雞頭握緊了拳頭，熱血地朝天邊呼喊。

你是從哪本小說還漫畫看來的啊！我還四海玩透勒！

什麼鬼話！

「既然定律是這樣，你不讓我去還算是朋友嗎？」五色雞頭勾起詭異的笑容，然後他的獸爪又冒出來，搭著我的肩，嘿嘿地笑著。

「你都把手拿出來，你覺得我能不讓你去嗎？」我看著掛在肩上的獸爪，無言。

「當然不能！」

五色雞頭果然是不良少年！

那我還能有什麼選擇。

※

在傳送之後，眼前出現了不同的景色。

我覺得我應該是第一次走出學校的範圍，除了左商店街與鬼王塚之外，我第一次看見不同的異能學校。

嗯……該怎麼形容。看過我們學校那種闊氣的建築之後，現在看見的這個讓我覺得非常……貧乏。眼前的學校好像是森林學校，看到的那一秒會讓我想起「我愛大自然」這種鄉土節目。我眼前出現的是整座的山，我跟五色雞頭就站在山頂，一座攀著藤的巨大建築就在我們眼前。

它是一座山中的古堡，規模頗大，四周攀滿了綠色的藤蔓，整座古堡有一半給埋在森林當中，跟我們學校比起來算是很小很小，但是比起我以前的國中就大了好幾倍。

古堡的門口已經有人在等待了。「我以為伊多只邀請了一個客人。」站在那兒等待的是雅多，看他一點都不笑的臭臉就知道了。他看了一眼五色雞頭發出以上的言論，然後走到我前面微微彎了身點頭。

我連忙也回禮。「不好意思，因為我不知道怎麼來，所以找人幫忙。」該死！我幹嘛幫五色雞頭說謊！

旁邊的渾蛋也覺得很理所當然地搭著我的肩，嘿嘿地笑著，也幸好雅多沒有追問。

「請過來吧，今天學校沒有上課，伊多他們在觀測室等您。」然後他轉身往古堡裡面走去，踏出的步伐幾乎寬度都一樣，非常規律。

我連忙跟上去，身後的五色雞頭走得很慢，晃來晃去的好像在打量學院的樣子。

「亞里斯學院也是全部學年級都有嗎？」古堡看起來不太像可以容納很多人的樣子。

「不，我們只有高中與大學，每個年級只有兩個班別，每個班最多只有二十五人。」走在前面帶路的雅多很從容地爲我解答。

那不就是超級小的學校嗎？

「因爲我們學院本身的問題，所以歷年招生並不多。」雅多一邊走一邊補充，「或許您會覺得很奇怪，不過亞里斯學院的確已經沒落了，就連代表都只能派出之前那種驕傲自大的人，很難想像在不久之前還是熱門的學院之一。」

「我覺得換你們很好啊！」我直接衝口而出，然後雅多停下來，轉過頭看我，我立刻就聯想到他一定覺得我沒禮貌，貴族都這樣的嘛。「我的意思是說，你們又有風度、又厲害，應該一開始代表就選你們。」要命，我好像越加話越奇怪，早知道就不要亂說話了。

雅多沒有答話，也沒什麼奇怪的表情，只是繼續帶我們往前走。

古堡的走廊非常漂亮，每面牆壁都畫著圖，雖然我看不懂裡面的含意，不過光看也很賞心悅目。大部分都類似神話圖——由圖案上面可以稍微推測出來，配合著挑高的走廊，每一幅畫都很巨大。旁邊的外走道則是一樣綠意盎然，到處都是樹啊花的什麼。

「好遠。」五色雞頭發出不耐煩的聲音。

「到了。」雅多突然停住腳步。

我們停在一扇大門前，厚重的門上有雕刻，感覺好像是精靈還是天使一類的東西，上下兩個人倒轉，中間是花。

「開門。」他說了不是中文的話，可是我卻聽懂了。

我覺得我越來越奇怪，在我們學校還可以用謎樣的力量來解釋，怎麼在其他學校裡面也這樣？他們也有神奇的自然翻譯力量嗎？

門像是聽懂他的話，咿呀一聲慢慢打開了。那個音效凡是在鬼片還是恐怖片裡面都會出現，聽著就讓雞皮疙瘩自己站起來。不過門後面的東西倒一點都不恐怖，是間教室，沒有桌椅。教室裡面很空曠，然後有個朝天的大望遠鏡，好像是看星星的那種東西，一看就知道很貴。因爲太貴了，不是我這種平民平常會看見的東西。教室的四周牆壁全部都是天文圖，就連天花板整個都是透明的，大望遠鏡就穿過天花板開的圓洞，靜靜地擱在那邊。

伊多和雷多就在教室裡面。

「謝謝您受邀前來。」伊多一看見我立即就露出微笑，雷多就不用講了，他還是笑得跟神經病一樣，一看見五色雞頭……的鋼刷頭，整雙眼睛都發亮。

我到現在還是不曉得五色雞頭的腦袋到底有哪裡好看。

「呃、謝謝你的邀請。」我不知道應該說什麼，就順著他的話說下去。

「您應該會覺得很乏味吧，亞里斯學院是天文專屬學院，不像Atlantis學院那樣巨大又有趣。」他彈了一下手指，離我最近的牆壁上天文圖突然動了起來，牆上一顆很亮的星星掉下來，啪喳一聲突然翻開變成一張白色的椅子。

五色雞頭那邊也一樣。

「請坐吧，兩位。」伊多很有禮貌地說著，然後他後面也出現星星椅子。接著地板上滾了幾組星星出來，然後幾個聲音，我們中間橫出張桌。

眞是方便的收納方式！

一邊的雅多不知道從哪邊生出來一組茶具，動作俐落地沖了不知道是紅茶還是什麼東西，然後分別倒了杯給我們。

「我可以四處逛嗎？」顯然對安靜坐在這邊感到非常無聊的五色雞頭突然說了話。「放心，本大爺不會隨便拆別人的學校。」

伊多將視線轉向他，微微一笑。「當然可以，請您就四處走走吧。」我覺得他可能把五色雞頭後面的保證當作沒聽見。

一聽見地主的應允，五色雞頭立刻蹦起來，衝出門外，像被野放的山雞。

他居然把我一個人丟在人生地不熟的地方！

雅多也跟出去了，我想大概是因爲要跟著他讓他不隨便破壞學校的東西，不過往好的方向想，可能只是要當路導而已。

門砰地一聲關起來。

「在進入正題之前，不曉得褚同學是否方便回答一個問題？」

他講話太一板一眼了，很奇怪，讓我有點緊張，「好啊。」

「請問您是如何進入Atlantis學院的？」

我愣了一下。

我怎麼進學校的？說眞的，我本人也很想知道答案。這些事情從頭到尾都是個謎。爲什麼我會進學校呢？這還眞是一個到現在還沒有人要告訴我爲什麼的好問題。

於是我把分發錯誤的事情都講給伊多聽，他一下子皺眉、一下子思考，也不知道是嚴重還是不嚴重。然後旁邊的雷多一直在鬼笑，眞是兩種極端的對比啊。

說完之後，伊多有很長一段時間沒有講話，害我只能尷尬地喝著茶；這個茶還不錯喝，甜甜的不膩又很爽口，一喝下去整個人的精神都來了。

「實際上，異能學校的招生方式有許多種，所以您會進入Atlantis學院，應該也是具備了您的能力。」大概五分鐘之後，他做出一個我聽到爛的沒用結論。

是說，異能學校的招生方式有很多種，難不成學長他們也是用這種方式進學院的？騙人的吧！

「過去異能學院當中分成很多種，如亞里斯是以天文自然爲主的學院，另外還有以機械工藝爲主的學院，有以法術爲主的學院或是以聖獸爲主的學院。而其中，Atlantis學院卻一反其他的學院，幾乎是全方面地具備了大部分異能學院擁有的能力與人才，在我們這些正派的異能學院當中，Atlantis學院無疑是最高指標。」伊多這樣告訴我，我才知道我好像進入某種龍頭學校，不過正派是怎麼回事？

意思是說還有反派的是嗎？

「您會進入Atlantis學院中，是您所想要解脫某些事物，而它藉由您的心想與能力而回應。」拿起了桌上的杯子輕輕地搖晃著，伊多喃喃地說。

「什麼意思？」我聽不太懂。

「每個人都擁有不同的能力，但是很多人卻無法肯定這些能力，所以壓制了它。只有認眞尋找的人、並認同你心中那片陰影，你才會得到你眞正的答案。」伊多看起來並不想解釋，他只告訴我這些很饒舌的話。

我聽到腦子裡面除了問號還是問號。算了，先記起來回去問問千冬歲還是學長，他們腦袋比較好一定會知道是什麼意思。

「那日在Atlantis學院中與您認識之後，放在我們故鄉水都的寶物就不停地騷動。昨日我們返回故鄉，將水面下的鏡召喚醒來，於是從先見之鏡當中，我們發現了一些與您相關的事情。」

果然跟安因講的差不多。

「那個先見之鏡是……？」

伊多微微笑，完全不意外我會問這個問題。「是妖精族十大寶物之一。其中水之妖精擁有的先見之鏡是時間之神所打造的，它能眺望過去與未來，看穿不能用眼睛看見的事物。」

「喔。」反正又是什麼看過去未來的寶物就對了，這個我很熟悉，電視漫畫出現不下上百次，看到都快爛掉了。

「在最近的時日中，您將會發生一些事情，與您切身關聯非常密切。」

基本上我已經不只發生一些與切身關聯密切的事情，自從誤入學校之後，我每天都在切身發生事情，到現在都已經麻木了。

「這些事情將會關係到你的生命安全。」

我立刻把耳朵豎起來專心聽。

❀

觀測室的星星圖好像都會發亮。

打從我進來到現在我都這樣覺得，四周的星星很美，微微散著淡光，這讓我想起來我原本世界的天空偶爾也會這樣，不過近幾年來光害污染太嚴重了，現在要大停電還是去山上才可以看見這種光景。然後我又想起來，我們學校好像也有這種觀測教室，聽其他同學講的。

不過我想亞里斯學院的觀測室絕對好過我們學校的觀測室，因爲我上次聽萊恩他們說我們學校的星星圖眞的會有流星掉下來，前個禮拜才砸掛了三個二年級學生去復活。相較起來，只在上面發光的星星眞的是好太多了。

「您將會牽涉入一個無法避免的陰謀當中。」伊多就坐在某顆一閃而逝的流星下，然後很沉重地這樣告訴我切身關聯的問題。

如果他旁邊的雷多不要一直笑的話，我現在應該會嚇得不知道該怎麼辦。

旁邊的傻笑神經病破壞了整個緊張的氣氛，讓我們現在的談話變得很像輕鬆娛樂對談。

「喔，什麼陰謀？」我居然可以很鎮定地問他！

慘了，搞不好下次回人類世界我已經不是地球人了！

這應該是我的正常反應嗎？我不是應該先尖叫然後再害怕地問他嗎？

我的腦袋一定有問題了。

伊多搖搖頭。「我們發現有一片黑影干擾了先見之鏡，所以無法確實地告訴您是怎樣的陰謀，但是它來得很快，預估應該就在最近會發生。」

那就是告訴我皮要綳緊一點的意思嗎……爲什麼所有的漫畫小說電影卡通都有這種鬼定律！每次都先給一個會被怎樣怎樣可是不知道爲什麼的烏鴉預言！

我知道了！接下來我一定會很衰，然後在某一天某一日某一秒特衰之後，我會突然想起來：啊，這不就是伊多的烏鴉預言嗎！居然眞的實現了！

電視上都是這樣演。

「請放心，我們已經在盡力驅散那片黑影，若有任何消息一定會通知您的。」

其實伊多的這個說法會讓我聯想到之前的暑假短期求職。

「我們會先審核過你的履歷，若有消息一定會通知你的」，大概就是這種的變化版。

一邊只是笑笑地聽我們講話的雷多突然愣了一下，四處張望然後轉過來對他哥開口，於是伊多與他有短暫的對話，但是我完全聽不懂他們在說些什麼。

接著伊多結束對話之後就轉過頭，「不好意思，我有事情得先離開一下，您應該肚子也餓了，讓雷多招待您到我們亞里斯學院的餐廳好好歇息一下如何？」

被他這樣一說，我才發現自己眞的餓了，因爲我早上也沒吃什麼東西就衝出來，剛剛也只喝了招待的茶水；然後又聽了一堆讓我腦袋模糊的話題。

有時候用腦過度肚子容易餓得更快。「好。」不用多少猶豫，我馬上就答應了。

然後雷多就走到我旁邊，還是一臉咧著笑容的表情，我懷疑他的其他表情神經都在他兄弟身上，他兄弟的笑神經都在他身上，兩個人切一半一半交換就可以調和了。

「來吧，請往這邊走。」

※

五色雞頭不知道跑那兒去了。

我覺得我簡直是帶隻動物來野放，看到山就跑得不見人影了。

「你喜歡吃什麼？」離開那間教室之後，雷多與我並肩一起走，突然開口就是這樣問。「我們學校的餐點雖然沒有你們學校那麼多，不過都是很營養的自然餐食喔。」

現在很流行的環保餐是吧？

「我隨便吃都可以。」只要不是吃到怪東西就好了。

「嗯。」雷多笑笑地點頭，回了我一個單音。

我們在走廊走了一會兒，偌大的走廊中只聽見我的腳步聲，雷多走路很輕巧，一點聲音也沒有，這讓我想到學長他們走路也都是這樣，輕飄飄、簡直像是鬼走路，每次回頭都會被嚇到。

悄悄看了一眼旁邊的雷多，他依舊在笑。「伊多和你們一樣大嗎？」不知道爲什麼，我覺得雷多反而是三兄弟裡面給人最好相處的一個，大概和他的笑容有關吧——雖然他笑得很奇怪。

伊多雖然說話感覺都很有禮貌，可是不曉得爲什麼，就是給人一種隔閡感；雅多就更不用說了，好像過去攀談都會被他殺死。

「沒有，伊多大了我們一歲。」雷多回應地很自然。

「可是我記得他是大學部一年級？」我記得他最早介紹時候說過，他們三兄弟「都是」大學部一年級。如果大他們一歲的話，應該已經二年級才對吧？

左看右看，我都不覺得伊多像是那種會被留級的人。

雷多嘿嘿地笑了幾聲，「因爲伊多晚了一年讀書，等我們。」

等他們？這家子兄弟感情不會太好了一點嗎！

「因爲我們長老說我跟雅多在學校一定會鬧事鬧到不可收拾，所以伊多就晚讀了一年，專程來鎮壓我們。」雷多聳聳肩，有種無奈的語氣，好像是那也不是他們想要的樣子。

我說錯了，收回前言。

不過光看他們第一次跟學長討戰的感覺，就知道這對雙胞胎一定不怎麼好惹，所以我大概可以明白他們長老的感覺。

雷多偏著頭看我，像是想著些什麼。「你不是這世界的人，所以也不知道有一些禁忌之類的東西。我和雅多就是族裡的禁忌，我們是在屍體中出生，一來到世界第一個碰到就是死亡的血，所以我們兩個很好戰，族裡的人都怕我們。」

我愣了一下，意思就是我走在他旁邊就像走在殺人魔旁邊隨時會被砍死的意思嗎？

其實現在我應該做的事情就是先尖叫然後逃命才對吧……

「伊多說因爲那年跟鬼族戰爭的關係，鬼族想要我們妖精族的十大祕寶，所以殺了很多人。我們的父母也是這樣死掉的，鬼族把我母親的肚子割開來，把屍體丟到黑水深淵，可是我們就這樣活下來了。」雷多一下子好像回到什麼記憶一樣，笑容變得有點僵硬。「我們是在屍體裡面出生的，所以大家都說我們是血的禁忌小孩。」

「呃……我對這些事情不是很懂。」

被殺死的媽媽生出小孩，在我的世界當中，那是一個很美也是很幸運的故事。

他們其實應該是幸運小孩吧？爲什麼會變成禁忌呢？

我不曉得，這世界有太多的事情跟我的世界不同。

「嘿嘿，就當讓我抱怨一下吧，我跟雅多平常也不會說這些事情。」他對我眨眨眼，看起來像比我小的小孩。

看得出來他憋很久了，剛好我是那個啥也不懂的人，當他的聽眾。

「爲了不浪費血的禁忌這個名字，我跟雅多也很努力達成他們心中的那個形象。後來伊多很頭痛，拖著我們一起跟幻武兵器簽訂契約，把我們的兵器都收在他那邊，只有伊多在場我們才可以用幻武兵器。」然後，雷多就說到這邊了。

我也沒有繼續往下問。因爲我覺得有些事情其實不應該追問下去，聽完就好。

畢竟，我只是一個旁聽者，從來不曾涉入過他們的事情。

雷多停下腳步，就在一個大開的門口前，裡面飄來香氣。「這裡就是我們的餐廳了，我們宿舍不開伙，所以這邊就算假日也都有得吃。」

我張望一下，他們飯廳其實也頗大，大概一次可以容納一、兩百人還可以跑跳玩的規模，裡面也很有森林學校的氣息，都是木桌、木椅和綠色裝飾之類的。可能是假日人不多，餐廳裡面三三兩兩的只有幾張桌子坐了人。

就在雷多領我到一張比較靠近窗戶的桌子時，我突然想起一個關於幻武兵器的問題。「一般幻武兵器一個人不是可以用很多種嗎？」為什麼他會說只有伊多在他們才可以用幻武兵器？

難不成寄生型態的不一樣？

雷多轉過來，露出一個不知道算不算詭異的笑容。「我們簽訂的兵器是王族兵器，簽了血誓在伊多體內，如果我們用了其他兵器的話，伊多就會死掉。」

有這麼嚴重？

我想起來我也有一顆王族兵器大豆，不會我用了別的之後，大豆就把我幹掉吧？

關於這個問題，我覺得我有必要再去找萊恩談談。

第十話　賽前的陰影

地點：Alis（亞里斯）
時間：中午十二點三十分

沒多久之後，桌上堆滿了青綠色的蔬菜餐。

還眞是環保……我的臉也跟著變成綠色，看來看去全部都是菜，感覺好沒胃口。

我是現代小孩啊！已經被速食店的不營養餐養壞嘴巴了！

「漾漾，你喜歡烤肉嗎？我剛剛點了餐，因爲是現做的，要一下子才會來。」不知道從誰那邊學來這個綽號叫我，雷多抱來最後一個沙拉盤，這樣說。

「我喜歡。」用力點頭。給我肉給我肉，就算來個肉絲炒菜也好。

我發現我實在不適合吃素，一堆的素菜會讓我有種吃不下去的感覺。

不用眨眼時間，一個打扮很像侍者的人端來了一大盤的烤肉，上面淋了金黃色應該是蜜汁的東西，一上桌立刻就香氣四溢，讓人連口水都差點流出來。

我拿了蔬菜葉學電視上看過的吃法，把烤肉夾在蔬菜裡面。

雷多一直盯著我看，然後笑，「有意思，我都不知道咕雞的肉可以這樣吃。」

咕雞？咕咕雞的一種嗎？

對座的雷多也學我的動作，把肉夾在菜裡面，一口吞掉。「這樣子很好吃，你們那世界的吃法眞有趣，回頭我也告訴雅多。」他顯然對這種吃法非常滿意。

「你剛剛說這是雞肉嗎？」我懷疑地問，雖然我對於肉品辨別能力不怎好，可是我看來看去，怎麼都覺得這盤肉是……豬肉？

「這是咕雞的肉，你沒看過嗎？」雷多偏頭看著我，我只好很誠實地搖搖頭。

我看過咕咕雞的肉啦，不過前面那個字拆掉我就不知道牠到底是什麼了。

「我帶你去看。」他很爽快就站起來拖著我往廚房去。

這種行動力我怎麼覺得跟某人好像！

他沒走進去廚房裡面，是從旁邊的小門繞出去。「咕雞大部分都養在廚房旁邊的庭院，因爲牠平常樣子挺小，很方便養，你們學校裡面應該也有。」

我們學校也有？什麼時候我們學校有養殖場了我怎麼不知道？

是說我們學校那麼大我都還沒走完，不曉得應該也算是正常的，何況我沒事幹嘛去找學校的養殖場來看，搞不好裡面養了什麼平常會吃路人的東西，又不是吃飽太閒活膩了說。

走出小門沒多遠，我就看到一間很像雞舍的小房子，不過比雞舍大了一點，也沒有雞舍的大便臭味，整間雞舍看起來有點像是鄉村布景，整個很精巧可愛。

「這就是養咕雞的地方。」雷多打開了雞舍的小門，裡面是亮的，沒點燈，不過矮矮的天花板是透明的，不知道是玻璃還什麼做的，整個透光。

我仔細一看，裡面都是小圍欄，大概有兩、三個左右，範圍滿廣的。然後裡面……喔，天啊！如果我眼睛沒有抽筋的話……我覺得自己好像看見很像山老鼠的東西衝來衝去！

雷多彎身抓了一隻起來讓我看清楚。

那是一種體型跟山老鼠很像的東西，大概兩個手掌張開大，然後兔子的臉，有老鼠身體跟尾巴。「好小隻！」剛剛那盤烤肉裡面殺幾隻啊！

我突然對烤肉沒胃口了。

「牠會變大隻，你看。」雷多拎起了那很像兔子的耳朵，猛然對牠的耳朵用力一吼：「哇啊——！」

然後，我看見很靈異的畫面——兔子老鼠的灰色眼睛整個瞪得大大圓圓，一臉就是被鬼打到的絕對驚嚇表情，然後全身的毛包括耳朵、尾巴什麼的都豎起來。接著，牠……變大隻了，整隻在雷多的手上，變成三倍大不止。

雷多把兔子老鼠丟回去柵欄裡面，變肥大的兔子老鼠一陣驚嚇地狂奔，然後肥肥的身體撞到牆壁、倒下陣亡。

「放五分鐘大概會變成原來的十倍大，肉質漲滿之後會很鮮甜，分量也很足夠。」雷多盯著那隻肥大的兔子老鼠掉口水。

我無言地看著圓滾滾的咕雞。

牠是出生專門被吃的糧食嗎？連攜帶都很方便，專程爲餐廳設計的是吧？

柵欄裡面全部都是稻草，草裡面還有很多兔子老鼠衝來衝去。我看見牠們的食物就是一團蔬菜，非常好養。

「看完咕雞，我們繼續回去吃飯吧。」雷多扯扯我，這樣說。

「好。」不過我可能吃不太下了，我突然覺得有時候吃點素食養生也是很不錯的一件事情。看過吹氣咕雞之後，我整個對肉的慾望都降低了。在這個世界裡面，有時候其實不要看見食材會對心靈會比較好。

就在我也提步想走的時候，雷多突然停下腳步。「？」怎麼了？

「噓，有人來了。」他連忙把我往雞舍裡面推，跨過柵欄拉著我躲進高高的稻草堆裡。

「誰來了？」有什麼好躲的？頂多走出去擦身而過而已啊？

一隻咕雞竄進我旁邊，被雷多抓出來往旁邊丟。「不知道，可是他身上有種討厭的味道。」他把我壓進去草堆裡面，突然停了一下動作、皺眉。「奇怪，雅多爲什麼在發飆……算了，等等再說。」然後他也鑽進稻草堆裡面。

一群咕雞不死心地圍過來，也學我們鑽進來，到處亂蹭，被雷多一一地踹出去，然後又跑進來。

我也感覺到好像有兩個人靠近的樣子。奇怪，爲什麼我會確定是兩個人？

「我們不在這裡，空氣與水、轉折倒影。」雷多喃喃唸了些什麼，手指在我們兩人四周劃過，我看見似乎有個白白又很透明的霧將我們兩個人覆蓋住。

咕雞突然散開了。

我看見雷多將一根指頭放在唇上。

噤聲。

※

有一個味道。

很難講清楚，但是就如同雷多說的，我聞到了一個臭味、一種會讓人窒息的噁心氣味。

腳步聲逐漸地逼近我們，有人走進來雞舍，而且眞的是兩個人。

「亞里斯學院的代表怎麼可以換人！」一個很低啞的聲音，聽起來非常憤怒，而且他一激動那個味道又變更重了，讓我有點想吐。

旁邊的雷多拉住我，手指往我鼻子一抹，味道倒是減輕了很多。

「對不起大人，可是這不是我們可以預料到的事情，因爲你們安排的人出問題，居然連袍級都被剝除了，現在換上的是水之妖精的貴族，可能會很麻煩。」另一個人說起話有點畏畏縮縮，好像很怕前一人的樣子。

「有什麼好麻煩！既然不是我們的棋子，就照其他學院的模式一個一個安排好、處理掉！」

雷多差點衝出去開打，我連忙抓住他。

也不知道外面是誰、實力如何，現在跑出去等一下被打假的怎麼辦？

「今年的三樣寶物一定要到手，爲了我們的主人，也必定要削弱場上的袍級。」

「小的知道，立即就去辦。」

那人走了兩步，就在我們這邊的柵欄外面。

我小心翼翼地翻開了一點點稻草偷瞄，什麼也沒看見，不過我在柵欄的空間夾縫中，居然看見了剛剛才經過廚房的廚師穿的衣服。雷多也學了我的動作，同樣看見那件衣服。

「請大人放心，亞里斯學院歷年都不曾進入過決賽，我們可以輕鬆地在初賽就將他們拉下來，不過就是換了三個妖精白袍，沒什麼大不了。」那個有著廚師袍衣角的人這樣說，聲音有點不屑，「與我們所挑選的隊伍來看，他們還差遠了。」

我注意到雷多雖然還是在笑，可是整個笑起來就是很恐怖，像是殺人魔一樣；我怕他隨時會衝出去宰了那兩個對話的人。

他們的談話內容隱隱約約就是讓人感覺到不對勁，好像是在檯面下動了什麼手腳似地。而且，我本能就是知道他們在講大競技賽的事情，因爲我聽說大競技賽每次都會由上屆的三名優勝學校各自提出一樣寶物來給此屆的前三名作爲獎賞，他們剛剛說到的三樣寶物，應該就是這個。

然後驚悚的事情來了，另外一個人突然蹲下身。我看到一副鬼面具，露出了兩個濁黃色的眼睛。有一秒，我的視線好像跟他有對上，不過他移開了。那一秒，我整個心跳差點暫停。

「大人，怎麼了嗎？」廚師袍這樣問。

「沒事，覺得剛剛好像有人在這。」那個人一說，雷多立即反手壓住我的嘴。其實從剛剛開始衝動的都是他，他壓我應該是沒有用。

「這裡是養咕雞的地方，就算學生也不可能進來。」廚師袍神經質地轉動了幾次身體，我猜他應該是四處張望。

我突然覺得剛剛雷多是不是用了什麼咒語讓我們隱身之類的，否則他們怎麼一直沒有發現？

「哼……有沒有，我們找看看就知道了。」似乎不相信，鬼面具猛然一腳踏進來柵欄裡面，四周的咕雞嚇得到處亂跑，好幾個正在逐漸變大的圓圓身體撞到我們好幾次。

有滴冷汗從我頭上掉下來。

那個人越靠近這邊，我越是聞到一股讓人窒息的臭味，雷多的法術也抵擋不了那個味道。就像那天在鬼王塚聞到的味道一樣，幾乎要讓人吐出來。

雷多按著我，我們兩個都不敢隨便亂動。

「奇怪，有一個人類的味道。」他這樣說，我差點心臟漏跳一拍。接著，四周傳來翻找尋找的聲音，很快地，就又重新靠近我們。

就在我感覺雷多好像有意思衝出去跟他們槓上時，有個巨大的聲音遠遠地傳來，是爆炸聲，聽起來應該是爆符。那個聲音解了我們的困境。

「有人來了，我先走，你別忘了大人交代的事情。」同樣聽見那個聲音，鬼面人立刻踏出柵欄，一下子就消失不見了。

然後那個廚師也往外走。不過他好像還沒走出雞舍，新的爆炸聲就先傳來；這次很近，整間雞舍的稻草全部被暴風吹得亂飛，咕雞也嚇得全部都長大到處相撞。

趁著這個機會，雷多拉了我從雞舍的後門跑出去，然後往前門繞，他是想裝作剛來的樣子。

就在我們繞到前門前、看見爆炸聲由來之後，我傻眼。拿著爆符黑劍的不是別人，就是雷多的雙生哥哥，雅多。然後他前面不遠的五色雞頭化出一邊的獸爪，就站在雞舍前面。

他們中間有個嚇得坐倒在地上的人，就是剛剛那個廚師。

雅多看著五色雞頭，淡褐色的眼睛中充滿了殺氣，無視於中間的廚師，用黑劍指著他。「今天不是你死、就是我亡。」

五色雞頭哼哼了幾聲，完全不怕他的樣子。「來啊，看到最後你打輸是不是上吊的那個！」

我無言，非常無言。

天啊！為什麼你不管到哪個地方，都可以隨隨便便惹瘋一個人？

我後悔讓五色雞頭跟來了。

雅多的臉本來就很臭，現在更像閻王索命臉了。

「你怎麼知道雅多在發飆？」我疑惑地問著一樣在旁邊看戲的雷多，剛剛躲進去時他的確講了這句話；只是當時有點緊急，我才沒太注意他說那句話的意思，現在想起來，有點不可思議。

雷多回我一笑，「雅多的事情我都能感覺到，我的事情雅多也都可以感覺到。」

喔喔！傳說中神奇的雙胞胎力量是嗎？

我的眼睛立刻發光。每次在電視節目上看都覺得很像騙人的，現在當場就有眞人可以實驗看看，好棒！我想知道這件事情到底是眞的還是假的已經很久了。

「我們連中毒都會一起中、受傷也都傷一樣的地方，很厲害吧。」雷多補註上這句話，讓我的好奇心更加旺盛了。

眞的有這麼神嗎？我突然有種想實際實驗看看的衝動。

與我們這邊和樂融融的氣氛相反，另外那邊的殺氣騰騰已經高到幾乎要爆炸的臨界點了。

五色雞頭跟雅多死命地互瞪，感覺上很像要把對方的眼珠挖出來的氣勢。

「要阻止他們吧？」我看著雅多跟五色雞頭兩人敵對的殺意，怕他們眞的打起來會拆了別人的學校。不過基本上我已經不想衝進去阻止了，要不然我會創下第三次被夾攻的紀錄，然後發起人永遠都是該死的五色雞！

我並不想要那麼深的孽緣，謝謝。

「要，不然回去會被伊多罵。」顯然比較怕哥哥的雷多用力地拍了一下手，不遠處的雅多轉過來，我看見他手上的黑劍消失了，又變回原來的臭臉，然後不管五色雞頭的叫囂就走過來我們這邊。

「眞是的！」五色雞頭很不滿地也走過來，獸爪消失。「幹嘛又突然不打了！」他的期待落空，現在整個人都很焦躁。

我注意到那個廚師慌慌張張地爬起來，要逃走。「雷多，那個人……」

雷多做了一個不用管他的手勢，「我記下他的臉，沒關係。」他仍是笑，可是笑得有點讓人頭皮發麻。這讓我有點不太看好那個人的下場，應該會……很慘吧我覺得。

「漾～你們背著我又在玩什麼好玩的事情嗎？」五色雞頭搭著我的肩膀，雅多一不甩他就失去吸引他的注意力了，現在他很好奇地看了我跟雷多，對我們的對話感到非常有興趣。

我連忙搖頭，「啥也沒有。」開玩笑！我可以預想到如果現在告訴他之後，他絕對馬上會去把那個廚師抓回來，先把人打得像豬頭然後再用正常人想不到的方式逼供。

「我們去涼亭那邊說，這件事先不要讓伊多知道。」雷多也這樣告訴他兄弟。

雅多點點頭，一句話不吭。

包括我在內，連著五色雞頭四個人立即由雅多帶路，往大自然……我是說學校的後園走去。學校後園比前面看起來更廣了些，到處都是巨大的老樹藤蔓，整個就是很森林的感覺，偶爾還會看到小白兔還松鼠之類的東西從我們前方跑過去。

雅多帶著我們去的地方是有三棵說不出名字的大樹交纏的地方，底下則是一個白色的涼亭座，看起來很典雅，尤其是涼亭上面還有雕刻，非常漂亮。這跟我們學校涼亭的感覺又不太相同了，我們學校的涼亭是多變的，每個轉角看見的景色都是不同的，但是亞里斯的這種涼亭感覺在我們學院當中我只在一個地方看過，就是圖書館。

智慧之樹那個地方。

「你剛剛是怎麼把雅多弄生氣的？」我小聲問著跟我並肩的五色雞頭，感覺有點對不起好心邀請我們來的伊多。

五色雞頭聳聳肩，一臉皮皮地說：「跟安因差不多吧，我就是討厭他臉上緊繃的樣子，好像欠他錢沒還；而且他還一直跟在我後面，有夠討厭的。」

「……」雖然我也很怕雅多的死人臉，但沒必要整他到這地步吧？

「先進來吧。」雷多已經在涼亭裡面招手要我們過去。

我連忙跑了進去，五色雞頭則悠悠哉哉地隨後晃進去。

涼亭裡面看起來比從外面看大很多，可以容納十來個人不是問題，中央有張石桌子沒入地面，看起來應該是整張黏在地上的，旁邊有石椅供人休息。一踏進這座涼亭裡，我好像還能聽見細微的風聲，涼涼的，感覺很舒服，讓人覺得在這邊睡個午覺應該會很好睡。

五色雞頭在我之後走進來，雅多馬上就把臉給撇開了。我看得出來亭內的雅多已經把五色雞頭當空氣，連看都不想看他。

或許這樣也比較好吧？

至少我還不想等等祕密會議開到一半突然被兩個暴走的人給砍掉。

※

「有人要在背後搞鬼？」

一聽完雷多敘述剛剛的事情，五色雞頭整個表情變得很微妙。

我不會講，可是我覺得他好像很期待的樣子——好吧，基本上他對所有會發生的不好的事情都會很期待，感覺就是想趁機把事情鬧大然後興風作浪一樣。

「其實基本上像大競技賽這種可以讓人名利雙收的大型比賽都會有人想搞鬼，上一屆好像也不少，但是都被維護隊整理掉了。」雷多這樣說，像是已經習慣了這件事情，倒也不驚訝有人會搞鬼，「沒想到像我們這種年年輸的小學校也被盯上了啊。」

我也不會形容雷多的表情，可是不知道爲什麼，我也覺得他很期待的樣子。

你們兩個，不要露出這種好像事情發生越大越爽的表情好嗎？

是說，爲什麼亞里斯學院是年年輸？就我對他們的感覺來看，伊多等人應該是有某程度的實力吧？還是因爲上幾屆的都太弱了？嗯，這個倒是非常有可能。

就在我恍神不久之後，說話的聲音再度把我注意力拉回。

「不告訴伊多？」明顯比較屬於乖寶寶的雅多皺起眉，「這不是小事。」我也覺得這不是小事，老大拜託你快去告訴你哥吧，這樣可以減少破壞損失。

四周有點安靜下來，然後他看了我一眼，「你們都聞到臭味，那代表有鬼族的人在後面策劃這件事情，不單純。」頓了頓，繼續說：「既然亞里斯學院已經有這件事情，代表Atlantis學院也會被盯上，請你們再轉告冰炎殿下這件事情，讓所有人都提防比賽中有人動手腳。」

我點點頭。

五色雞頭還是一臉不在乎。

我覺得我可以知道他的想法。他一定在想最好上場的被暗算中獎，這樣他才有未來。

眞是夠了！

「不過我們現在還沒有證據，伊多也很難抓犯人，我們先看看狀況再告訴伊多吧。」主張不說的雷多這樣告訴他兄弟。

雅多遲疑了一下，「你想要我們自己去抓？」他的表情有點困惑，顯然認爲這不是什麼好事。

「對啊，不然沒有證據到時候人家又說我們亂說，伊多還要到處找，這樣不是更麻煩嗎？」雷多搭著他的肩膀，嘿嘿嘿地笑著。

「可是……」遲疑了一會兒，雅多才點點頭，不過感覺上不是很踏實。

「那有什麼好緊張的，來一個殺一個不就得了。」以專業殺手的觀點來看，五色雞頭給予如此建議，然後不被現場所有人採納。

說眞的，我突然覺得我好像跟鬼很有緣的樣子，從入學開始就被鬼王的手下追，然後鬼王塚，現在又是鬼族的陰謀……這世界還眞是無處不是鬼。

是說，說到鬼王的話，我倒是想起來一件事情。「你們知不知道什麼是妖師？」

我一問，全部人都安靜下來，三個人六顆眼睛都轉過來看著我。

呃、我有問了什麼不該問的問題嗎？

「你怎麼會知道這個名字？」五色雞頭先發問，他的表情看起來很難得的正經。

雷多雖然還在微笑，可是表情也很嚴肅。

「我……我是在圖書館裡面借來的書看到的。」爲什麼撒謊我也不知道，就是很本能地這樣說了。下意識總覺得我應該說謊，不然好像會發生什麼事情。

雅多和雷多對看一眼，好像是相信我的說法，不過五色雞頭看起來就有點懷疑，可他也沒有問，只是盯著我看了好一陣子。

「妖師……已經很久沒有人說過這字了吧。」雅多先開口，很淡很淡，感覺上不太想說。「最後一代妖師我記得死於三百多年前，然後這個名字隨著時間消失匿跡，現代已經找不到妖師傳人的存在了。」

啊？已經絕種啦？

「妖師是一種滿可怕的存在，對於我們而言，他根本是不應該活在這世界上的兵器。」雷多接著說下去，「比禁忌還要更禁忌的存在。」

簡單來講是活體生化兵器？

我開始有點好奇，爲什麼這些人聽到關於妖師的事情反應會是這樣？

妖師究竟對他們有什麼影響？爲什麼他們會說是一種兵器？難不成是像漫畫一樣那種稀奇的

人體發出雷射光的超科技神器？太神了吧！

「你問這個幹嘛，對你又沒有用。」五色雞頭用一種很厭煩的眼神看我，他好像也不喜歡妖師的樣子。

眞神奇，這還是我第一次看見他聽到麻煩不興奮的。

「如果不方便就不用說了，當我沒講……」

我有一種踩到別人禁忌的感覺，所以還是不要亂問好了。

「這不是什麼不方便說的事情，不過由我們解釋的話你可能會弄不清楚，或許等我找到相關的書籍之後帶給你，再慢慢討論會清楚一點。」說這話是一臉平板的雅多。

原來他眞的是面惡心善！

「好，謝謝你。」感動，說眞的，我只知道「妖師」這兩個字，我連圖書館都沒有去查，因爲圖書館太恐怖了我不想進去。

「不會。」我雖然知道雅多是善意，可是他還是連笑都不笑一下。

雷多又在盯著五色雞頭的鋼刷頭看了。

這次，五色雞頭忍不住了，直接拍桌站起來。「你是想找本大爺打架嗎！很好，剛剛沒打完，這次輪你！」

「我才不想打架，會被伊多唸。」顯然完全沒有戰意的雷多聳聳肩。看起來伊多跟打架，伊多對他而言恐怖多了。

「你從一開始就一直看本大爺的頭是怎樣！有意見嗎！」

我也覺得很奇怪，雷多從剛認識時就一直表現出他對鋼刷頭的興致濃厚，可是我只覺得那個好像是彩色鋼刷，沒什麼好看的。

「因爲好像很好玩，顏色很多。」雷多回得很理所當然，好像不是什麼壞事。

「你喜歡是吧。」五色雞頭把手關節扭得喀喀響，「本大爺可以幫你染，看你要七彩顏色還什麼。」

雷多的眼睛開始閃亮，他完全沒聽出來這句話是威脅，他的表情看起來非常像是小孩子躍躍欲試的樣子。

「不准染。」雅多發出警告聲，「我不想看見我的臉上面頂著毒菇頭。」他凶惡地瞪著自己的雙胞胎，發出極度抗議。

你覺得五色雞頭是像彩色毒菇雞是吧……

「你對本大爺最自豪的頭毛有意見嗎！」這次五色雞頭拍的是雅多對面的桌子，石桌發出很大的一個聲響，害我以爲桌子絕對垮定了。「給我看好，這是藝術、是藝術！」

我懷疑他的藝術鑑定眼光。

「對啊，雅多，是藝術。」意外地，雷多居然認同了而且還點頭，完全無視於他雙胞胎的頻頻白眼。「看看他的頭，有春天嫩芽的翠綠，有花開的鮮艷，還有陰雷天空的暗沉美麗，你不覺得這些綜合在一起真的是一件奇妙的藝術品嗎？」他說得很熱血，整個淡褐色的眼睛都閃閃發亮，還偷瞄了好幾次五色雞頭的彩色毛。

說眞的，我看來看去也不覺得五色雞頭的腦袋是藝術品。他看起來比較像我老媽在刷廁所的那種刷子，每個賣場還是超市都會看見的家庭用品。

如果那種刷子也稱得上是藝術品的話我就沒話講，眞的。

「完全不覺得。」

果然，雅多說出跟我想的一模一樣的話。

「雅多，虧你還是一個妖精，這種奇妙的色彩分布居然不懂欣賞！」雙胞胎弟弟指著雙胞胎哥哥開始窩裡反，語氣完全就是大驚小怪「你跟我到底有沒有血緣關係」那種。

是說，爲什麼妖精要懂得欣賞怪頭？

「不好意思，完全不懂。」雙胞胎哥哥一點也不覺得五色鋼刷有什麼好令他欣賞的。

雷多倒退兩步，眼中是錯愕的神情。「你居然不懂欣賞，你到底是不是我兄弟啊！」

「就算是你兄弟，我也不覺得彩色毒菇有什麼好欣賞的。」

「不准說本大爺的頭是彩色毒菇！」

然後傳來石桌被破壞的巨大聲響。

他們瘋了。

我走出涼亭，想回家了。

後來我才知道，妖精是非常喜歡工藝品的種族，而且對每樣東西都有獨到的眼光；特別是他們喜歡手製品跟帶有濃濃風格的東西。

重點是，他們會非常堅持自己認爲是藝術的東西。

這是在雅多跟雷多兩個人在涼亭裡面和五色雞頭大打一架、被匆匆趕來制止的伊多平息之後，伊多才告訴我的。

涼亭被砸了，他們三個赤手空拳也可以打到把一座涼亭給砸掉。

很好，非常好。

我現在慶幸的是我有先走出去涼亭，還晃到餐廳去拿了飲料喝，回來剛好看見涼亭歷史性倒塌的一幕。就好像災難片裡面都會看見的場景一樣，轟隆隆的巨響加上一大堆揚起的灰塵，剛剛還很美麗的涼亭活像天災降臨一樣轟轟烈烈地垮了——垮得連一根柱子都沒有完好。

嗯，倒得眞徹底。

不知道什麼時候趕來的伊多現在正環著手站在已經塌掉的涼亭前面，然後窩裡反的雙胞胎兄弟站在他面前，一模一樣的臉左右撇開完全不看對方，兩人臉上很神奇地都是右眼有個黑輪，一模一樣的位置跟大小。

「漾～」看到我回來，五色雞頭又神奇地出現在我旁邊搭著我的肩。「先說，本大爺只打了愛笑神經病，結果另外一個也跟著冒黑輪。」他用很無辜的語氣解釋，好像是想讓我知道他沒有那麼手賤一次揍兩個。

「……」神奇的雙胞胎心電感應終於出現了嗎？

我突然想起來剛剛雷多說他們受傷也會傷同一處這件事。

那他們窩裡反也真沒有意義，根本就是自己打自己而已嘛。

伊多不知道跟他們說了一些什麼，我聽不懂，不過後來雷多和雅多算是和好會互相瞥幾眼了，兩人的火氣就沒那麼大。

「不好意思，見笑了。」伊多走過來這樣跟我說，然後微微行了一個禮，「妖精對於自己看上的物品都有一點執著。」然後他也看了一下五色雞頭，那個表情可能也是不明白為什麼雷多會喜歡五色鋼刷的樣子，馬上就轉開了。

「沒關係。」我很習慣了。

兩個人打架……錯了，是三個人，三個人在一旁打群架不干我事好比得過我上次莫名其妙被夾在安因與雞頭中間打。

我突然覺得這次先行逃走真是太過明智的抉擇，不然光看那座涼亭，我就已經大概知道我留下來會變成什麼樣子。

雅多跟雷多兩人好像自己不知道上了藥還什麼，一下子臉上的黑輪就不見了。

「讓雷多送你們回Atlantis學院吧，我剛剛離開時，在學院集會聽見了消息，這兩天有些事，順便讓雷多向冰炎殿下捎了信息。」伊多這樣說著，於是拿出了一個信封交給雷多。

跟我接到的邀請函有點像，上面都印著很像家徽的東西。

「喔。」雷多收了信函，又開始盯著五色雞頭看，「那我們走吧。」

他說，於是他張開了手，我看見他的動作跟學長之前有點像，就是將手掌對著地面，然後一個魔法陣散開一個大圓，法陣沒有學長的那麼大，也不太一樣。

五色雞頭哼了兩聲，晃進去魔法陣裡面。

「褚同學。」伊多突然叫住我。

我停下腳步，回頭，不解。我忘記跟他說再見嗎？

聽說貴族都很講究一些有的沒有的事情。

「我感覺到您身上好像有帶著護符？」

他問，我點點頭。我身上的確有帶一個，被學長加工之後變成紅色的詭異單眼護符，千冬歲還不知道這件事情。

「請千萬別讓護符離開你身邊，它的力量很強大，足以保護你的。」伊多微微一笑，然後從口袋裡拿出一個白色的小盒子，頗像人家求婚放戒指的那個大小。「這是我們一點小心意，也感謝您今日到亞里斯學院作客的回禮，請務必要收下。」

回禮？這樣我是不是也要給他些什麼？

可是我身上什麼也沒有。

伊多還是微笑，我只好把盒子接過來。

小盒子與外表不一樣，還滿重的，裡面不知道裝了什麼東西。

「一路小心。」

※

結果我們用了兩秒就回到Atlantis的大門口，速度非常之快，快得好像兩所學校就在隔壁而我們只是往前走一步換校區而已。

「雷多，這個可以開來看嗎？」

我搖了搖手上的白盒子，連一點點聲音都沒有，不曉得裡面是什麼。

五色雞頭也一直盯著盒子看。

「可以。」

我打開盒子，裡面只有一個小木雕，好像是某種神像的樣子，是尊精巧的女人像，身上纏了兩條蟒蛇，女人的身上刻了很多花紋，手工非常精緻。

「這是莫尼亞的雕像，傳說中保護妖精的女蛇神。」雷多知道我看不懂，好心爲我講解。「是妖精族護符的一種，有時候我們會將這東西送給喜歡的朋友，代表請保佑朋友無災無害。」

翻看了木雕一下，我滿高興。

不知道爲什麼，在這個世界裡面交朋友好像很容易，這是我以前完全沒辦法體會到的事情。

因爲大家都覺得我很衰，沒多少人想和我做朋友，大夥兒都怕被衰運傳染，所以我到國中畢業時，眞正的好朋友也沒有幾個。

可是這邊的人都是眞的對我很好，好得、太多了。

讓我有種不眞實的感覺。

「爲什麼漾有我沒有？」五色雞頭發出不公的抗議。

是說爲什麼你要有，明明人家就不是邀請你去的，而且你還破壞了一座涼亭，我想你沒被求償已經算很不錯了吧。

「你還需要護神保護嗎？」挑眉，雷多反問。

「哈！本大爺從來不需要那種鬼東西！」

「那就是了。」

「……」

我把木雕放回去盒子裡面。

「漾～你下午要去右商店街嗎？」五色雞頭還是不太死心，搭著我的肩問早上說過的事。

「不去。」半秒回絕。

「那我要去找冰炎殿下了，下次再來找你們玩。」雷多笑笑地又看了一下五色雞頭的鋼刷腦袋，很眷戀的樣子。

「快滾！」五色雞頭發出警告。

「好吧。」雷多尖尖的耳朵垂下來，然後突然抬頭，「現在是幾點了……」

赫！

「不要看時鐘！」

我晚了一步。

一個巨響，我的惡夢從大樓的鐘框上掉下來，一半插進地面，完全一模一樣的角度與姿勢，一點都沒有改變。

雷多傻掉了，從他僵掉的表情完全可以看出來。

非常熟悉的黑色數字正在扭動，然後用不了十秒鐘的時間，插進去地裡的時鐘彈出來，轉動方向。

「這是什麼啊？」雷多倒退兩步。

接著，我看到非常熟悉的影像，就跟我剛到學校時一模一樣，只不過剛開始跑的那個是我，現在拔腿跑的是雷多跟五色雞頭（因爲雞頭剛好站在他旁邊）。

殺人鐘匡匡匡地發出巨大聲響滾動、追人。

我突然理解爲什麼那天學長會叫我快跑，跑完一圈才解決時鐘了。

因爲只要不被追，站在原地看別人被時鐘追還挺好笑的。

糟糕，我變邪惡了。

第十一話　第一預賽場

地點：Atlantis

時間：上午九點五十五分

十月十二日，學校開始正式停止上課。

據說是因爲學校提供了場地進行第一次預賽的選拔，所以從十二號開始到十五號爲止都必須布置學校。不過這讓我很懷疑，他們到底想要怎麼「布置」學校，之前那些奇怪的東西已經夠多了，千萬不要一布置變得更多，我會想哭。

因爲布置的關係這幾天沒有上課，所以大部分學生都開始安排三天的行程，各自玩各自的，學校一瞬間變得很空曠，就連餐廳中也幾乎看不到一個人，除了偶爾會有逗留在學校的學生餓到受不了跑去吃之外。三天的時間，我就在安因那邊學習上次他教我的基礎符咒，不然就是被五色雞頭拖去左商店街買東西什麼的。

不過我個人比較喜歡跟安因學習咒文，畢竟跟安因在一起遠比跟五色雞頭在一起安全得很多，不過可惜的是安因他是學校行政人員，一天裡有大半天都會被召喚過去幫忙，剩下的短短幾小時才可能輪到我。

雖然這幾天我有想過要找喵喵他們，可是因為喵喵是醫療班的一員，所以早早就被傳去做賽前準備和練習；看來醫療班這次一定會很忙。

另外，萊恩也因為是候補隊員，連同千冬歲整整消失了好一段時間；所以三天的假期裡，完全沒有半個人來找我，除了那隻明明也是候補但是不曉得為什麼閒到發慌的五色雞。

接著，十五日到了。

「褚！」

上午九點多，當我整理好制服準備踏出黑館的同時被人給喊住。

聽說我們學校借出的場地第一天一共有八間學校要用，也就是說有四場預決賽可以看，其中一次就是我們學校的人。

預賽是下午兩點開始。

我轉過頭，會這樣叫我的只有學長，可是聲音不對。我看見石膏臉……不是，是慘白面具外加一個紅圖騰。「呃、夏碎學長？」他穿著紫色大衣然後掛著面具就在不遠的地方對我招手，說實在的，如果不是知道袍子代表階級，他這樣還真像某種變態，戴著便宜的塑膠卡通面具、會突然扯開衣服的那種。

「我們今天要去奇雅學院進行第一次預賽，你要去看嗎？」

「欸？」訝異，夏碎學長突然這樣問我，害我很驚訝。

是說我好像和夏碎學長沒什麼交集吧？他怎麼會突然問我這個？神經突然打結產生火花嗎？

等等，這樣話說回來，在這邊進行第一次預賽的就是蘭德爾他們囉？

說眞的，我對吸血鬼的決賽沒什麼興趣，可是萊恩是候補隊員，喵喵他們一定也都會在，我沒有去好像怪怪的，感覺有種說不過去的樣子。

「奇雅學院今天有兩場預賽，一場是我們對奇雅學院的代表，另外一場是亞里斯學院對惡靈學院的代表。今年亞里斯學院臨時換了這隊，所以我們才問你要不要一起過去？」夏碎又重新補充了訊息給我知道，「亞里斯學院的人好像認識你，昨天碰面時候就有在問你的事情。」

臨時換隊？那不就是伊多他們的隊伍？可是跟他們對上的學院名字怎麼那麼詭異？

「惡靈學院是……？」一聽就覺得不是什麼好學校。

「是讓人反感的學院。」他似乎也大約揣測了我的想法，用最簡單的方式告訴我。

反正就跟名字一樣就對了，很老套的設定法。

「我約了西瑞，他說他要自行過去，你呢？」

對喔，我完全忘記五色雞頭也是候補。

我很猶豫，非常猶豫。我很想去看學長的比賽，可是又覺得也應該去喵喵那兒找萊恩。

一本彩色的書冊遞到我面前。

「這是什麼？」我看了一下書皮，質感說不太出來，反正一看就覺得一本要上千的那種感覺，閃亮亮的很高級，上面燙金印了我看不懂的蟲字，整個設計感非常優雅高級，是適合放在桌子上插香供奉的那一類東西。

「這次預賽的場錄，裡面有全部比賽隊伍的介紹，到目前截止一共有三十六所學院、六十七個隊伍即將角逐勝利的名額。」

我翻開書本，有點厚度，裡面爬滿了金色的蟲字、黑色的底，然後是大幅跨頁的照片，每一頁都是一個隊伍特寫的樣子。然後靈異的是，相片居然會改變，每幾秒就變化成另外一張，大概每個隊伍會變個五、六次不一樣的相片。

「原本要到預賽當場才會拿到這個限量場錄，聽說發放不多，只有百來本而已；不過賽前我們這些隊伍都已經拿到了，這本是多拿給你的，你就不用去擠限量本了。」

其實就算拿給我也沒用，因爲我根本、看、不、懂、啊！

不過相片上還滿多黑袍和紫袍、白袍的，看來每個學校都派出精英的樣子。

夏碎學長好貼心喔……還知道我一定是搶不到限量品的那種人。

我翻到一頁寫著「Giya」的地方，然後被上面的相片深深地給吸引住了。

多麼令人懷念，上面折射得閃閃發亮的金屬，就和我阿爸經常從電視櫃上面拿下來給我看、然後說他童年時候爲了這玩意兒把他弟丟到水溝才到手的那東西長得一樣。

這、這不就是傳說中的無敵鐵金剛嗎？奇雅的參賽者是鐵金剛？

「我去奇雅。」看過鐵金剛的照片之後，我立刻下定決心。

阿爸，你兒子來幫你完成當年你沒親眼看見鐵金剛的憾恨了。

「很好，走吧。」

※

夏碎學長並不是用移動符到另外一間學校。

他跟我解說這是因爲預賽時各個學校防守比較森嚴，怕有不良分子藉此機會造亂，所以統一都是從學校的固定連接點移動到另一所學校，而且都有專人看守連接點，在這段時間中未經過申請或不明的移動、移送等轉移陣法都會被學校結界擋下來，基本上是不可使用的。

連接點是一個大型圓圓的光，中間有魔法陣，因爲太複雜了我看不懂，反正一定是可以把我們送去指定地點的那種。

光的用法和移動符一樣，總之就是兩秒之後，我眼前的景色都改變了。

然後，愣掉。

剛剛還站在附近的專人看守變了，變成……機動盔甲戰士？

我現在突然後悔自己沒有帶相機來照相了，這個照回去肯定以前的國中朋友會以爲我去看機器人聯合大展還是去了角色扮演的現場。

「到了。」夏碎走出光，也不管我眼睛瞪著兩邊的機動盔甲人，很快地就往門口走。

「等我！」這裡是什麼怪地方！

一出傳送地點，我整個人都呆了。這裡眞的是學校嗎？

我所見之處全部都是鐵，鐵的教室、鐵樹……鐵打造的樹、鐵道路，還有滿路上走來走去、穿著鐵的人。

太陽一照眼睛應該會被閃到吧？我應該戴太陽眼鏡來的。

每個人身上的鋼鐵盔甲都擦得閃亮亮，可以當鏡子，而且還有很多不同的顏色，看起來不知道應該說漂亮還是詭異。

有這種奇怪的異能學校？其實它應該改名叫作機器人學院會比較貼切。

夏碎也沒管我吃驚還是吃別的東西，領在前面走了很長一段路，然後我看見他走進一間教室裡面，上面有我看不懂的蟲字，不過居然很體貼地有中文和英文附註在下面。

「Atlantis學院　休息室」。

看來是這裡沒錯。

可是，一般觀眾可以進去嗎？進去不會被趕出來嗎？還是我先去觀眾席等好了？

可是奇雅的觀眾席在哪邊啊？這裡看來看去都是鐵，實在是很難分辨差別。

「你一個人從剛才開始就在外面碎碎唸是在唸什麼東西啊！」休息室的門乒地一聲被人踹開，門板轟轟烈烈地發出巨響整個撞到後面的牆壁還反彈幾公分，我眼前馬上出現了白色惡鬼。

「呃！」我忘了他聽得見！

太久沒遇到完全忘光。

「你說、誰是惡鬼？」學長微微勾起了笑，好像催魂。他把手關節拗得喀喀響，眞的是讓人非常懷念的畫面。「褚。」

「請當我腦抽筋想錯了。」我倒退一步，準備開溜。

「你要開溜是嗎？奇雅是鋼鐵科技學院，當心他們的警報很強，亂跑等等被肢解了我不管，這裡沒有Atlantis學院那種可以復活的處理，翹掉就會直接下地獄。」學長靠在門旁邊，打了一個哈欠。

「……」也就是說在這裡掛了鐵定就是掛了是嗎？

我縮回踏出去的腳，掉下冷汗。

「漾～」門後冒出另外一個人，「你果然有來。」

我回頭，看到五色雞頭。然後、傻眼。

我看見台客加強版。

「你身上的衣服是怎麼回事？」我指著他身上的襯衫，他現在比之前的台客裝扮更像台客，因爲他穿夏威夷襯衫還有海灘五分褲，全身上下鮮艷得跟鬼一樣。下面還是穿夾腳拖鞋，不過有換新的了。

但重點不在這邊啊！老大！

這是正式比賽吧？正式比賽可以穿成這樣嗎？還有，爲什麼學長你們不糾正他的穿著。

「這是本大爺前幾天去買的，很帥吧！」五色雞頭得意洋洋地咧嘴笑，而且還直接在我面前轉一個圈讓我看得更加仔細。

在他背後出現一個中指跟紅色幹字之後，我徹底對他的服裝絕望了。

我發現其實我們對帥氣的定義並不同，就和雷多和雅多審美觀不一樣是相同意思。

「是、是，很帥。」我已經無力反駁他了。「對了，你跟……」學長說過有人要在比賽動手腳的事情了嗎？

我還沒說完，先被學長凌厲的殺人眼神截斷。

「進來說，我們已經在休息室設下結界範圍了。」學長抬了一下下巴，把我們全部趕進去。

休息室裡面有桌子也有床，看起來就好像是小型宿舍，居然連電腦什麼的都準備了，還有書櫃跟小冰箱，很齊全。

結果學長也沒提有人要動手腳的事情，我不好意思多嘴。

「我們的賽程排在十一點、亞里斯學院的排在下午一點，每支隊伍依照能力不同，被安排的賽程、賽事都會各有不同。」學長只告訴我這個，「會場有我們學校專用的休息區，你可以直接在那邊看不用去觀眾席，那邊視野好。」

根據我的經驗，危險度也高吧？

學長露出冷笑。

「那不就快開始了？」我看了一下手錶，已經十點多了。

「嗯，所以我們要過去了。」

※

奇雅是鋼鐵學院。

根據我從學長和五色雞頭那兒拼湊來的情報，據說他們是比較超科技的異能學院。不同於Atlantis專攻超全類別、亞里斯專攻天文自然，奇雅的異能是建立在超科技與超自然聯合使用之上。

所謂異能……我還以爲只有像學長他們這種才叫作異能，原來還有完全不一樣的解釋。原來鋼鐵機器人的智慧科技也是一種異能，異於常人之能。

看來我要學的眞的多到會學死人。

「幾位是Atlantis學院代表嗎？」我們才一踏出休息室，立即就從地板上冒出一灘銀色液體、接著整個拉高變成一個銀色的女孩，大概跟我差不多高，然後銀色慢慢淡去變成正常人的色彩。這個讓我想到之前曾看過的電影，裡面也有液態金屬人。「我是奇雅學院開發的人造人三號，請多多指教。」

好籠統的名字……人造人不是已經用到爛了嗎？眞是有夠沒創意的！換個名字吧老大。

「我的名字是潔兒，是各位的領路人，若有問題我很樂意爲各位解答。」潔兒露出漂亮的笑容，她伸出左手，左手上立即浮現了一個巴掌大的透明圓球，圓球上面全部都是數據、繞著圈跑。「Atlantis學院的三名代表者都已經核對完畢，請問多的這一位……？」

我知道她說的是我，多出來的我不知道是什麼。

對，我也不知道我多出來在這邊幹什麼，其實我比較想去觀眾席，因爲那邊比較安全。

「跑腿的。」學長這樣告訴她。

喂！啥是跑腿的！

紅色的眼睛瞇起看我，「難道不是嗎？」學長的聲調整個都變高。

好吧，你說是就是。

我已經不知道第幾次敗於惡勢力之下。

「我明白了，那就是還有一位學校的輔助員。」潔兒衝著我笑了一下，然後圓球沉入她的手掌消失。「那我將帶領各位到比賽的現場，請各位站穩。」

還沒弄清楚她說站穩的意思，我先感覺腳下一動，然後浮起來。

「啊！」

五色雞頭一把拉住我的領子我才沒摔個狗吃屎。

以我們五個人爲圓心，地板畫出了一個大圓圈，然後銀色的薄薄圓板從地面切割出來直接飄上天空，速度不是很快，只是一直上升，完全違反地心引力。

……四周沒有安全扶把耶……我有點怕等等會摔出去。

圓板上升到可以把整間奇雅學院看清楚的高度，也是那種人摔下去會直接變成肉餅然後升天的恐怖高度。

我才發現我之前看的過於淺薄了，這間學校根本不是全部都用銀鐵銀鋼蓋的。它是各種材料搭建成的，每棟大樓都用我們那個世界學不來的手法、一體成型地搭起來，高高在上之後可以發現學校的組織非常精細，簡直就是超現代的未來建築物。

看到眼前的這些東西，我開始覺得電影裡面那些喜歡拍生化科技的人都應該來這邊取景才對，這裡絕對夠他們拍出驚爲天人的大場景了。

「奇雅學院是用圓鐵抽出精華物所建成，其中校區配合各種陣法與最新科技設計而成，可以同時通聯各地資訊也可以啓用法陣等。」潔兒簡單地這樣告訴我們，像是老早就被教導好應該說這些好聽的客套話語和導覽介紹。「在我們學院當中有著最豐富的形物設計書籍，歡迎各位有時間的話可以到我們學校進行交換心得與聯誼，我們會盡地主之誼竭力地招待各位。」

圓板大致轉了一圈讓我們將整間學校都看清楚之後，就朝著應該是後校的一處大空地飛去。

那兒早早就已經搭建好台子，整個都很高，大概有十幾層的樣子，而且詭異的是，觀眾席居然是飄在空中的，一個接著一個會飛的大鐵球很有秩序地散在四周，裡面坐滿了人。

那一瞬間給我的感覺好像是看見無數的圓形飛碟繞在場邊。

看起來應該是預賽的台子很大，是平面的，也是飄浮在空中，最旁邊有個應該是裁判台的東西，那裡坐了幾個怪人；除去有鋼鐵機器人不講，我懷疑我看見了異度星球的八爪章魚外星人。

「奇雅的代表也到了。」

五色雞頭這樣一說，我也注意到預賽台的另外一端一樣出現了大圓盤。

四周很安靜、非常安靜。我們站著的圓盤無聲無息的，從邊緣開始出現了一條一條的銀色液體，然後交織往上纏繞成一個圓弧形的頂；而面對比賽台的那面則是有銀色的液體往下，慢慢出現了一道樓梯連接到比賽台上。

對面的圓板也是如此。

原來這個就是我們的休息區喔……還眞是簡約方便。

對手那兒也站了一個跟潔兒長得一模一樣的女孩子，不曉得是液態金屬人幾號的樣子。

然後他們的選手……喔，我的天啊！

我看見勇者機器人還有鋼鐵聖鬥士。裡面還有一個不是人，是蠍子形狀的東西，整個都是銀色的，上面好幾個突起的尖刺，看起來就是碰一下會死的那種。

我的錶突然發出整點的聲音，嗶地一聲。

就在瞬間的那一秒，原本死寂的會場突然爆出巨大的喝采聲響，像是猛然打起的雷，轟得讓人耳朵發痛。

「奇雅學院與Atlantis學院預賽正式開始！」

預賽場地中地上升起了銀色的液體，然後一個東西衝上來，拉高成一個女孩子，不過她背上有著銀鐵的翅膀，非常地異樣卻又很美。「我是現場播報員珊朵拉，歡迎大家今日蒞臨奇雅學院的第一場預賽，我們預賽馬上就要開始，請各位千萬不要離開你的座位，因爲很可能眨眼一秒都會錯過精采的鏡頭。」她的聲音很大，感覺上是透過麥克風，整個場地都是她的聲音。

「聯合大競技賽第一回合，我們的比賽是、猜謎大賽！」

……啊？

我有沒有耳朵抽筋聽錯？

什麼跟什麼東西啊！

四周爆起了熱烈的鼓掌聲。

原諒我無法理解，基本上我原本以爲競技應該是一下場打得你死我活、血花到處飛，然後打死被人拖出去那個叫作競技大賽。

現在是怎樣？那麼和平而且可愛的比賽項目是什麼！

猜謎大賽是嗎？

猜錯還要啊哈哈你錯了然後在對方臉上呼巴掌的那種東西是嗎！

「請雙方派出第一回合的人選。」

對面立刻走下來一個鐵之騎士裝的人，他後面還有一圈西洋劍裝飾，看起來無敵沉重，走一步就傳來金屬的奇異聲響，讓人不自覺地屏住呼吸。

「夏，交給你了。」學長很無聊地打了一個哈欠，像是對眼前派出來的對手完全沒有興趣。

夏碎點點頭，然後走下去。

說眞的，我也開始覺得很無聊了。

還猜謎大賽勒！

那我乾脆回去看元宵猜燈謎大賽不就好了！

什麼爛項目。

珊朵拉的四周出現了很像撲克牌大小的長形紙張，圍成了一圈繞著她轉。接著，一張紙脫出了圈圈行列飄高，然後她微笑地接著，「我們第一道題目：芭蕉不小心滑倒，從樓梯摔下來之後會變成什麼？」

現場突然一秒安靜下來。

……

…………

靠！這是什麼爛題目啊————！

「茄子。」夏碎不用半秒就舉手，精準無比地說出答案。

我肯定夏碎平常閒閒沒事幹時一定都有上網看無聊的冷笑話。

「漾~你幹嘛全身僵硬？」五色雞頭搭著我的肩，發問。

「我被冷到了。」

好冷、好冷，眞的好冷，整個比賽會場都涼颼颼的，我甚至可以看見天空有飄雪的跡象。

珊朵拉露出大大笑容，「正確答案！」

其實我還有看過其他的答案，一個是芭蕉泥一個是黃瓜……因爲嚇得臉色發青，不過顯然他們決定採用摔得鼻青臉腫變成茄子的說法。

眞的好冷。

他們不會就一直這樣問下去吧？

全部到底有幾道題目啊？

我很怕我會直接被冷死在這個地方。

「全部有十道題目。」學長回過頭好心幫我解答，「全答完就結束了。」

那還好。

冷題目大概用不到十分鐘。

結果五秒之後，我發現我想得太天眞了。

「接下來，處罰開始。」女孩微笑著舉高了左手。

我看見了讓我一生都忘不掉的驚悚畫面。

跟我之前想的呼巴掌完全不同，眼前競技台上浮現了無數的銀色液體，然後變成一把一把巨大的刀子，掛得高高的，全部都指向那個鋼鐵沉重騎士。

鋼鐵騎士倒退一步。

「沒猜出來或猜錯的人，會被砍一百刀，全部躲過還是沒砍死的話，才可以進行下一個問題。」學長涼涼地說著。旁邊的五色雞頭跟著點頭。

我看見被刀圍的鋼鐵騎士頭上出現了無數黑線。

媽啊……這真的是處罰遊戲嗎？

會死人吧！

我太天真了！我真的太天真了！

原來猜謎呼巴掌的年代已經過去了，現在是輸了要互砍的年代來臨。不過在此大哥哥還是要告誡所有小朋友，就算你有九條命也千萬不要學習這種危險的舉動，因為九條命一定不夠用，而且大哥哥自己也沒學過、肯定死。

鏘然一聲，場上的聲音將我遠去的魂魄給吸引回來。

鋼鐵騎士的耐砍度居然遠遠超過我的想像。

第一把刀子落下、然後同時碎裂，證明了鋼鐵騎士果然是鋼鐵騎士，居然連一點裂痕都沒有！太神奇了，難怪鋼鐵人都很難死得了！

就在鋼鐵騎士被砍了第一刀之後，其他的刀子幾乎是同時有了動作；而鋼鐵騎士突然拔腿就往夏碎所在的地方衝去，所有的刀也跟著急速轉向飛奔過去，好像他就是一塊大磁鐵，它們是熱情的被吸引者一般。

等等，可以這樣嗎！這是犯規的吧？

「比賽規則只說有處罰，沒有說不能帶著處罰攻擊別人。」學長一臉鎮定，好像已經知道會發生這種事情。

好吧，他們經驗豐富……

夏碎的動作並不比他慢，我看見他抽出了一紙符，不用半秒他雙手上出現了輕型的西方中古世紀的短雙刀。雙刀是銀色的，上面有著一些花紋。

「這是冰符，跟爆符是一樣的東西。」學長立即爲我解析。

「用法也一樣？」疑問。

「嗯。」

不過就習慣物品來說，我還以爲夏碎會用的應該是多節鞭，因爲我看見他幾次他都是用長鞭，沒想到他居然也會用雙刀？而且還是西方的雙刀，看起來不是很好用的樣子。

眼前的雙刀會讓我想到萊恩，因爲萊恩的武器也是雙刀，雖然款式不太一樣。說到萊恩，不曉得他們那邊競技賽如何了，是不是也像這邊這麼白爛是猜謎比賽？

場上爆出了叫好的喧譁。

鋼鐵騎士抽出了腰際的西洋劍，一劍就往夏碎刺去。

我看見雙刀瞬間就格住了西洋劍，雖然戴著白色的面具，可是夏碎給人還是一點也不緊張、遊刃有餘的感覺。

同一秒，追來的九十九刀猛地全部一起砍下——

正常狀況來說，這兩人應該會馬上變成肉泥。不過，這是正常來說。基本上，從我踏進學校開始，這裡所有一切事物都是不正常的。所以，他們兩個自然也不會變成肉泥。

眨眼，場上已經沒有九十九把刀了。

夏碎的腳下出現了一個巨大的鮮紅色陣法，整個場地都畫上了，而他站的中心點之上出現了一顆眼珠，這個好像是我的紅色護符放大版的感覺。

我看見的是紅色的魔法陣出現的那一秒，場上的刀子像是被爆炸粉碎一樣，全部變成銀色的粉塵，然後飄走。

鋼鐵騎士的盔甲也給震壞，我看見他的盔甲底下出現了紫色的大衣。

而且，「她」是一個女孩子……一個金髮碧眼的大美女，感覺上就是某種動作電影明星。

「謝了，Atlantis學院的。」美女翻過了身拋出一記飛吻，然後從腰後抽出了另外一把西洋劍插在地面上，印有法陣的地板立即整個被翻起來。

夏碎冷哼了聲，然後將短刀射出同樣插在地面。

冰冷的風從場上吹過來，整個來回不到幾秒靜止下來。

自刀底下蔓延開來的是一層冰霜，原本要翻起的地面硬生生地全都結冰停下，維持了半翻的樣子，看起來很像一小座一小座海浪般的冰團。

「第二道題目，請問第一紀元時，翼族山之國度曾經一度遭到毀滅，當時出面聯盟各大國家對於加害的地蛇一族提出抗戰並且成功的第一武士是誰？」就在我以爲他們會繼續打下去時，夏碎突然停止了動作，就站在冰刀引起的冷氣之中，然後清晰有力地說出以上這段話。

四周猛然陷入一片沉靜。

「答案是、左羅．賽菲西爾。」

場上飄在半空中的珊朵拉愣了好半晌，滿臉都是吃驚的表情，然後看著拿在手上本來要唸出的題目牌，又看著場中的夏碎，「正、正確答案。」她立即開口宣示。

那個西洋劍美女也愣了。

爲什麼夏碎可以說出沒看到的題目跟答案？

全場都愣掉，我相信大家的疑問都跟我一樣。

「爲了節省麻煩，以下我就直接唸答案不說題目了。」夏碎面具後的眼睛銳利地看著上面的珊朵拉。「三、正常，四、精靈王，五、炸雞腿……」

接下來全場都是安靜的，一直到夏碎把所有的答案都唸完之後，場上安靜得連一根針掉地都聽得清清楚楚，沒人敢吭一聲。

珊朵拉一一地看著題目牌，直到最後一張被她翻開。「全部正解！」

然後場上觀眾突然譁然炸出巨大的聲響。

「這邊一共九百把刀。」夏碎轉過頭看著一臉慘白的紫袍美女，她的四周浮現了數也數不清的刀，重疊重疊，看起來很像銀色的牆。「不用客氣啊，奇雅學院的。」

第十二話　不上場的伊多

地點：Giya（奇雅）
時間：中午十二點三分

我發現我們學校的人報復心都很重。

不只千冬歲或是五色雞頭，就連看起來應該是和平主義的人都是這樣。

夏碎走出了場地，回到了選手區。

場上刀子團團圍住了奇雅的代表選手，然後裡面怎樣也沒人知道了，後來地面出現銀色的液體將那堆東西包圍住，就這樣移出場外。那個大美女的下場大概大家都已經能猜到了。

不過話說回來，我眞的很好奇夏碎怎麼會知道題目跟答案的。

「那很簡單，不過就是物體透視而已。」先一步說話的學長環著手，口氣就是完全小意思的樣子。

物體透視？簡單來講就是傳說中高科技暗殺儀器那種東西囉？

「物體透視初階只能看穿無生命的東西，不過高等一點，連複雜的人體都可以。」

……簡稱最終版X光是吧？

「你們二年級會有一門選修課就是教這個。」學長補上這句話。

二年級要練會物體X光是嗎？

我又發現了此學院課程的一大漏洞——他居然教學生良好的偷窺方式！

「偷窺你個頭！」學長直接朝我腦後一巴，我整個人馬上跟著暈眩。「爲什麼好的東西被你想一想都變得很奇怪！」

說實話，我也很想知道爲什麼。可是他說的明明就很像是那種東西……想歪也要怪我嗎！難道我會是第一個想歪的嗎！這種課本來就很容易讓人歪著想吧我說。

「第二場預賽，請雙方派出代表。」場上整理完畢之後，珊朵拉清脆的聲音又傳來。

我看著學長，剛剛夏碎已經上場一次了，這次應該就是輪到學長了。

奇雅選手區起了一陣騷動，然後走下來一個機器人與銀色的大蠍子，一樣是那種很沉重的聲音。等等，兩個？

「兩場，一場是快答一場是雙人競技，看來他們把高手押在競技上。」學長露出冷笑，讓我覺得下面的兩個選手可能會死得很慘的那種笑法。

就在學長踏出一步之後，他突然停下來。

四周的空氣像是突然停止般，整個場內空間突然變得很安靜。

潔兒站在學長後面，整張漂亮的面孔是平板的，與剛剛的笑顏完全不同。「常駐模式中斷……」她沒開口，可是聲音從她身上發出來。她的臉跟身體整個變成銀色，看起來有點詭異。

讓學長停下腳步的，是潔兒的手，不知道什麼時候變成尖刀，貫穿了學長的左手臂，可是連一滴血也沒有。

我們這邊沒有一個人發現。

「他們來陰的！」五色雞頭幾乎是同一秒暴怒，整隻手都變成獸爪，想把潔兒給劈了。

幾乎是瞬間的事情，我感覺到脖子冷冷的，有個銀銀的東西就架在我脖子上面，然後我才發現潔兒身體的一部分變成刀，抵在我的脖子邊。

我想尖叫個兩聲來表示我的害怕。

「別衝動。」學長瞇起了紅眼，然後伸出另一隻手按在潔兒的尖刀上，喀喳一聲折斷了刀，斷面整個是平整像被削斷。「先比賽完再說。」

刀子就架在我脖子上，我連動也不敢動一下。

難不成這就是我們那天聽到的……那件事情？

「Atlantis學院代表選手請出場。」珊朵拉的聲音又傳來，這次是催促。

「夏碎，去吧。」學長朝他的同伴點了頭，然後轉過去，看著另一人。「西瑞，你上場。」他抬抬下巴，這樣說。

五色雞頭瞪大眼睛，嚇到。

奇怪，這不就跟他的願望是一樣的嗎？爲什麼他會嚇到？

「他們應該是不想要黑袍上場，你上去。」學長把話重複了一遍，明白確定。

看了一眼潔兒，五色雞頭點了頭，走出選手區。

先出去的夏碎已經表明了學長無法上場改用候補選手，且很快地已經通過。

四個選手都踏上比賽場地同時，我看見圓台上又浮現了銀色的液體，這次是出現了一頭一頭喊不出名字的巨大野獸，每隻都比人還大了兩、三倍。

野獸往前重重地踏了一步，地面上立即陷出一個足跡，看來噸位應該足以把人壓成醬。

「你應該不是奇雅學院動的手腳。」學長就站在我旁邊，冷冷地開口，我想他應該是對著「潔兒」說話。「能在我們沒有發現的情況之下入侵奇雅學院的系統管理人，看來你也不是簡單的傢伙。」

我看見自己脖子上的刀慢慢縮回去。

已經整個變成銀色的潔兒突然扭曲起來，然後變成一大團銀色液體，接著幾秒之後又重新塑型成人的形體。是一個女人，銀色的女人，可是是一個跟潔兒完全不同的人。

「不愧是黑袍等級，這樣就被你看穿了。」女人就站在我身邊也不換位置，她的聲音很像電子那種假的組成聲音，聽起來很刺耳也很不舒服，讓我忍不住想把耳朵給捂起來。

「你們想幫奇雅得勝，爲什麼？」學長的表情也沒變，還是很高傲的臉。

哪還有爲什麼嗎，奇雅跟學長相比一定是學長比較強嘛，讓強的先輸是每個壞人必備的常識。

紅眼睛猛然瞪過來，我連忙把視線拉到場上。

現在場上已經打起來了，一邊打還要一邊對付野獸，眞精采。

不過說眞的，身邊站了一個怪人，怎樣精采都吸引不太起我的注意力。因爲我很怕她等等又把刀子架在我脖子上。那種感覺很討厭。

「Atlantis學院是絆腳石，當然要請你們打輸。」

哇，這句話滿恭維的。意思就是說奇雅的實力不入他們的眼，所以她才要對付我們學校是吧？

就跟我剛剛猜想的完全一樣。

說眞的，聽到的人還不知道是該爽還是該發飆。

不過就我知道學長這個人，他一定是先發飆。

「妳想我們打輸？」

果不其然，當我發現時，學長的手掌已經整個掐蓋住了女人的臉，然後往後將她撞在銀色的壁上，整個圓弧的板往外凹出了一個人的形狀。

他的力道好大。

「想都別想！」我就說學長一定會先發飆。

女人銀色的臉整個凹下去，然後銀色的液體一點一點地從學長的指間冒出來，慢慢地，學長的手掌整個陷進去她模糊一片的液態臉部裡面去。

然後她舉起了右手張開，掌心上出現了一只嘴巴張闔著說話：「我只是借用奇雅學院人造人的身體，你就算破壞她，我也不受影響。」她像是掌握了絕對的優勢，說話相當地高傲。

場上突然傳來一聲巨響，我看見五色雞頭的獸爪將整頭野獸打碎成兩半，然後獸爪落在地面，整個場地竟然硬生生被他砸出了一個巨大的窟窿，還冒煙。

他把怨氣都發洩在別人的場子上。

「你們到底想做什麼？」學長連回頭也沒有，整個手掌到手腕上全給銀色液體包住他也沒有放手。

那個女人發出笑聲。這次嘴巴又出現在她的膝蓋上，手掌中間一裂開整個變成眼球，還會眨，「每屆優勝者不是都能獲得寶物嗎……」

「那你們的野心也太小了吧，才想要三校寶物。」學長冷笑了下，紅色的眼睛整個都是冰的，感覺很冷。「就這點東西還要你們暗地動手腳，眞是辛苦了。」

然後，我看見他的手整個收緊，有一個紅色的花紋浮現在他的手臂上，像血的顏色。

「等、等一下，你要是動手，這個奇雅的人也會被你殺掉！」女人的嘴出現在她的胸口，不知道爲什麼突然緊張起來。

她剛剛不是才說過對她沒有影響嗎？

場上又傳來巨響，還連連好幾次，等我分心去看時，五色雞頭已經砸了半個競技台子，上面野獸一隻都不剩了，只有奇雅的兩個選手還站著。不過他們的狀況也不是很好，其中一個機器人整個外甲都碎了，裡面是穿著紫色大衣的人，另外一個銀蠍子卻一點事情也沒有。

「這跟我沒關係，反正會被人入侵原本就是奇雅的問題，他們也不敢把我怎樣。」學長整個手都布滿了紅色花紋，我看見從黑色的立領往上，他的右眼下角的臉上也出現了紅色的紋路，看起來有點恐怖。

整個選手區變得有點熱，好像一下子氣溫升高了好幾度。

「你最好先想一下，我可以馬上就脫離這個身體，你也沒辦法對我做什麼！」女人的嘴巴又開始說話，然後咧得更大了一些。

說眞的，我很懷疑學長眞的不能做什麼嗎？

他給我的感覺就像可以把裡面的「東西」拖出來狠扁的樣子，整個氣勢都很強。

「褚，你是正確的。」學長轉過頭，突然衝了我笑，「說出來，我能不能辦到！」

我說？讓我說？

「說吧，說給她聽。」

我看著那個銀色的女人，她的眼睛轉到了肚子，整個肚子就是一顆大眼睛，眨著然後瞪我。

我被瞪得有點毛毛的，「可、可以……」吞了好幾次口水，我還是第一次跟別人嗆聲。

「太小聲了，還沒搞清楚嗎，我究竟能不能對她怎樣！」學長猛然一個暴吼，我整個嚇到。

「絕對可以！」我也跟著用吼的，腦袋嗡嗡響。

下一秒，我看見學長整個人不知道爲什麼笑得很開心。

他握緊了手將某種灰白色的東西拽出來，另外一手成拳一秒不差直接揍下去。

灰白色的東西發出哀號，摔在地上。

是一個很模糊的人的形體。

※

場內發出觀眾巨大的喧譁。

五色雞頭的獸爪緊握，成拳將鋼鐵機器人一拳揍出場外、飛回去他們的選手休息區，強悍的力道讓那個紫袍機器人整個撞上休息區的牆，牆面猛然崩裂。

競技台上只剩下一個銀色的蠍子，不過那個蠍子從頭到尾都沒有個動作。

夏碎拋下了手中的冰刀，場上結起了薄冰，原本被打出的窟窿也給填平，一層白色的霧氣被飛吹散。

屏息。

蠍子有了動作，眨眼就消失，再出現時已經在五色雞頭的身後。同一時間回過身，五色雞頭就是用獸爪擋，然後一個沉重的聲響，我看見了他的手上出現黑色的血痕。

五色雞頭往後跳開好幾步，整隻手上都是黑血。按照書本上說的，他中毒了。

「常駐程式恢復……」潔兒的金屬液體扭曲之後，又變回原本可愛的女孩樣子。

我看見地上有個灰白色的東西在滾動，很像是女人的形體，可是很模糊、沒有確切的樣子出來，感覺有點像是某種固體霧氣還是液體。

學長從金屬人抽出的手上出現了一把銀色短刀，乒地一聲就釘在地上那個灰白形體的左腳。

那團東西整個痛苦扭曲，發出很難聽的哀號，不過聲音被整片觀眾的喧譁蓋住，居然沒有人注意到。

「有種來，就帶點禮物回去。」學長一腳踩上短刀，然後用力下壓。

灰白色的東西尖叫三秒之後，突然整個碎掉，變成沙、然後立刻消失，連一點點什麼都沒有剩下來。

「她逃走了嗎？」我有點怕怕的，很怕等等潔兒又給我一刀。

「嗯，不過本體一定會受創，便宜她了。」學長轉動了手腕，紅色的紋路馬上就消失得不見蹤影。「眞該死……」

我注意到學長的動作有點不自然，突然想到剛剛他被潔兒戳了一刀。

「一點小傷，等等讓夏碎用治療咒就可以解決。」然後他轉頭看回場地。

夏碎沒有出手，就站在旁邊看，現在是五色雞頭正在跟蠍子對峙。

我大概可以猜到一定是五色雞頭叫夏碎不要出手，他要單獨解決臭蠍子之類的；依照他的個性來想，百分之百就是那樣絕對沒錯。

他受傷的獸手整隻都發黑，一直連到肩膀上，整個都是黑色的，看起來很詭異；然後他另一手也轉成獸手。

蠍子與五色雞頭是同時移動的，我沒有看得很清楚，不過我連續聽見好幾個鏘鏘的聲音，也看到蠍子四周擦出火花。等他們停下來之後，蠍子銀色的殼上面多了好幾道刮傷，五色雞頭身上也多了幾道黑色的血口。

我在想，蠍子裡面不會是高等袍吧？例如、黑袍。

因爲他看起來很難打。

「他不是黑袍。」站在我旁邊的學長這樣說，「奇雅學院的學生只有紫袍，沒有黑袍。」

「……」那還眞可憐。

我可以理解爲什麼被對付時人家第一個矛頭就指向我們學校了。因爲我們學校裡面還有挺多學生是黑袍。

五色雞頭的動作好像變得有點緩慢。

這就怪了，我記得他好像還可以變雞爪、雞翅膀的，怎麼今天完全不變？

「在大賽開始之前，我們有告訴西瑞第一場不要做除了手之外的任何變化。」學長淡淡地說了這句。

「咦？爲什麼！」難怪他好像被打假的，感覺有點吃力。

紅眼看了我一下，「這場比賽不是只有觀眾，還有更多收集情報的其他對手。」

他這樣一說好像也是，一定都會有來觀摩之類的……難怪剛剛夏碎的動作也不多。

「褚，你看好，其實那隻蠍子一點也不難對付，他只是鋼鐵的東西。」學長環著手，說得非常輕鬆簡單。「鋼鐵的東西不是很耐用，就算加上魔法保護也一樣，只要一個地方出問題，就完蛋了。」

「欸？」

場上砰地一聲很大聲。

五色雞頭用他另外一隻手狠狠地往蠍子的頭上砸下去，一根毒針穿透他的獸爪，突出了另外一端的深黑色。可，蠍子的頭整個被砸爛了，裡面發出感覺非常痛的哀號聲。

然後五色雞頭抽了手，往後跳一步，整張臉上都是得逞的笑。

蠍子不動了，破碎的頭部疑似冒出血花。

等了有一下子，夏碎才慢慢走上前去，一腳踢開蠍子被砸壞的面甲。

裡面出現了一張被砸得腫起來的大臉，很像豬頭，那張大臉的眼睛整個都翻白，鼻梁歪了一邊還不停冒血，完全看不出原本的樣子。

看得出來五色雞頭那一拳非常之重。

「通常越弱的人才會越需要強力的保護。」學長看著那隻蠍子，這樣說。

夏碎一掌拍在蠍子的銀甲上，然後整個盔甲都碎開，裡面出現的是白色的大衣。

他是一個白袍，已經昏厥過去。

「Atlantis學院勝出！」

珊朵拉的聲音響遍了整個校園。

「Atlantis學院對奇雅學院，第一勝取得！」

※

夏碎扶著五色雞頭走回來。

這個時候，我發現一件極度可怕的事情。

「漾~你看啥？」五色雞頭疑惑地反盯我。

「你剛剛就穿這樣上去打嗎？」剛剛因爲這邊情勢緊張，我居然完全沒有發現這個可怕的問題。

所有人跟著我把視線向下。

沒錯！五色雞頭穿著他的夏威夷衫後面有個中指幹字和五分褲台客裝！而且他還掛著夾腳拖鞋跑全場！

天啊……

「這樣很帥啊。」五色雞頭咧了笑，「很顯眼不是嗎。」

當然很顯眼，活生生地就是頂著鋼刷頭的度假台客，他現在還需要一個配備叫作衝浪板。

陽光、沙灘、海邊衝浪，多麼完美到底的組合。或許來個椰子汁也不錯。

……

你幹嘛穿這樣上場啊！你以為這是度假勝地嗎！

我突然為剛剛被五色雞頭打敗的人感覺到心酸。莫名其妙被個穿著花花襯衫、連袍級都沒有的夾腳脫鞋怪台客打敗，回去大概會抱在一起痛哭吧。

現在我強烈懷疑剛剛學長不下場是因為怕丟臉。

「先做基礎治療。」夏碎扶著五色雞頭靠在牆邊坐下，然後用手掌對著五色雞頭的額頭。如果照武俠小說來看，現在應該一掌巴下去讓他魂飛九重天才對。

夏碎的掌心下出現了隱約的白色光球，然後五色雞頭身上的傷原本還在冒著黑血，現在已經慢慢轉變成淡紫、然後鮮紅。

「請問各位要回到休息室或者是繼續待在選手區觀看下一場比賽呢？」潔兒微笑地看著我們，完全沒有剛剛暴走的殘留後遺症。「我們在休息室已經為傷者們做好準備，隨時可以返回療傷。」

學長好像看了我一眼，等我發現時他又好像沒有，只對著潔兒說話，「留在這邊繼續看吧，西瑞你可以先回去。」

「本大爺也要看。」五色雞頭蹦起來，旁邊還在治療的夏碎顯然被他嚇一跳，手上的光球猛地減弱了許多。「夏碎老大的治癒術很有用哩，不用浪費時間回去。」

學長點點頭。

「接下來有半小時的表演節目，各位若是有什麼需要可以告訴我們。」潔兒手中又浮現那個數據球，然後又退回。

「褚，你們餓了嗎？」

「欸？」對喔，被學長這樣一說我才注意到現在已經十二點多了，平常早就是在餐廳吃飯的時間。

可是比賽場上要去哪邊吃飯……

一個圓圓東西從我眼前飛過去。

「快餐車。」學長指著好幾個在場上飛來飛去的大圓球這樣對我說。

快餐車勒！那根本是快滾球好嗎。

「我餓了。」還在治傷中的五色雞頭舉起手，「剛剛消耗體力，漾～隨便幫我點個套餐。」

套餐？他有黃色大M的快餐嗎？這裡怎麼可能會有那種東西？

「你們喜歡吃那種東西嗎？」學長皺了眉，然後踏出去舉了手，不用半秒鐘，一顆圓球就在我們前面緊急煞車。

圓球裡面有個小孩。

「請問各位要什麼餐服？」小孩的聲音有點平板，我猜大概也是機器人之類的東西。

「麥＊勞。」學長直接報出剛剛在我心裡讀的東西，「套餐。」

我懷疑學長不知道麥＊勞是什麼。

「我知道！」紅眼凶狠地瞪過來。「你們要點哪些？」

球裡的小孩一個翻身，衣服居然變成速食店點餐員的衣服，太詭異了！

「我只要可以吃就好了，要三份。」五色雞頭懶洋洋地說，然後看了一下還在治傷的夏碎，「啊，要四份。」

夏碎抬頭看了他一眼，繼續工作也沒說什麼。

「我、我隨便就可以了，一份。」我應該沒有五色雞頭他們那麼會吃，因爲沒有運動到。

學長轉回去，然後伸出手算了一下。

「那給我們八個套餐、任意搭配，另外再加兩套分享餐。」

啊？我有沒有聽錯！

……這眞的吃得完嗎？

※

結果後來五色雞頭又追加了七份蘋果派和八杯聖代。

我突然發現我剛剛的疑慮是多餘的。

滿滿的油炸食物味道兩分鐘之後在我們的選手席蔓延開來。

比較起另外一邊被五色雞頭他們砸得亂七八糟、早早退場療傷的選手們，我突然有種錯覺，好像我們本來就是來野餐的……

「謝謝惠顧。」快餐球的小孩這樣說道，向學長結過帳又重新開始他的飆球之旅。

等等，結帳？

「這是報公帳的，吃到死也沒關係。」學長這樣告訴我。

我突然注意到我好像是第一次看見學長要吃正餐，因爲今天再下去沒比賽也沒工作嗎？

「我明天沒有比賽也沒有工作。」拿出了一個飲料杯、戳了吸管，學長很悠哉地隨便找了地方就坐下來。

夏碎也停下手邊的治療工作，因爲五色雞頭無視於自己的傷口就抱了一個分享餐雞肉桶大吃特吃起來，他根本沒辦法治療下去，只好停下來先午餐。

他在吃自己的同伴……我看到五色雞在吃自己的同伴……他身上還有一些地方在爆血，他就已經等不及呑掉他同伴。

「你不吃嗎？」抽出蘋果派慢慢咬著，我才發現只有學長的飲料變成乳酸飲料，其他的幾乎都是可樂不然就是柳橙汁。

「要吃了。」是一次看到那麼多東西突然有種吃不下去的感覺。

「你吃太慢了！」五色雞頭把清空的桶子抛出來，然後手上已經變成漢堡了。

根本就是你吃太快！

等等！

骨頭呢？桶子裡面沒有骨頭！你把骨頭吃到哪裡去了？

爲什麼你吃東西不用吐骨頭！

「褚，你不快點吃的話會沒得吃。」夏碎好心地出聲提醒我，然後他拿下了白色的面具。

……欸？這麼簡單就拿下來？

依照正常的漫畫進度來看，他應該是要某種大出場或者是當救世主被逼得無處可退時才要不得已把面具拿下來，用眞面目見人；接著應該要出現的是震驚四面八方，瑞氣千條、金光閃閃地登場才對不是嗎？

白色面具被輕輕地放在旁邊，沒有發出一點聲音。

面具下是一張和我們一樣的東方人面孔。這樣比起來，西方面孔的西瑞看起來就有點不同。是個還滿帥氣的男生，乾乾淨淨的很清秀，而且還有點很會讀書的感覺，反正就是女生會喜歡的那種書生型、可是完全不文弱的運動少年。

重點是，我發現我曾見過夏碎一次。

來，請大家跟著我一起回顧前面。就在我第一次去找學長、到二年級A部時，學長要離開教室時曾疑似和一個不知道爲什麼讓我覺得很眼熟的男生交代行蹤。

原來他就是夏碎學長！

我還以爲他是A部的路人甲！

嘖嘖，A部果然眞的是臥虎藏龍的地方，讓人完全沒有注意到。太厲害了！

下次我去A部的話一定要多留意一點還有什麼高手。

「你吃飯時候廢話可不可以不要想那麼多！」我的右側發出了殺人魔王的警告聲。

僵硬地轉過頭去，剛好被學長吃完的蘋果派包裝袋揉成的球團砸個正著，叩地一聲，整團的垃圾紙掉在我眼前。其實很早我就想過……不喜歡就不要聽嘛……

「褚，拿好。」夏碎學長拿了兩個雞腿堡放在我手上，「快吃！」然後面色非常凝重地這樣交代我。

等我回過神時，我看見了非常恐怖的事情——五色雞頭身邊堆滿了紙包裝跟甜點的殘骸，連那幾乎整打的可樂都被他喝得精光。

你剛剛叫三份根本是含蓄地點是吧？

夏碎和學長只分到一個雞肉桶，結果幾乎全部的東西都進了五色雞頭的肚子裡面，而且他很顯然可能吃不到八分飽。

你的肚子通往異次元是吧？

「我聽說獸王族的人很會吃，還好有多點。」學長還在慶幸有剩東西下來。

我注意到五色雞頭亮亮的眼睛盯著我手上的兩個雞腿堡看。

不是吧？

最終的我，午餐可悲地只分到半個雞腿堡和一個聖代。

深深的打擊告訴我，下次要在五色雞頭吃飽前把所有東西吃完，還有就是不要因爲太可憐他把東西分過去，那只會變成自己什麼都吃不到。

就在所有人差不多吃飽的時候，學院傳來象徵一點的鐘聲。原本散去吃飯的觀眾不曉得什麼時候又將觀眾席擠滿，全都注意著場上。

「亞里斯學院與惡靈學院預賽正式開始！」珊朵拉的聲音在場上響起的同時，我看見兩個銀圓的選手區在我們另外兩面架開，其中一邊是熟面孔，是雷多他們；而另外一邊是三個穿著紫袍的……女生？

惡靈學院代表全部都是女生？

場上起了一陣譁然。

「亞里斯學院好像怪怪的。」夏碎瞇起了眼，這樣說。

順著他的話看過去，我才知道場上爲什麼突然起了那陣吵雜。

被兩個雙生兄弟扶著的伊多全身都是血，白色的大衣看起來慘不忍睹，好像出了什麼事情。

「看來他們也被埋伏了。」學長看了一眼裁判席，那邊也有了些騷動。大概過了半晌，珊朵拉似乎收到裁判的訊息，然後飄往亞里斯學院的選手席問了一些問題。

應該是隊長的伊多先搖搖頭，跟珊朵拉說了些話，然後點頭，兩方的表情看起來都有點嚴肅。

我注意到他的手掌纏了很多布條，看來主要都是掌心受傷。

掌心？爲什麼傷在那種奇怪的地方。

「亞里斯學院表示能夠參賽。」珊朵拉飛回了高空中，大聲地播報著。「那、第一場預賽開始，請雙方派下兩名參賽選手。」

我想應該和剛剛我們比的一樣，先問答然後交手。

看著遠遠的選手席，我有點擔心。連續兩邊的人都出事，不知接下來的比賽會變成怎樣……

「潔兒，Atlantis學院請求與亞里斯學院選手席連結。」學長看了我一眼，然後走向從剛剛開始連動也不動的潔兒這樣說道。

「好的，訊息送出中。」潔兒盯著手上的數據圓球，大概過了半分鐘之後，有了回應。「亞里斯學院同意與Atlantis學院選手席連結，請各位暫時先不要移動。」

整個腳下一震，我們的圓形休息區下面的階梯整個收回來，接著往旁邊浮動，然後面向亞里斯圓球休息區的那一面牆壁消失，亞里斯學院那邊也是，最後兩個休息室就這樣連在一起，重新擴整變成兩倍大的圓形休息室。

另個圓球裡面有個長得跟潔兒一模一樣的女孩子。「奇雅學院開發人造人七號，蒂兒連結完畢，送出訊息通告成功。」那個女孩子手上也有一顆數據球不停奔動。

「漾漾。」一看見我們雙方休息室連結完成之後，留在休息室的雷多立即蹦過來，他的手上身上也沾了血，不是他的，是伊多的。「沒想到你也會在休息室裡面。」

另邊的雅多已經走下樓梯準備應戰，而惡靈學院也派出了一個女孩子，尖尖的耳與感覺，看起來好像也是妖精。

「休息室連結只有預賽可以用，決賽時候就不行，大會怕有人作弊。」雷多這樣說，然後向學長他們禮貌性地行了禮。「不好意思麻煩你們了，我們剛剛本來也想提出的。」

學長勾了勾笑，說了聲沒什麼。

「雅多沒拿武器下場可以嗎？」我看著手空空的雅多，有點擔心。

「不可以也得可以了。」戳了我後腦一下，學長搖搖頭，「夏碎，你去看一下伊多的傷，他身上有魔封咒。」

一聽他這樣說，夏碎連忙走去拉著伊多往旁邊站，不讓他看場內比賽。

那是什麼？

「魔封咒？」顯然五色雞頭跟我有一樣的疑問。

「那是一種很……該死的咒法。」雷多本來好像是想罵髒話，不過硬生生地改口：「是一種高級封咒，被封者身上的力量會全部抽光……嚴重的可能會死……」他用我聽不懂的語言又罵了幾個字，應該是不太好聽的字。

我覺得他好像不太想講清楚那個嚴重性。

「也是用來對付寄身兵器的一種咒語。」學長替他說了，「不過很少人會用，因爲這是邪咒，只有用在深仇大恨的敵人身上。」

明白了。

夏碎把伊多手上的布條都拆下來，他整個掌心到手臂都是血、發黑，隱約可以看到有一些奇怪的紅色紋路刻在上面。

那個紋路讓人看了全身都不舒服起來。

「怎麼遇到的？」看著臉上還有沒擦乾淨血污的伊多，學長瞇起紅色的眼睛，看起來就是整個人都在不爽，因爲他剛剛也被偷襲。

對了，他剛剛被偷襲可是還沒有治傷耶。

我想起這件事情，看了學長，他回瞪了我一眼，我就不敢亂講話了。

伊多無奈地苦笑了下，「剛剛遇到一個小女孩，哭著說要找人，我想著帶她到校警室處理；她說要牽手，我也沒想到別的，就跟她牽了手，就變成這樣了。」

簡單來講就是被拐騙，果然是適合用在伊多身上的把戲。

「哼！才不只這樣，那個小鬼根本不是小鬼，要不是我和雅多趕到，伊多早就被那個灰白色的混帳殺了！」雷多忿忿地磨著牙。我相信他們應該也沒有讓偷襲者太好過就是了。

嗯？灰白色？

「看來我們遇到一樣的偷襲者。」學長冷笑了下。

第十三話　風與水

地點：Giya
時間：下午一點十分

雅多走下了休息區。

「第一回合是問答。」高高飄在上方的珊朵拉說出了跟方才一模一樣的比賽項目，四周的觀眾們屏住了氣息仔細地看著場上的一舉一動。

雅多前面站著一個紫袍女生，她勾著一種很邪氣的笑容，讓人感覺很像被蛇盯住。

不知道是不是我的錯覺，我覺得雅多的眼睛好像有點紅。他的臉平常就已經很臭了，現在更是臭到最高點，給人的感覺比平常更恐怖。

翻開謎題，播報員的聲音高高傳來，迴盪在整個競技場中。「第一道題目，獸王族的風之分支第一代首領是誰？」

「萊伊納！」惡靈學院的代表不用半秒就回答了問題。

我看見雅多身邊浮出了銀亮亮的刀，他連個武器都沒有帶下去，真的是想被打假的嗎？

「雅多！做掉她！」旁邊的雷多猛然爆喝了一聲。

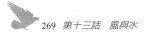

眨眼，雅多的手上出現了符，符化成了一把有點透明的劍，跟他們平常用的幻武兵器長得很像的長劍。

處罰刀落下的那一瞬間，雅多蹬了腳，整個人往前翻去。惡靈學院代表根本沒想到他會突然就衝過來，紫袍的女生連忙抽出腰上的兵刀然後橫擋。

這次我確定了，雅多的眼睛真的變成紅色的，而且紅得非常恐怖。我突然想起來，上次他們曾說過他們是禁忌之子，喜愛血。

撞上女生兵刀發出清脆聲音的不是雅多的劍，而是處罰刀。

雅多的動作快得連影子都看不見，瞬間就繞到那個女生的身後。

四周的聲音好像停止。

透明的劍從惡靈學院代表的腹部貫穿出來，接著黑色的血痕往上拉，伴隨著選手根本來不及反擊的淒厲尖叫聲。雅多就這樣握著劍柄，往後用力一翻拉出了劍，劍尖上連一滴血也沒有。

女人的軀體從腹部往上破出腦頂，她的眼睛整個瞪大突出、滿臉不可置信。嵌在身體裡的長劍硬生生地自中間往上切開兩半，黑色的血像是大雨一樣整個噴出，散得到處都是；還跳動著的內臟失去支撐，紛紛落下來，連著血管、腸子什麼的就掛在還抖動著的人體旁邊往外不停顫動，然後一點一點地往下抽搐著。

雅多轉過身，他的腳下出現了跟剛剛夏碎一樣的魔法陣，接著上面的銀刀全部給震毀。

女人的身體被震力震動之後整個倒下，啪地一聲腦漿翻出，青白色的液體和黑色的血液詭譎地交混在一起。

我整個人都反胃，剛剛吃的東西突然在我肚子翻滾，喉嚨拚命湧上酸水，頭不曉得爲什麼也開始有點發暈。

「嗚……」觀眾席上傳出了有人嘔吐的聲音。

「漾～不要看。」我的視線被巨大的獸爪給遮住，什麼也看不到了。

場上沉默了很久，都沒有人敢講話，全部都讓雅多嚇壞了。

血的味道，還有我記憶中發生的那一幕讓我整個人從腳開始發冷，我明白我看到的是什麼。不是武術的競技，而是活生生的屠殺現場。

被殺的是一個人、一個活人。

「惡、惡靈學院的選手判定無法再戰，第一場由亞里斯學院獲勝！」大約一分鐘之後，我聽見了珊朵拉的聲音。

當獸爪放下來之後，場上已經覆蓋起銀色的液體，整具屍體都蓋在裡面什麼也看不到，然後雅多走了回來。

他的眼睛不再是紅色的，也有可能是我從剛剛開始都看錯。

「雅多，你下手太重了。」接受夏碎治療的伊多發出微怒的聲音。

「哼，跟他們的小手段比起來，算輕的！」雷多很難得頂他大哥的嘴，恨恨地瞪著對面同樣嚇到了的選手區。

伊多搖頭，嘆了口氣。

我第一次覺得雅多眞的很恐怖，那種壓力感突然劇增，好像快把我壓垮一樣。

這個人跟我認識的雅多不太一樣，他可以連眼睛都不眨地把一個人切開，冷冷踏過一個人的血、還有她的屍體，就算對方是個女孩子也一樣。

好恐怖。

猛地有人突然從後面一把抓住我的肩膀，我才察覺我剛剛後退了。抬頭，是學長看不出表情的臉。「放心，那個代表死不了，奇雅學院已經把她移到醫療室了。」他說，卻不是說我想聽的答案。

究竟我想聽什麼，其實我自己也不知道。

我只覺得現在的雅多看起來很可怕，眞的很可怕。

學長握了握我的肩膀，又鬆手。「褚，遲早有一天你會懂得怎樣判斷這些事情。在那之前，我們都還是站在你這邊。」

他只這樣說，紅紅的眼睛就一直對著我。不知道爲什麼，讓我慢慢地安心下來了。

雅多轉過頭看著我，表情看起來好像是他覺得他有必要說些什麼的樣子，接著過了大半天，才終於開口說話。「漾漾，放心，我們是朋友。」他偏著頭，斟酌了話語，「不管怎樣，我們永遠都不會對朋友動手。」

他的表情看起來又像我認識的雅多了。

然後雅多伸出手，對著我。

「相信我、就打勾。」

我不記得我是不是眞的有和雅多打勾。

因爲我整個人是恍惚的，在驚恐與不解當中，迷迷糊糊。

當雅多的手指在我眼前離開之後，有一瞬間我好像看到有個藍色的東西捲上我的小指，可是又沒有，可能我看花眼了。

「我也要。」雷多把手伸過來，眨著眼睛看我，那種感覺很認眞、也很專注，讓我不由自主地想到剛剛雅多是不是也是這樣的表情？

「別玩了。」還在治傷的伊多咳了聲，然後雷多才乖乖喔了一聲把手縮走。

學長不知道有沒有看見那個藍藍的東西。

我看了一下手指，什麼也沒有。眞的是我看錯嗎？

我知道學長可以聽見我在想什麼，可是他什麼也沒有說，紅色的眼睛移開看著場中央；那裡已經被整理乾淨了，連一點黑色的血也沒有留下來。

好像剛剛的屠殺不過就是一場幻覺，一場眾人集體看錯的幻覺。可是，它又是眞眞正正存在且發生過的事情。

「第二場請雙方派出兩位參賽者。」珊朵拉的聲音再度響起，催促著第二場時間已經來臨。

對面已經走下來兩個紫袍，可能因爲剛剛雅多的關係，她們看起來殺氣騰騰的，整個氣勢很恐怖。話說回來，這應該是正常的，看見自家好友被啪一聲切了兩半，一般人會抓狂都是應該的。如果是我，我想我也絕對會發狂的，至於報仇的話……咳咳，能力範圍之內再說。

那兩個紫袍的女孩子看起來應該年紀比我大，不是特別漂亮的那種女生，不過輪廓很深，標準的西方女性，讓人印象滿深刻的。

「兩個都是獸王族人。」學長瞇起眼睛淡淡地說。

獸王族？那不就跟五色雞頭是同一族？

我看了一眼旁邊正在和雷多互瞪的五色雞頭一下。

原來不是每個獸王族的人都怪，至少外面那兩個紫袍看起來就正常多了。

「下來。」其中一個深綠色長髮的女孩氣勢凌人地指了雅多，然後伸出了拇指朝下的挑釁動作，語氣非常不善。

雅多冷哼了聲，很直接地就要往下走，一邊的雷多做了跟他一樣的動作。

「等等。」讓夏碎停止了治療動作的伊多站起身，「那兩人是惡靈學院的妮藍和阿綈絲，與剛剛輸給雅多的菈妲並稱爲惡靈學院的鬼子處刑者，實力在紫袍中算是數一數二，你們兩個空手就想下去打贏嗎？」

「我們會贏。」雷多語氣很堅決地說。

外頭又傳來一陣喧譁。

聽著兄弟所說的話，伊多搖搖頭，然後伸出還在冒血的手掌。「拿去吧。」一旁的夏碎還來不及制止他的動作，他便已先沉吟起咒文，「與我們簽訂契約之物，讓對決者見識你的狂野。」

我看見一點一點的劍柄慢慢自伊多掌心中浮起，他掌心上的黑色烙印痕跡更加立體明顯了，接著蔓延了整個手腕，一點一點的像是什麼病毒擴散，看起來有點噁心。

雅多與雷多同時閉了眼睛、又睜開。

然後，雷多不笑了。

現在他跟雅多分不出來誰是誰，兩個人看起來都是殺氣騰騰，與台下的兩個紫袍不相上下。

我好像又在他們眼睛裡面看見紅色。

他們同時伸出手，緩慢地抽出兩把劍，然後轉身、走出去。

我下意識地舉了手，看了剛剛雅多與我勾的那隻小拇指。不知道爲什麼，從剛剛開始就有點刺痛刺痛的。

這次我眞的確定了，小指上面出現了藍色的東西圈繞在我的手上。

一條藍色的蛇圖騰。

※

我注意到一件事情。

爲什麼剛剛雷多會說是惡靈學院代表的小手段？這件事根本還沒有肯定是誰做的不是嗎？

轉過頭，看見學長伸出了食指放在唇上，感覺好像是叫我不要現在問。

爲什麼？

你是剛剛沒打夠嗎？請看看你身上還有一堆傷啊老大。

「我也好想打。」五色雞頭很大方地隨便找了地方坐下，眼睛閃亮亮地盯著場上的四個人。

場上浮現了銀色的巨大野獸，就如同剛才夏碎學長與五色雞頭上場時，一樣虎視眈眈地在一旁伏著身體等待。我看著場面上還有惡靈學院那兩個代表，突然有點替雅多他們擔心起來。

畢竟對方是紫袍，雅多他們只是白袍。兩名紫袍對兩名白袍，實力上的確已經有所差別了。

就在我打算專心於比賽的同時，伊多那邊起了聲響，好像是夏碎弄不掉那個咒印找了學長過去，兩個人湊在一起用很低的聲音說話，聽不懂，可是應該是很重要的事情。

過了半晌，我聽見一個聲音。「褚，你過來一下。」學長朝我招手。

找我？眞的找我？

我該不會是耳朵抽筋聽錯了吧？

「你要我過去踹你過來嗎？」顯然學長比平常更沒有耐心。

我急忙衝到他面前。

「我先跟你講一下，伊多的傷口不適合在這邊治療，我們打算將他先移去剛剛的休息室。」

然後學長彎下身低聲地在我耳邊講，好像是不想被潔兒他們還是誰聽見的樣子。「剛剛我的手受傷，你要過來幫忙。」

欸？

我倒退兩步，瞪大眼，再倒退兩步，錯愕地看著學長。

我覺得我的耳朵一定抽筋了，居然聽到不可能的事情。

「西瑞也受傷了，不過我們要他留在這邊以防還有其他事情，所以你過來剛好。」學長對我點點頭，目露凶光。「你還要廢話嗎？」

「呃、沒有。」

然後、學長轉開頭，「西瑞。」他拋了一個圓圓的東西給五色雞頭，「我們先走了。」

「欸？漾也要去嗎？」

「對。」

果然不愧是學長，一開口連五色雞頭都不敢造次。

夏碎已經跟潔兒講了一會兒話，然後走回來扶起伊多，「大會已經同意伊多可以先行離席，但是之後場上若有輸贏勝負等變化要自行負責。」他看著伊多，等他點頭。

看著場上，伊多微微皺了眉。

也許他不想點頭。

我現在才想到，亞里斯學院根本沒有候補選手。就像他們自己說的一樣，亞里斯學院已經沒落了，有可能是因爲這樣所以沒有。那麼，如果雷多或雅多受傷了，誰要接替他們？

「你如果被咒文廢了，就算比贏也沒辦法繼續打下去。」學長冷冷地說，打斷他的猶豫，「如何選擇，你自己知道。」

於是，伊多才點了頭。

看得出來他點得心不甘情不願的，很勉強很勉強。

「褚，過來這吧。」夏碎學長朝我招招手，我趕快走過去。

等人差不多都站在同一區塊之後，學長伸出右手朝下，一個法陣立刻在我們腳底下展開，是移送陣。

是說，比賽當中不是不可以亂用魔法之類的東西嗎？

「特殊狀況例外。」學長收回了手。

四周突然變得很靜。

眨眼，原來我們已經回到選手休息室了。

跟剛剛的賽場一比，休息室裡突然感覺很空盪，一點聲音都沒有，很奇怪。

「褚，去拿一點毛巾過來，櫃子裡面有。」學長朝旁邊看了一眼，我跟著看過去，果然角落有個櫃子。走過去打開，裡面有很多毛巾、布條和醫療用品，我想可能等等全部都會用到，乾脆把整個小櫃子拖過去。

夏碎學長把四周桌椅什麼的都清開，清出一片大空地，扯了休息床上的床單鋪在地上，然後扶著伊多在床單上坐下來。

床單是雪白色的，整個就是白到很像螢光劑放太多那種感覺，關燈會發亮。

學長從隨身的小背包拿出一個有稜有角的東西，看起來很眼熟。

「拿好。」然後他把東西拋給我，我連忙接住，也不管我就逕自半趴在地上。他手上出現了一根不知道是粉筆還是什麼筆，然後開始在床單四周畫出很多異文與一堆怪形狀。

等等……他在畫法陣？

我記得好像有人說法陣應該收在符裡面才不會到時候要用沒得用喔。

學長抬頭，凶狠地瞪了我一眼。「閃開、別擋路！」我踩到他要畫的地板了，趕快閃遠一點。

一旁等著的夏碎學長靠到跟我同個不會干擾到的地方，然後拿出了紙筆，照樣子來看他好像是在畫東西，一邊畫一邊看地上。

他在把學長的法陣畫下來？

「這個是解咒法陣。」

就在我完全搞不懂他們倆的動作時，夏碎學長突然說話，音量不大，剛好我可以聽見，「高等咒文的一種，畫法非常複雜，沒有一本書可以教得出來最正確的。」

「教不出來正確的？」那學長是去哪邊學來的？

自行開發嗎？那也強得太變態了一點吧！

「解咒陣需要配合被下的咒做適當的改變和調整，一般如果被強力咒文附上的話，就算再怎樣精細的解咒陣都還是會留下沒消除完全的後遺問題，不過這種調整型陣法可以百分之百、一點都不留地徹底去除所有的咒力。」夏碎學長很詳細地爲我解釋。

難怪會說沒有書可以教得出來，因爲要看情況調整啊……如果可以教得出來那本應該也不是教學書，叫作預言書才對。

夏碎學長在學畫，代表他也沒有學會。

「這是風跟水的陣法交互畫法。」地上的學長突然開口說話，他已經很快地畫了一大半地，密密麻麻的，有的看起來還像螞蟻字。

強者！學長你是鬼！

他居然用疑似粉筆的東西寫出螞蟻字！

鬼！這裡有鬼！

一大半的法陣還有對稱，幾乎整個看起來就像電腦那種精細設計，標準整齊得不像是人畫出來的東西。

「伊多身上的是暗鬼來的封咒，當中最基礎要解除、又要不出錯的，第一考慮就是風與水的精靈陣法。」學長繼續一邊唸一邊畫。

我聽不懂太複雜的東西。

他是說給我聽的嗎？

還是……轉過頭，身旁的夏碎學長手上的筆沒有停，在紙上寫了很多我看不懂的文字。

學長在指導夏碎學長？

眞的假的？

他們不是同年嗎？學到的東西應該沒差那麼多吧！

對了，他們好像有紫袍跟黑袍之差，可是有差到這麼多去嗎？我有點不太明白。

叩地一聲，學長把粉筆丟掉，粉筆一脫手的同時也變成一股灰猛然散開消失不見。我看見整個地面出現了一大片完整畫好的超高難度複雜法陣。

說眞的，看了會頭昏。

「褚，東西給我。」學長在另外一端向我伸手，中間隔了大魔法陣，我不敢隨便踩上去。

愣一下，我才意識到手上方方角角的東西，可是學長站滿遠的耶……

「丟過來。」

好吧，你都這樣說了，如果沒接到還是我丟到旁邊去不要怪我。

我把方角角的東西用力拋過去。

啪一聲，學長很從容地把東西接住，輕鬆得好像那個東西就是活該被他接住一樣；然後他從裡面拉出一條藍色的線，隱隱約約的，線好像微微在發著光。

呃、這東西好眼熟，眼熟到不行。

這不是傳說中的墨斗嗎？爲什麼這裡會出現這麼中國風的東西？

夏碎學長收起筆記本，走到另外一邊跟我們相對的三角。

學長抽出線之後把方角盒子拋給夏碎學長，然後夏碎學長固定繩子之後又拋給我。

……照理來說我應該是固定好回拋給學長？

轉過頭，學長對我伸手，看來應該就是這樣沒錯了，我很快地把線固定好把盒子拋回去給他。

整個大陣法上按下了三角形的線圈。

「褚，你聽好，你就站在原地，等等連零點一公分都不要移動。」學長走進去法陣裡面然後扶著伊多兩個人面對面站著。

「喔、好。」我想我也移動不到哪去吧？

就在我還不知道他們要怎麼做的時候，一陣白色的小煙從我旁邊飛過去。

鬼娃！

鬼娃出現了！睽違好久的鬼娃居然出現了！

飄在空中連一根頭毛都沒變的鬼娃朝我禮貌性地彎身，然後往剛剛學長站的三角角頂端飄去固定位置。

「瞳狼大人。」夏碎學長居然對鬼娃必恭必敬地彎身行禮？

而且鬼娃也回禮了。

該不會鬼娃生前眞的是什麼大人物吧？

「褚。」場中央的學長按按額頭，紅眼看向我。「麻煩等等開始動用法陣時，如果可以，請你盡量保持六根清淨全身放空。」

……

簡單說，要我腦空空地發呆就是了吧……

「沒錯。」學長居然不否認地點頭！

那你幹嘛還要一直聽啊……

學長沒回我話。

※

「褚，等等請跟著我們一起做動作。」

對面的夏碎學長戴起他的白色面具，接著將兩手手掌合在一起、做出一個打印的動作，感覺頗像漫畫上那種陰陽術家的樣子。

不是很難，就是手指彎來彎去扣在一起而已，我這個大外行人也很輕鬆就學會。

我最好奇的是鬼娃，他的袖子比身體還長，我好奇他怎樣打印。

鬼娃緩慢舉起手，動了兩下，居然袖子就接在一起在裡面打！

好樣的，這樣也行？

就在同一秒，我們三個人……其實有一個不是，好吧，我們腳下突然出現亮亮的東西，一個小小的銀色法陣從腳底綻開，神奇地開始轉動。

學長伸出手，右手與伊多的掌心貼在一起，那秒我想到的是——

ET外星人接觸。

不對，不可以亂想。

夏碎學長又變換一個印子，我也跟著學著做，中間的大陣開始微微地亮了起來。

剛剛那支粉筆不是螢光的吧？

鬼娃跟夏碎學長嘴巴很低聲地不知道在唸什麼，我懷疑這個我也要跟著做嗎？

問題是我從開學到現在只學過三個基本咒，而且還是完全都不相干的那一種，難不成我要唸那些「子孫有孝順沒」那種見鬼的東西嗎？（註：這是台語，民間有人往生時候蓋棺封釘時所使用的吉祥話。）

我看到學長在瞪我！

他眞的在瞪我，紅色的眼睛用著一種「如果我唸了，他會讓被釘的那個棺就是我的」那種感覺凶惡地瞪著我。

我決定爲了我的生命安危，我還是什麼都別唸得好。

陣法開始發亮之後，我們三個腳下的小陣轉得更急，變成看起來有種會讓人頭昏眼花、倒退兩步的花樣。

還是別看比較妙。

抬頭，大圓陣旁邊一點一點地浮出小光點，每個都在發亮，看起來頗像螢火蟲，很夢幻。

光點點也跟著轉圈圈，同時我感覺到腳下傳來冰冰的感覺，有個白色的霧不知道什麼時候已經蓋住整個地板，像是誰打翻了整桶的乾冰一樣，而且下面好像有水……

其實只要不要突然有個骨頭手從霧裡面冒出來拉腳，基本上我應該是不會尖叫逃走。

霧下面的水發出一點點細小的聲響。然後我腳邊有個冰涼涼的東西滑過去，翻出霧上面，一條不知道是蛇還是魚的水組透明物體整隻飛出來衝進去大陣裡面，跟光點點一起轉。

光點點變成銀藍色。

不曉得是不是我奇怪的事情看太多，這次看見這個東西熊熊衝出來我居然沒有任何反應。反而，這讓我想起一首歌——轉吧！七彩霓虹燈！

圈圈裡的魚還蛇突然啪地一聲摔下來，變成水不見了。

白霧被捲起來，圍著陣法狂繞圈，我有種在颱風眼裡面的感覺，四周都白，根本看不到夏碎學長他們，更別說還什麼手勢。可我想也不能放手；而且剛剛姿勢維持太久我手麻了，現在放手印我會手抖，先維持這樣比較好。

整個捲開的白霧越來越濃，我懷疑可能很快地我就連我自己的手也看不清楚了。

霧裡面有白白紅紅的東西在發亮，吸引我的視線。

什麼東西？

定睛一看，我不確定是不是我看花眼。不過我非常明確地……看到兩個學長……

一個銀白的髮、一個全紅的髮。

傳說中的分身術？

兩個學長跟伊多的手掌都貼在一起，變成三角角。

我有看錯嗎？

紅的跟白的因爲風大，整個長毛都豎起來，某方面來說很像賽亞人變身。

眨眼，學長又剩一個，本來的那一個。

眞的是我眼花嗎？

狂風一吹，我的視線整個都被白霧蓋掉，看不到學長他們。

有個很細的聲響突然在我附近響起來，很像鈴鐺的聲音，又好像不是，感覺又有點像水晶音樂那種叮叮噹噹的聲音，從我的口袋。

我記得那個口袋放了王族的幻武大豆。

視線被遮蔽的同時，我突然有點恍神。眼前像是出現了什麼畫面，感覺不太像屬於我的記憶畫面，因爲出現的是我沒有看過的景色——那是一座山的影子，有人的樣子在附近跑來跑去，但是我很確定我絕對沒有看過這類東西，不管是眞的看過或是在哪個節目上。

那個影子只是很快地一閃就不見了，快到讓我以爲是白霧的錯覺。

叮叮的聲音又逐漸變小了一點。

我看見我的手隱沒在霧當中。

隱隱約約，好像有另外一雙手搭在我的手上，有點虛幻不像眞實，一點都感覺不到該有的重量以及一點點冰冷或溫暖的溫度。我只是愣愣地看著不曉得是不是手的半透明東西。

或是，它也只是幻影？

然後我抬頭，白霧中有個視線溫柔地對上我。

那是誰？

白霧突然整個散開。

不是慢慢散，是一秒消失那種散。

隨著霧，不曉得是錯覺還是怎樣的那雙手及視線也立即跟著消散。

我回過神，眼前什麼都沒有。

一種水流的聲音拉回我的注意力，也讓我以爲剛剛那些都是錯覺。

我們四周不知道什麼時候出現了水壁，若要形容，就是站在圓形噴水台中央那種，大陣小陣四周都有水倒流，一直往上沖。我看見有很多黑黑的東西被水往上抽，然後整個水變成黑色。

光點點從我頭上往下飄，很像下雪。然後水柱停止，開始往下流。我注意到水都從小陣大陣周圍的框框被收下去，至於收到哪邊我就不知道了。

十幾秒之後，整個室內就安靜下來，大陣小陣的光一點一點慢慢地消失。

夏碎學長跟鬼娃已經把手放下了。

就在我想跟著他們一起放下的時候，一個可悲的事實馬上衝擊我的心靈。

靠！完了！我手麻兼抽筋……

大陣裡面的學長跟伊多同時收回手，接著地上的法陣瞬間消失得連一點粉都沒有，小陣也是，地上完全沒有被畫過東西的痕跡。

對了，我剛剛在霧裡面看到什麼？

手一麻，我整個印象都沒有了。剛剛霧裡面有東西嗎？

「褚，可以動了。」夏碎學長第一個走開這樣對我說著，然後去扶伊多在一邊的椅子坐下。

伊多氣色看起來比剛剛好很多，只是還是很虛弱的樣子；不過他身上的傷口幾乎不見了，連掌心都治療好、一點痕跡也沒有，癒合之快簡直跟醫療班有得拚！

我等手好一點之後把剛剛在口袋裡發出聲響的幻武大豆拿出來，豆子不知道為什麼在發亮，一下下而已，沒有幾秒又開始黯淡成本來的顏色。我稍微覺得有點奇怪，可是豆子也沒有突然開花還是變成爆米花，所以我又把它收回口袋。

學長靠在牆邊閉著眼睛休息，一句話都沒講。

很反常，我以為他會因為七彩霓虹燈過來砸我的頭，可是他居然沒有。

鬼娃飄到我面前，長長的袖子上捧著一個黑色的圓球。「吾家要回去交差了，請褚冥漾先在這兒待一會兒吧。」然後，他把圓球給我。

黑黑的圓圓一顆，完全看不出來是啥玩意。

「這個是……」我抬頭，鬼娃早就不知道消失到哪邊去了。

「那個是伊多身上詛咒的咒語原型，你最好拿好不要掉了，摔破的話詛咒就會爬到你身上。」學長閉著眼睛，拋來這句話。

抖手，圓球差點掉下去。

不是吧！

這種東西給我拿？

我有種我很衰一定會打破的預感……

「如果破了，你就給我等著。」

學長發出惡狠狠的警告聲。

第十四話　餘慶

地點：Giya

時間：下午兩點四十二分

所以我說過我很衰。

就在我忌憚於學長惡勢力，抱著黑球正想找個東西把它裝起來時，後面的門突然給人狠狠地一腳踹開，整個砸在我屁股上，我立刻一秒飛出！

「我們贏了！」第一個衝進來，也是踹門元凶的雷多擺出超人的姿勢很囂張地大喊。

他的行爲像誰！到底像誰！

有人看幾次鋼刷就被同化的嗎！

「漾~你趴在地上幹嘛？」一把推開擋在門口的雷多，第二進來的五色雞頭把我從地上拎起，「想睡覺也別睡在門口，等等被人踩到怎麼辦。」

基本上我並不想睡在門口。

喀嚓一聲，很清脆地從我身體下面傳來。

所以我說過我很衰。我連看都不用看大概就知道發生什麼事情了。

「褚！後退！」學長馬上發出警告的聲音，我抓著五色雞頭往後閃，然後差點把還站在門口沒人甩他的雷多一起撞出去。

黑圓球在地上發出了聲響，然後自中間裂開一條線。

拜託千萬不要跑出怪東西……

「這是什麼東西？」五色雞頭按著我肩膀往前傾，瞇起眼睛好奇地想伸手拿。

完全不用思考，我一巴往他手背拍下去。在餐桌上偷拿菜時，每個老媽必定都會使用的必殺一擊！

打完之後，我跟上次巴他頭時一樣後悔。

我不是故意的我不是故意的我不是故意的我不是故意的……

一切都可以說是出自於自然的本能，也就是說五色雞頭你本來就欠扁！

那顆五彩鋼刷頭用一種非常緩慢，活像是鬼片鬼出現的速度轉過來。「漾～如果本大爺反射性把你的手剁了，放心，我會好好用福馬林幫你保存起來，聽說我三哥都會這樣幫他暗殺的獵物做紀念。」五色雞頭用一種會讓人發毛的詭異笑容這樣說著。

「對不起我錯了。」一秒道歉。

「福馬林是什麼？」雷多疊在五色雞頭後面非常好奇地乖寶寶發問。

「我把你剁了泡進去你就知道了。」五色雞頭發出極度嫌惡的聲音然後把他踹開。

他們兩個還眞是單方面的喜歡跟單方面的厭惡啊……

就在他們進行沒有營養的問答時，黑球又發出聲音，這次是有個黑黑的長條物從裡面活像是蛇砲一樣慢慢地爬、出、來。

它有眼睛！它有眼睛它有眼睛！黑色的長條物出來的那端出現一顆金色的眼睛。

然後我覺得它應該是一條黑色的蛇，因爲隨著黑色的光，我看見鱗片一片一片地往外翻出來。

唰一聲，蛇被一隻手掐住頭整條從黑球被拖出來，很長，應該有一百公分那麼長的一條蛇，估計蛇體直徑有五公分。

黑蛇脫離之後，黑球叮地一聲整個突然粉碎掉。

掐住蛇頭的手是學長的手，他把黑蛇整條拉出來，掛在半空中。「這是咒文的型態，你應該慶幸是蛇，如果出來的是老虎還是其他種猛獸，你的腦袋應該已經不見了。」

我摸摸我的脖子，往後倒退一步。

「可以給我嗎？」五色雞頭居然對黑蛇興致盎然。

基本上，我可以猜得出來他想幹嘛。

「你要這個做什麼？」學長瞇起眼睛，隨便那條蛇咧了嘴嘶嘶亂叫。

「下次做生意可以用。」

果然是要拿來殺人的。

「不可能給你。」學長一秒回得乾淨俐落，「想要就給我自己去學！」

等等，重點是這個嗎？

「雅多呢？」

坐在床邊的伊多發出疑問，他第一個問的居然不是怎樣贏的。

我偷偷瞄了雷多一下，他身上挺乾淨的，看起來不像有過一場決賽戰，也不知道是很輕鬆獲勝還是來之前有整理過。

「雅多跟大會去辦資格手續，等等就過來。」雷多蹦到床上翻滾一圈，然後賴在上面就不想下來了，「那兩個紫袍很棘手，下次不想再跟她們對戰了，幸好雅多上一場就先解決一個了。」他趴在床上懶洋洋地說著，然後微笑。

難得他也會有不想對戰的人。

伊多的唇勾起淡淡的弧度，沒有多說什麼。

「漾漾，我們等等去開慶功宴！」雷多只趴了不到一分鐘就從床上跳下來，然後一把勾住我的脖子往裡面拖，「冰炎殿下、夏碎閣下和西瑞也一起來！」

X的！我差點被勒斃！

還好雷多馬上放手。

他跟五色雞頭一定是一掛的！我上次差點也死於五色雞頭的吊頸。

搞不好我進學校還沒被教室壓死先被人無意識自然幹掉，眞悲哀啊……

「我沒意見。」夏碎學長意外地非常隨和好相處。

咚地一聲，學長把一個黑色蝴蝶結丟在桌上，「我隨便。」

你只有在沒工作時候很隨性是吧？

等等！等等等等！

黑色蝴蝶結？

我瞪大眼睛看桌上，可悲的詛咒黑蛇變成長條黑色蝴蝶結在桌上蠕動。

算了，我當作沒看見比較好……我完全不想知道學長是怎樣把它打結的。

「我也可以。」五色雞頭還在偷瞄那個黑色蠕動蝴蝶結。

我懷疑可能等等學長一不注意他就會把黑蛇給摸走。

「那就這樣決定了！」雷多拍了一下手，非常高興地翻回床上，「我預約一家很棒的小館，等等一起過去那邊吃點東西。」

是說，不用問過我的意願嗎……？很顯然地，雷多已經把我歸於「要去」的一人，因爲我聽見他拿個一個圓圓亮亮的球，然後跟球說一共要七個位子。

餐廳快點球嗎？

「伊多應該沒問題吧？」我看了一下臉色還有點白的伊多，有點擔心。

伊多衝著我微微笑了下，「請放心，水之妖精族的自我修復力很快，加上夏碎閣下的幫忙，我想應該過一會兒就可以完全恢復。」

說的好像也是，我看伊多身上的傷幾乎好得差不多了，只有血衣比較嚇人。

講到傷，我突然想起來五色雞頭也有傷，轉過去瞄了一下，他身上的傷居然也都消失了！

他是怎麼治好的？吃肉補肉嗎？

我後面傳來聲響，有人走進休息室。

「手續辦好了，我一併拿了冰炎殿下的隊伍勝出資格證明過來。」走進來的是雅多，他手上拿著兩個銀色的東西，遞了一個給學長。「我與奇雅說了有關剛剛兩校比賽的事情，他們要調出潔兒、蒂兒的紀錄來看，應該很快就會有襲擊者的調查報告出來。」

「我知道了，謝謝。」學長拿起那個銀色的東西，我才發現是個銀藍色的項鍊，項鍊墜是一顆橢圓的透明寶石，兩邊各有一銀蠍子盤據在寶石上靜靜地伏著，感覺好像是想打寶石主意的人都會被蠍子所螫，感覺很冰冷。

學長把項鍊收進去背包裡。

「既然雅多也到了，我們就去吃飯吧！」雷多從床上跳起來，非常、極度活力地喊。

「走吧。」把大衣脫掉的伊多裡面穿的是很簡單、可是看起來很高級的襯衫，有點視覺系藝人的樣子。說眞的，如果他們在人類大街走，一定馬上會被成打的星探給扛走吧？看起來就整個穩賺不賠啊！

人能帥到這種程度也眞是不容易了，光看都很賞心悅目。

幾個人紛紛走出休息室，雷多在外面把剛剛的餐廳球拋在地上，地上立刻出現了大魔法陣，學長他們就先進去了。

我突然想起一件事情。

蛇勒！就這樣放著嗎？

我轉頭，那條蝴蝶蛇對我張大了嘴，應該是想要發出怒吼聲，可是蛇沒聲音，所以我也聽不見。

但是應該不能隨便亂丟吧？放在這裡可以嗎？等等如果有人不知道亂碰被詛咒怎麼辦？可是不放在這裡要放在哪裡？他們學校看見應該會處理吧？

有種名爲良心與黑心的東西在我心中掙扎。

「啊！眞麻煩！」爲什麼我要當學校代表的跟班小弟啊——！

打開我自己只放了一本筆記本的背包，我也不敢碰蛇，筆記本拿出來用空背包直接把蛇一套收進去，然後把背包用力綁緊，用裝飾帶子狠狠繞個好幾圈。

我相信蛇一旦變成蝴蝶結之後一定動不了我的！

「褚，快點來！」

然後，我連忙跑出休息室跳進去魔法陣裡面。

蝴蝶結奈何不了我的啦！

※

一秒之後，眼前的景物改變。

我們前面出現了一家……這是餐廳嗎？

「蝶館，菲兒娜菈的店。」站在大門之前，雷多笑著給我們介紹。

它真的是餐廳嗎？

我只想問這個。眼前看到一座大型的日本舊式建築，呃、就是日本料理造景常看見的那個感覺，不過建築都是仿古的，有一種真的來到古代日本京都的感覺。四周是很熱鬧的商店街，店家樣子都挺陌生，應該不是我們學校的商店街才對，整個感覺都不一樣。

我們學校的商店街看起來有點像菜市場，這個商店街看起來有點像是高級店面區。

不過問題不是這個。

眼前木製的橫格大門上掛著一個還在滴血的人頭，他的額頭上被一支箭穿過去，整個釘在門上，翻白眼、吐舌，整張臉都爛掉。這真的是餐廳嗎……？我好懷疑……

還沒進去之前我就差點吐出來了。難不成這家餐廳標榜的是先把肚子吐完淨空才可以進去吃東西嗎？

「奇怪，什麼時候多了這個新裝飾？」轉過頭也看見那個滴血、以普遍級小說來講應該打上馬賽克的東西之後，雷多很疑惑地盯著人頭看了好一下子，「之前來還沒有，新東西嗎？」

該不會這間是食人餐廳吧！

門突然唰地一聲被打開。

「各位客人歡迎光臨。」我看到穿著衣服的黃鼠狼在對我們打招呼。

血腥過後是童話故事嗎！

「唉呀！又來了！」黃鼠狼看見門板上的人頭，然後用短短的腿跳高把人頭跟箭一起拔下來。「不好意思嚇到客人了，最近常常有人做這種惡作劇，請別放在心上。」黃鼠狼突然張大嘴巴一口把人頭跟箭給吞了。

……

………

「漾～你要去哪裡？」

五色雞頭抓住我轉身之後的後領。

「沒有，我突然想先走一步……」我已經吃不下東西了……

「那個人頭是式神不是真的人頭，應該是競爭對手的惡作劇。」學長拋來這樣一句話：「咒文消失之後就不是人頭了，在這兒隨便殺人都會引起麻煩，所以才有人想出這種無聊的惡作劇，之前我們就處理過好幾起了。」

那真的很無聊。特地用咒文做人頭射在別人家門上，是太閒還是怎樣啊……

難不成這就是傳說中的商店鬥爭嗎？

「進去吧、褚，聽說蝶館是妖精族很高級的店。」拿下面具的夏碎勾起很淡的微笑這樣對我說，就跟著伊多、雷多他們走進去店裡面了。

商店街裡很多不明物體走來走去，我也不想留在外面，只好也跟著最後一個五色雞頭的後面也走進去了。門在我走進去之後一秒唰地一聲自動關上。這個我很習慣了，我們學校跟宿舍也很喜歡自己關門，看久了都會麻痺，不要被夾到就好了。

「已經給各位準備好預約的位置，請跟著我們服務生往樓上包廂走。」黃鼠狼站在櫃台邊對我們很有禮貌地鞠躬。接著我看見更鬼的事情，我看見三十公分大的凸眼金魚從黃鼠狼身後游出來，下面掛了一個寫著「領路侍」的木牌。

說眞的，他不要動，掛在半空中時看起來眞像某種風鈴。

金魚往旁邊突然出現的木樓梯游。

我們長長一條人就跟著一隻會飛的金魚往樓梯上爬。二樓一上去整個就是很寬廣，連隔間也沒有，比我房間還大了三、四倍。四周都是紙拉門，而上面畫著竹子的圖案，也有竹葉的倒影在紙格上面。屋子中央是一張很大的和式桌，旁邊有一堆座墊，我們腳下踩的是榻榻米。

整個就是超高級日本料理店。

「大家先坐下吧。」雷多撲到白色座墊上，很高興地招呼其他人。

屋子裡面還有一些小玩藝，像是日本的和服仕女人偶、書法字、刀劍架，整個就是走古代復古風，讓人驚訝的是居然還有自動人偶，端著茶水杯喀喀喀地移動著。

這讓我有種感覺，這裡很有潛力變成鬼片景點。

幾個人隨便挑了位置坐下，我看了看，就坐在夏碎學長旁邊。

因爲跟五色雞頭坐會不得好死，我也不想吃東西吃到一半被學長踹，所以夏碎學長身邊的空位是超級寶座啊！

坐對面的學長狠狠瞪了我一眼。

伊多三兄弟坐在另外一邊，五色雞頭也自己坐一邊，剛好四個邊都坐了人、圍成一圈。

「褚有想吃什麼嗎？」夏碎遞過來一本應該是點菜譜的東西。

我回神，發現大家手上都有一本。上面寫了一堆我看不懂的字，就算我想點也點不出來好吧？

「你眞麻煩，二年級給我去修通用語！」對面的學長放下菜譜，然後一巴掌拍在我眼前的菜譜上面，砰地很大一聲嚇到我。

學長的手掌下面發出淡淡的光，然後隨著他的手一點一點移開，我看見菜單上面的字居然變了！變成我看得懂的中文字！

太神奇了！這就是傳說中的人體翻譯嗎？

「感謝！」我含淚感動地拿起菜單，學長不知道什麼時候已經坐回自己的位置上不甩我了。

菜單上面的東西其實還挺普遍的，一般我們的日本料理店都會看見的菜色，偶爾夾雜著幾道中國菜，倒是沒有咕雞那種詭異到完全無法理解的東西。

這種菜色對他們來說很稀奇嗎？

看到菜色，我突然想到我已經很久沒有回家了，只有按時打個報平安的電話。在學校的日子都過得很快，而且也很繁忙，等我發現到的時候，我居然已經有將近兩個月沒有回家了。

糟糕，我老媽可能會掐死我。

我點了兩樣菜之後，把菜單還給夏碎學長。

「聽說菲兒娜菈很喜歡人類世界，所以有很長一段時間都待在人類世界裡面，回來之後就開了這家店。」雷多突然說話，笑笑地看著我，「我想，漾漾一定會喜歡吃這裡的東西。」

因爲我是人類嗎？

其實我不是很喜歡吃日本料理，可是我覺得現在我應該會喜歡了。

我不確定雷多是不是刻意帶我們來這邊吃東西。可是，這裡的確讓我想到一些事情，例如我老媽、老爸跟我老姊，我還是第一次離家這麼久。

我想家了。

❀

菜單被收走之後不用一分鐘，我們的桌上已經堆滿了菜。

穿著服務生和服的狐狸端上最後一道菜之後，就搖搖晃晃地從紙門走出去。

說是慶祝……也太誇張了吧……我看見只有在漫畫上才會出現的那種超級豪華菜色堆滿了桌

子，我剛剛點的兩道中華菜被整個一比都樸素了起來。

有條堆滿壽司的大船橫在我眼前，然後被更大艘的海鮮船給擠開。

「褚，多吃一點，你今天也辛苦了。」夏碎學長人非常好，他抽了筷子就挾了大明蝦放在我碗裡面。

說眞的，我有一種不知道要從何吃起的感覺。

「大家今天辛苦了！」雷多抱著一個大玻璃瓶子，裡面裝滿不明的橘色液體，然後他拉開塞、爆出氣泡，站起身給每個人都倒了飲料。「用力吃吧！」

其實不用他說，已經有人很用力吃了。

那個午餐吃了N人份東西的五色雞頭正在狂掃桌面，你也吃太用力了吧！

雖然說是人類的食物，不過裡面還是混合了好幾種謎樣食材，例如海鮮船上我看見一隻兩頭白色章魚，下面只有四隻腳……我還是挑壽司跟我點的菜吃好了。

偷偷掃視了一下，五色雞頭的瘋狂吃法不看，其他幾個人倒是吃得都很樂。

雷多一邊吃會一邊騷擾他雙胞胎兄弟，偶爾會從人家碗裡面偷挾東西，然後還會不時偷瞄五色雞頭的腦袋。

伊多吃東西時正襟危坐規規矩矩的，一看整個就是很優雅那種感覺，跟隔壁的兩個弟弟完全是兩個世界不同的空氣。

然後學長吃飯的速度很一致，沒有很快也沒有很慢，細嚼慢嚥、吃完再挾那種很乖寶寶的吃法。旁邊的夏碎……

呃、說眞的，我不知道是不是因爲他本身就是日本家族出身的，他吃飯時好像有一種……循環的樣子，吃起來滿講究的，跟我這邊的空氣也不太一樣。

嗯，這樣想起來，我好像還是第一次有這種校外聚餐，除去跟喵喵他們每天在學校餐廳的午餐不算。因爲以前很倒楣，幾乎每次出去都會發生事情，所以壓根沒有同學在出去玩時會想找我，頂多就是一、兩次班遊；可我也不想壞大家出去玩的興致，所以三年的班遊我幾乎沒有幾次跟去過。

我看到學長身後的紙門印上一個人影。

然後不用幾秒鐘，紙門給人拉開，後面跪坐著一個打扮非常華麗的美麗女人，手上抱著一把琴，身上穿的是很厚重的盛裝和服，那種倒下來會壓死前面路人的超豪華衣服。

衣服上印滿了蝴蝶的圖騰，以金銀絲勾勒邊圖，給人一種她微微發著淡光的虛幻感。

原本在吃飯的人都停下了動作，然後轉頭看著她。

「菲兒娜菈。」雷多咧了笑，然後朝女子微微點了頭。

漂亮的女人也笑著跟我們彎了身，「各位客人對敝店的招待是否滿意呢？」她抱著三弦琴（三味線），然後連身子也沒移動，就是坐得很穩。「爲了補償剛剛店門口讓各位客人不愉快，等會兒的點心由敝店全數招待，請各位放輕鬆地好好休息吧。」

「我們一定不會客氣的。」雷多笑著說，他看起來好像和漂亮的女人很熟，兩人有說有笑的。「對了，我今天有帶人類過來喔，藥師寺夏碎是跟妳喜歡的古國同源來的人，褚冥漾是東方人類，才剛踏進我們世界兩個月左右。」

菲兒娜菈抬起頭，然後衝著我露出溫柔的微笑，「夏碎大人在這世界很多人都認識。」然後她彎身與夏碎學長互打了招呼，「來自東方國家的褚冥漾，您的世界安好嗎？」

呃，好奇怪的招呼詞。

「應該是很好，謝謝。」我也不知道該回答什麼，沒有火山爆發、天災人禍應該都很好吧？

「那就好。」她露出很美的笑容，「我許久未拜訪東方國度，大約有幾百年了。現在的環境已經與我所知的不同，若擇日重返，再請兩位多多照顧了。」

她好客氣，客氣到我不知道怎樣回應。

「好說，也請讓我們盡一份地主之誼。」夏碎學長很大方地回應，順便替我解除了尷尬。

果然跟我的等級不同。

接下來菲兒娜菈又分別與其他幾人寒暄了幾句，聽見學長用不同的語言說話時，她驚訝了好一會兒，說了聲居然有人懂得蝶之妖精的語言後，就很開心地跟學長聊了好一陣子。

那頓飯吃得很順利，至少沒有吃到一半時有天花板還是水晶燈掉下來砸我的頭。

還是一樣，大半食物都被五色雞頭給掃光了，不過還好這次我學乖了有很努力吃，吃了很多壽司跟料理，把自己撐到大飽，桌子也差不多給淨空了。

碗盤什麼的被剛剛的狐狸服務生給收走，桌上擺上了茶盤，菲兒娜菈親自為我們磨茶和沖茶水，整間屋子裡面都是很香的茶葉味道。就算後來他們用不同語言說話，我好像也沒有那麼格格不入的感覺。

其實，久久這樣一次，感覺好像也不錯。

這樣早上很緊湊、晚上大家聚在一起吃飯放鬆，感覺真的很不錯。

「感覺很放鬆當然不錯。」對座傳來冷冷一哼，我抬頭，剛好看見學長端著茶杯，然後很淡地勾動唇邊弧度。

嗯，的確很不錯。

第十五話　蝶館、歌、舞

地點：未知
時間：下午六點零八分

室內一片熱鬧。

在茶水之後，我再度看見那些狐狸服務生開始端上一盤一盤我說得出來或說不出來的各種點心。少部分是市面上常見的精緻和風點心，例如和菓子之類的東西，可大部分我就不曉得是什麼了，看起來有像糖糕也有像餅乾的，讓人眼花撩亂。

「這是蝶館特製的招待點心，綜合了許多東方世界的菁華，希望各位客人會喜歡。」菲兒娜菈這樣介紹著。很快地，桌面又重新被許多小碟子給放滿，狐狸服務生在整理完桌面之後就消失不見了。

我的前面有一個空的小碟子，我在猜可能是用來放點心的。

旁邊的夏碎學長先有了動作，他拿起我的碟子然後在桌上取走幾樣我看都沒看過的點心，再把碟子放回我面前。「不用客氣，不夠的話可以再點。」他微微勾起一笑，給人很舒服的感覺。

接回點心盤，我愣愣地點點頭。另外一邊有個完全不知道客氣怎麼寫的五色雞頭已經開始瘋狂地繼續捲走他眼前的點心，我看見小點心在他的嘴巴下用靈異的速度急速消失。

學長等人也開始拿取點心的動作。

我看著碟子裡面，有好幾個像是水晶一樣的點心很誘人，感覺吃掉非常可惜。

就在我猶豫要不要吃的時候，一陣輕巧的琴聲響起，菲兒娜菈撥動著手上的琴發出美麗的聲音，連她衣服上的蝴蝶印都像是跟著活動起來，一振一振著翅膀。四周的燈光黯淡了下來，不曉得什麼時候紙門前被點亮了一盞盞燭火搖曳，紙門外的竹葉影微微搖晃。

這種氣氛……這種眼熟又讓人無限懷念的氣氛……不就是電影裡面鬼要出來的前兆嗎！

乓地一聲，我看見有根叉子插在我面前的桌上。

……叉子絕對不可能自己飛過來插在我桌上，我抬頭，看見學長的紅色眼睛正在瞪我。

好吧，請當作我腦抽筋在亂想，您大人大量不要計較了吧。

「菲兒娜菈的餘興表演要開始了。」我聽見雷多很興奮地這樣說著，褐色的眼睛直直地盯著眼前看。

看著桌前會僱出陰森冷光的叉子，我決定先把它拔起來我比較不會那麼害怕……

注意到夏碎學長沒有發現叉子……也或許他早就發現沒講而已，總之他視線不在這邊，我吞吞口水去拔桌上那支飛叉。就在我抓住叉子漂亮有圖紋的柄，正想往上一拔同時，我發現了另外一個悲慘的事實——叉子拔不出來。

怎麼可能！它明明只是插到桌子不是插到石頭爲什麼會拔不起來，你要上演石中劍我沒話講，你不要現在給我上映桌中叉啊！這裡是餐館，等等要是被老闆娘看到我們在破壞公物被罰錢就慘了。麻煩你快起來吧叉子老大！

我轉頭看向學長，他居然假裝什麼事都不曉得地往菲兒娜菈那邊看。

喂！把叉子插上去桌子的是你耶！

不死心地繼續扭著叉柄，然後我發現那支叉子真的一動也不動，完全跟桌子契合得死緊緊，好像它這輩子就不離開桌子似地。

我又用力拔了幾次，悲哀地發現我真的拔不起來。

學長你到底是怎麼射叉子的啊！難道跟你有仇的不是我而是這張桌子嗎？這樣對待人家店裡的東西真的好嗎！

「這位客人請問您需要幫忙嗎？」有個聲音突然從我手前面傳來。

手前面？

用力眨眨眼睛，我想我應該沒有看錯，叉子前面有個黑黑的小團東西。

一隻老鼠？一隻穿著服務員衣服的巴掌大老鼠？

這家餐廳還養錢鼠啊？

我覺得我好像已經開始自暴自棄了。

「客人？」錢鼠服務員歪著小小的腦袋，眨眨黑色的大眼睛，抖抖鬍鬚又發出疑問。

牠是服務員、牠真的是服務員。「那個，有支叉子插在桌上我拔不起來。」我說這話時很心虛，非常地心虛。既然我拔不起來，一隻老鼠怎麼可能拔得起來？

錢鼠看了看桌上的叉子，又轉過頭用牠黑色的大眼睛看我，「客人，桌子是不能吃的。」

我也知道桌子不能吃！你去跟飛叉的那個人說啊！

小小的爪子搭上叉柄，那隻錢鼠轉了一個圈子，「我再幫您換一支新叉過來。」說著，叮地一聲輕巧地就把桌上的叉子給拽下來，然後扛著叉子就這樣跑掉了。

我只能呆呆地看著錢鼠抓著叉子消失。

原來……原來我的力氣比一隻老鼠還不如！

就在錢鼠二度帶著新叉子回來時大概是不到一分鐘的事情。

菲兒娜菈前段的琴聲緩緩地告一段落。

錢鼠沒有把叉子遞給我，牠無聲地出現在對面學長的桌子邊放下包著布巾的叉子——看來牠也知道是誰丟叉子的，然後又無聲地離開，快得好像牠從來沒有出現過一樣。

登地一聲吸引我的注意力。

一只蝴蝶落在紙門上，繞著燭火翩翩舞動。

紙門上火燭間有著黑色的蝴蝶影子，然後像是逐漸被拉大一樣，影子慢慢形成了一個穿著和服的女人影子，隨著門前的蝴蝶優雅地擺動身子。

隨著琴聲，女人的影子不斷地舞動著，隨著她的移動，後方的竹葉也跟著輕巧地搖晃，細微的沙沙聲響隨著琴聲竄入聽覺之中。

蝴蝶仍然繞著火焰在飛。

琴聲越來越急促，女人的舞蹈也越來越快，就在菲兒娜菈手指猛然一停的瞬間，人影猛然消失，蝴蝶撲進了火焰裡面，燭火發出了幾聲細微聲響燃燒著兩片顫動的翅膀。一點金光猛地從火中炸開來，好像有什麼小型的煙火一樣炸上了天花板，無數閃閃發亮的小光點散滿了整個室內，更多蝴蝶在其中發光飛舞。

影子的表演就在眨眼瞬間，看得我連呼吸都不敢太大力。

菲兒娜菈重新撥動琴弦，小光點中出現了個穿著白色和服的美麗女人，布料上繡著大大的蝴蝶圖騰；而女人的背後有著幾乎透明的大型翅膀，像是蝴蝶一樣的翅膀。

小小的光點落在翅膀上面，好像翅膀也會發光一樣。

就在女人邁開了腳步正要接續影子舞動同時，猛然一個破碎的聲響穿過紙門咚地一聲打斷了琴聲。

我看見一把刀插在女人的白色和服衣襬。

有著竹葉影子的紙門被射穿了一個大洞，四周突然整個安靜詭譎。菲兒娜菈看了破洞一眼，指尖挑動了琴弦，像是突如其來的攻擊對她來說不造成任何影響似地。

小小的腳步聲傳來，我看見剛剛領路、穿著服務員衣服的黃鼠狼捱進桌邊，聲音很小卻讓所有人都清楚聽見了，「各位客人不好意思，擾了您們的興致，剛剛有同業的來這裡破壞，希望各位客人沒有驚嚇到。」

驚嚇？哈，他們會驚嚇到？

我看了一桌子的黑袍紫袍白袍，他們根本連個吃驚的眼神都沒有，而且五色雞頭還用一種非常期待的目光看著黃鼠狼，那種樣子好像是希望黃鼠狼下一秒要說的是有大軍打進來然後他可以做飯後運動的感覺。

是說，同業搞破壞是這麼光明正大嗎？一般人不是應該偷偷來在飲料還是飯菜下個毒然後明天送敵手上頭條嗎？那把飛來的刀子是怎麼回事！

「這裡沒事。」雷多幾個字就讓黃鼠狼點點頭然後消失。

這裡眞的沒事嗎？我看著那把插著和服衣襬的刀，打從心底覺得事情很大條。

女人彎下身，就好像是舞蹈的一部分似地優雅抽起了刀，一小圈的迴旋像是跳起了刀舞。

菲兒娜菈的琴聲加快了。

就在琴聲連綿不斷同時，紙門猛地又被撞破。這次衝進來的是三個很像是忍者又不太像是忍者打扮的人。

……其實這是飯後餘興節目對吧？

雷多原本好像打算站起來，被旁邊的雅多一按又坐回去原位。

難不成這不是餘興節目！

疑似忍者的三個蒙面人抽出圓形的環刀往菲兒娜菈劈去。就在同一瞬間，跳舞的女人一個優雅的迴身，手上的刀格開了三把圓刀。琴聲猛地拔尖，讓人感覺好像神經也跟著挑高高。

菲兒娜菈一點也不為所動，好像那些疑似忍者的黑衣人跟她一點關係也沒有。

「式神。」我聽見夏碎學長的低語。

那三個疑似忍者的蒙面人是式神？

我突然想到漫畫裡面看過的那種東西，跟那個是一樣的嗎？

「不一樣。」學長的聲音從對面飄過來。

喔，原來是不一樣啊，真失望，我本來還想看看漫畫中變成現實的東西會是怎樣的說，結果居然不一樣，你們這票式神也太不敬業了一點吧！

幾句話之間，三個疑似忍者的蒙面人紛紛被女人給打飛，撞上破碎的紙門之後猛地消失，取而代之的是無數的粉屑。粉屑還沒落地，紙門整個砰地倒下，被雙倍人數的疑似忍者給踩倒，紙門後沒有可以映出影子的竹子，整個是空盪的一處空間。

這樣還不用幫忙嗎？

我看向學長，他搖頭。

穿著白色和服的女人轉動了手上的刀，然後貼在身側微微偏著頭，我看見她幾乎是白色的頸子上蓋著蝴蝶的圖騰印子。

菲兒娜菈的音樂又緩慢了下來，這次她微微張開了紅色的唇，溢出了歌聲：

倒映在河上月下的紅之華
風的聲音如此沙啞
輕輕撫上亡者的臉

站在岸上月下的紅之華
妳的歌聲如此滄涼
低泣著亡魂的悲傷

妳看模糊在河中的月暈光
上面有著紅花瓣
滴落河中的赤染
勾動了誰的牽掛

彼岸的花
思念的他
骸骨遺落
水淵下

琴聲幽遠地飄蕩。

我聽見那首曲調有些低沉，就連白和服的女人垂下的散髮看起來都令人窒息。

吟曲乍停，原本站在破碎紙門上疑似忍者的式神猛然同時開始了動作。

女人提起了刀，和服衣襬微微晃動。眨眼，式神已經從我面前消失，只剩下一堆飄屑。

琴聲停止，抱著刀的女人轉過身，然後消失。

四周的燭火熄滅，轉而亮起剛剛的大燈。

感覺上一切都好不眞實，我像是看了一場小劇碼，整個空間出現的東西都是虛假的，除了還破碎的紙門證實剛剛的確有東西。

菲兒娜菈抱著手中的琴，微微屈身行禮，「突來的入侵打擾了各位的雅興，希望各位海涵。」

所以說剛剛那個眞的不是餘興節目囉！

※

「菲兒娜菈的餘興節目還是一樣精采。」

很樂地代表發言的是雷多，看來他眞的和蝶館老闆娘混得很熟。「連意外都像被安排好的。」

菲兒娜菈勾動了漂亮的笑容，「那麼就請各位繼續品嚐蝶館的食物，我得先去招待一下這些不請自來的客人們了。」她拍了拍手掌，我們眼前立即出現一小團狐狸服務員，很快地，就將被破壞的紙門清除得乾乾淨淨，然後重新安上新紙門。

竹子的投影重新出現在紙門上搖曳著。

監督完狐狸們工作之後，菲兒娜菈又與其他人寒暄了幾句才退出房間。

四周又略略安靜了下來，只聽見五色雞頭還在猛啃點心的聲音。

「褚是第一次看見這樣的表演嗎？」先打破安靜的是夏碎學長，他很優雅地放下茶杯，偏過頭這樣問我。

呃……是第一次嗎？

「好像是第一次……」為什麼我總覺得好像不是第一次？可是想來想去又沒想到我曾經在哪裡看過類似的東西，大概是我記錯了吧，不然就是曾在電視上看過之類的。

「菲兒娜菈平常不會親自做餘興表演的。」雷多咬著叉子，然後又拿下來戳著盤子上的水晶點心，「因為今天有人類，所以她很高興。」

有人類？

所有人都把視線朝向我。

對喔，我是人類，差一點自己忘記，「呃、是這樣嗎？」看到人類她會高興啊？

其實換成是我，我看到人類我也會非常高興的，因為我終於回到人間了！

紅眼雷射光直接掃過來瞪我。

……請當作我剛剛是在自行幻想好嗎老大。

「漾漾，你要多吃一點，蝶館的東西很好吃的。」說著，雷多開始往我的小碟子裡面丟東西，本來就已經五分滿的碟子馬上變成全滿，而且還有更高一層樓的趨勢。

「好啦，我會自己吃啦。」我連忙護住碟子，爲了證明我會自己吃，我忍痛戳了個水晶點心放到嘴巴裡。

一股清香馬上散開來。

水晶點心就跟外表一樣眞的入口即融，嘴裡都是清香的味道，有點像是花蜜可是並不會過甜，剔透的水晶皮裡面包著我說不出來的果凍和一丸脆脆的東西，吃起來很有味道。

不過根據經驗法則，我有點怕怕原料不曉得是怎樣的東西。

「這個是蝶妖精擅長的點心組合，大多都是養生的植物花果。」對面的學長看了我一眼，丟出了兩句話。

原來是純天然養生點心是嗎？

對座的學長突然站起身，我注意到學長好像沒有吃什麼東西，席間吃的正餐也不多的樣子。

「要去休息嗎？」夏碎看著學長，問著。

學長點點頭，「我去隔壁空房間躺一下，你們慢慢吃。」他的腳邊出現了剛剛那隻錢鼠，很快地領路往外跑。「回去時候我自然會來。」語畢，他就跟在錢鼠後面離開大房間了。

我有點擔心耶……

旁邊有人拍了拍我的肩膀，回過頭，看見夏碎學長溫和的笑容，「沒事，只是剛剛法陣的關係需要歇息一會。」他的聲音很小，只有我們兩人聽見。我知道他是顧忌伊多才只說給我聽。

點點頭，我看著學長離開的那扇紙門，吁了口氣。

伊多同樣注意到學長的動作，但沒說什麼，旁邊的雅多拍了他一下，他才把視線轉回來。

他很介意。不曉得爲什麼，我就是有這樣的感覺。

「漾～你要不要去玩？」把桌上的東西掃得差不多的五色雞頭酒足飯飽之餘，突然把視線轉向我。

「玩什麼？」我眼皮突然抽動兩下。說眞的，我對他的「去玩」有很大的警戒，根據我對此人的認知，他所謂去玩絕對不是啊哈哈地去公園盪鞦韆、溜滑梯或者去逛街這麼善良的事情。

「入侵者的狩獵遊戲。」

「不用了，謝謝。」我連考慮也不考慮馬上回絕。

就知道不是什麼好事！

「我可以陪你去喔。」一邊的雷多開始興奮地騷動。

「不用了，謝謝。」五色雞頭馬上把我的話拿來堵他。

「你不用太客氣，爲了藝術品我可以陪著你上刀山下油鍋，更別說那幾個小小的入侵者。」

雷多顯然自己比較樂，非常豪邁地說道。

藝術品……他依然把馬桶刷當作是藝術品。

旁邊的雅多翻翻白眼，端著點心換了個位置，顯然不想承認那個跟他一樣面孔的是他兄弟。

「雅多你這是什麼反應，你的眼睛難道眞的完全看不見那個藝術品的崇高嗎！」不死心地往自家兄弟旁邊擠過去，雷多一把抽掉對方的盤子，開始了他的藝術洗腦之旅。

「看不見。」雅多冷冷地送給他三個字。

對啊，我也看不見。

繼續戳了幾個水晶點心進盤子，我乖乖地壁上觀不加入裡面，要知道加進去下場絕對只有一個慘字，我已經學乖了，你們自己繼續吧。

顯然夏碎學長跟伊多也抱持一樣的想法，連一個字都沒有說。

「怎麼可能會看不見，來，你仔細再看一遍，你會發現你之前的見解都是錯的，擺在眼前的才是最眞實不過的東西。」把盤子丟到桌上，雷多抓著他兄弟的腦袋硬是轉到五色雞頭那邊。

雅多拍開他的手，「擺在我眼前的是刺蝟頭。」他還是很堅持自己的看法。

砰地一聲，五色雞頭用力拍了桌子，猛地站起來，「你說誰是刺蝟頭！」

我現在發現桌子可能隨時會有被翻的危機。

「對啊雅多，他明明就是藝術品不是刺蝟頭。」眼光再次遭到否定，雷多又開始堅持起來了，「你一定是沒有看出來最重要的地方才會如此認爲。」

「哼。」雅多冷哼了聲，堅持不同意。

「有種出來單挑！」五色雞頭吃飽太閒開始找飯後運動了。

「要打架請到外面去打。」夏碎學長很溫和、很溫和地微笑，一次把三個人轟出去。

雅多站起身，大有要單挑就單挑的氣勢。

然後三個吃飽太閒的人就這樣互瞪著走出去。

整個大房間瞬間安靜了下來。

「放心，商店街中不可能讓他們打得轟轟烈烈，很快就會有人出面制止了。」看了一眼似乎想跟去的伊多，夏碎學長仍舊微笑地說著。

伊多回過頭，頷了頷首然後重新坐好。

一次去掉大半人的桌子突然變得很空曠。

「不好意思讓兩位見笑了。」伊多勾起淡淡的笑容，這樣說。

見笑的應該是五色雞頭吧……

「不會。」夏碎學長很有禮貌地回答，「對了，您現在復元得如何了？」

「已經完全恢復了，看來冰炎殿下的陣法真的很有用，這一趟競技賽讓我收穫不少……」

這邊突然轉成大人們的對談，我發現我已經從壁上觀轉變為路人甲了。

就在另外兩人對話朝向我聽不懂的境界發展同時，我看見剛剛的老鼠服務員重新出現在桌面上搬動空碗盤正在整理。

注意到我的視線正在看牠，錢鼠放下手上的東西，「請問客人需要服務嗎？」

我需要服務嗎？

也吃得有點飽了，待在這裡又有點怪怪的，「那個，我想出去走一下。」不曉得可不可以。

錢鼠服務員點點頭。

「請隨小的來。」

※

跟夏碎學長和伊多打過招呼之後，我隨著錢鼠走出紙門外面。

紙門外是條長長的走道，與剛剛我們上來的地方完全不同，走道很寬敞，一邊是雕飾華麗的外台可以看到外面的景色，另外一邊是整排的紙門，門上都映了竹子的影子，看起來清靜舒服。

錢鼠在我前面跑了幾步然後轉回過頭，「客人可以在這邊稍微休息，走廊上不會有其他人，很舒服。」

「謝謝。」我走到外台，看到外面的景色。

高度大概是二樓左右，外面是整片很像花園的地方，有小橋流水還有人工造景，四周都有說不出名字的蝴蝶翩翩飛舞，只聽見了風跟水的聲音，一點吵雜也沒有，光是這樣看著，就給人一種心靈舒適感。

我在外台的邊緣坐下，享受這個環境。

錢鼠沒有離開，很快地爬上扶手邊緣坐在我旁邊。「客人是原世界來的人類嗎？」牠眨著大眼，語氣裡面滿滿都是好奇。

「原世界……」對了，這邊的人好像都稱呼我原本的世界是原世界。「嗯，對啊。」不曉得我要稱呼這個世界什麼耶？

「小的也是從原世界過來的。」錢鼠的鬍鬚抖動了兩下，整個眼睛迸出興奮的光彩。

牠是從我原來世界過來的？

我愣了一下，轉頭看著旁邊的老鼠，我的世界應該不出產會講話的老鼠吧？

「小的原本是一隻普通的老鼠，後來碰上老闆娘，老闆娘說小的有機會過另外一種生活，所以小的就到蝶館來了。」很高興地這樣告訴我，錢鼠的眼睛整個都亮亮的。「蝶館的人很好，老闆娘也很好，小的可以在這邊工作不被人白眼，小的覺得自己很幸運也很好。」

「被人白眼？」

「對啊，人類總是很討厭老鼠，小的以前在鄉下生活時不容易，有時候要去田邊找個地瓜角都會被追打，到這邊生活就好很多了。可以高高興興地工作、有人會說謝謝，可以安安靜靜吃飯不用擔心，也可以舒舒服服地睡覺。」搔搔大大的耳朵，錢鼠這樣告訴我，「這好像人類常常說的……那個……有地方可以去。」

「你也很辛苦。」我看著這隻滿腹辛酸的錢鼠，不好意思跟他說我以前也追打過跑進來的老鼠，而且還在我老媽指示之下夾老鼠出去丟。

錢鼠嘿嘿笑了，「小的在蝶館也學過幾首曲子，客人如果願意，小的可以唱給你聽。」

我點點頭，於是錢鼠就開始打著拍子自己唱起曲子來。

太陽下的向日花
向著陽光高高掛
花籽落土花兒發
土有生命養綠芽
抽高芽
開黃花
一朵朵
太陽下

我聽著牠的歌。很輕快、很輕快的小調子，給人像是風拂過一般舒服。

唱完短短的曲兒，錢鼠轉過頭看著我，「客人也有自己的地方了，很舒服對吧？」

我有自己的地方？

有那麼一瞬間，我不太理解錢鼠想告訴我什麼，「呃……應該有吧。」自己的地方，我想牠應該是指我家吧。我自己的家當然很舒服沒有錯。

錢鼠很高興地衝著我一笑，「客人真是好客人，希望下回客人有空可以再多多光臨蝶館。」

才想跟錢鼠說點什麼，我突然覺得身後好像有人，一轉過頭，居然看見學長就站在後面走廊不遠的地方，「要回去了。」他看了我一眼，這樣說。

「喔、好！」我連忙從位置上爬起來。

錢鼠很快地落了地，朝我一躬身，「謝謝光臨。」

我往前追了學長的背影，回過頭看見錢鼠還是站在原地，牠在跟我揮手。

「下次，我會再來的。」我也跟錢鼠揮手。

錢鼠又是一鞠躬，小小的身體很快就消失在視線外面。

學長突然放慢了腳步，我小心翼翼地跟在他旁邊走。

就在房間的紙門重新出現在我們面前時，並肩走的學長突然伸出手搓了我的頭兩下。

啥意思？

沒回答，學長自己開了門就走進去了。

這到底是啥意思啊？

「回去了，漾漾！」

房間裡面傳出聲音。

「好、來了。」

《新版・特殊傳說2》完

番外·一戰

風的聲音。

從禁忌之地被封印一直到開啓之後一直沒有停下的輕拂，有那麼短短一瞬之間，時間好像靜止。

水聲穿破了風聲，驚慌的聲音壓過寧靜。

「哥！」移送陣中的少年對著援兵發出驚呼然後消失不見。

所有的事情都在短短的幾秒當中完結，然後同時也開始。

他看著眼前的景象，原本沉睡千年的惡鬼王不知道因何甦醒，然後濁黃色的眼睛鼓動著，如同千年前般充滿了凶惡殘忍的氣息。

身側揚起了風。

「已經通知公會，援兵馬上抵達。」帶著白色祭咒面具的紫袍站在他的身邊，兩人後面是駐守在墓地的醫療班以及學院緊急派出的袍級等人。「鬼王剛醒，能力應該不到原先的兩成，我們可以在第一時間將他再度封印。」

點點頭，看著眼前的屍骸，他重新握著銀槍，「我懂，讓他下地獄吧！」

鬼王重新甦醒已經是大事了，他們的任務是在第一時間將所有傷害減到最小範圍。

一蹬腳猛地往前衝去，習慣性地握著槍柄直接往耶呂鬼王的臉上掃，就如同剛剛所遇到的一樣，他感覺到槍尖在鬼王的臉孔前面撞上了某種東西之後就往旁邊彈。

已經設下保護自己的結界了？

「雕蟲……小技……」

倏然，槍尖被半腐的手掌攫住，他看見鋒利的槍尖畫過了皮肉嵌進骨頭裡，而眼前的鬼王就連一點遲疑或者痛楚都沒有表現出來。鬆開槍柄，他迅速地往後一翻，銀色的槍同時消失在空氣中。「這裡不是你該回來的地方，惡鬼就應該消失在這個世界上，你是陰影下扭曲的產物，就要回歸陰影沉睡。」張開手心，上面出現的是妖精族曾經贈與他的金粉。

耶呂鬼王張開口，像是想說些什麼，下一秒，金色的粉末猛地覆蓋上他的視線，劇烈的衝擊將他整個人再度撞擊回冰川水面，冰塊四處飛濺，整個冰川的水湧上了地面，霧氣越漸沉重。

「第五型態陣法。」帶著面具的紫袍張開了手，整個地面同時張開了結界陣法。須臾，一抹白色的影自法陣中竄出，「白虎封印。」

竄出的白虎形體發出咆嘯，整個地下窟隨著嘯聲劇烈震動，眨眼瞬間，白虎躍上冰川直接往耶呂鬼王的頸狠狠咬下。或許是才剛清醒，鬼王的反應並沒有很快，連接著頸子的殘肉被整塊撕開，露出裡面的白骨，黑色的氣體自截斷面緩緩逸出，詭異地四散開來。

白虎發出怒吼般的聲響，似乎正想繼續破壞的同時，黑色的氣體猛地穿透了白虎形體，眨眼、整個虎型四散炸開，連一點痕跡都沒有剩下。

「他的血有毒氣，所有人都不要靠近！」立即判斷出黑色氣體的危險性，他喊了一聲。雖說鬼王只是剛甦醒，但是扣掉他，現有的戰力只有在鬼王塚中待命的醫療班還有學院送來的一名黑袍以及兩名紫袍，等到公會後援到達可能必須還得數分鐘。

他們不曉得鬼王實力究竟多少，但是經由剛剛鬼王已經能自保的動作來看，很有可能比他們預估的更高一些。

他往前踏了幾步，白虎形體被毀的紫袍立即越過站在他身邊。「夏碎，結界刀。」伸出手，對方遞來四柄銀冷的短刀，刀上都刻畫了圖騰與咒文，與越來越加擴散的黑色氣體成了極度強烈的對比。

兩指夾起刀尖處，霎時就往鬼王四周其中一角精準地射去，鏘然一聲，銀刀精準地沒入地面一半。「東座風鳴、南座火起、西座雷狂、北座水疾，第三型態陣法。」隨著咒文吟出，地刀立即散出銀色的光線連結在一起，將已經停止動作的鬼王困在其中。「降神封印。」

地面一震，整個冰川就在咒文完成的同時重新凝結，站在川中的鬼王下半身全都給凍結進去，冰霜開始向上蔓延，直到連四散的黑色霧氣都被封閉不再散出。

「你覺得能困住他多久？」在確定攻擊幾乎都沒有用處之後，另一名黑袍走過來，看著凝結的冰川如此問道。

他閉上眼，又睜開，「不到幾秒。」

話語落下同時，地面開始騷動了起來，先是小小的震動，然後整個搖晃到令人腳步都有些不穩。同時，四柄落地的銀刀像是發出悲鳴般清脆的聲響，硬生生地自中間折斷，斷面平齊就像被更鋒利的什麼給削斷，冰川猛地震動，接著炸開來。

所有的冰塊、水珠濺上了岸面，隨之而來的是更多黑色的霧氣直撲眾人。

「醫療班撤出範圍，紫袍展開結界陣。」當機立斷，他立即對著現有人手指揮，「我們先控制鬼王的行動再說。」他看了一眼站在身邊的黑袍，點頭。

對方也是回以點頭，隨即抽出一把長刀，銀藍色的冷光立即環繞在刀鋒上，散出一陣一陣冰冷的氣息。

一反被動的狀態，原本頻頻受到攻擊的鬼王就在震開冰川的同時跳上岸邊，半腐爛的手腳同時著地，眼下更多的濁黃眼珠不停轉動著，一眨眨出了黏稠的液體以及黑色的霧氣。「一個……都別想走……」聲音一落，正要攻擊的黑袍猛然驚見面前出現了那些濁黃色的眼珠，還來不及閃避，瞬間來到眼前的鬼王已經一爪往他的頭頂拍下。

只來得及以手中的長刀抵擋，黑袍聽見了一種聲響，持刀接下鬼王、透過長刀傳來的震動折斷他手骨的聲響。

「退後！」抽出了幻武兵器，見到同伴眨眼間已經被攻擊，他甩出了銀槍，躍身就往鬼王的腦側刺去。

一個聲音響起，銀槍被彈開，就像剛剛一般，鬼王四周張開了結界讓他的攻擊再度落空。

不過這次他成功地讓鬼王的注意力看向他，放棄了繼續攻擊另名黑袍的行動。

「你……是誰……」

他對上了黑金色的眼。攻擊失敗落地後，他往後跳開，看著直視著他的鬼王，感覺到一股令人厭惡的壓力以及氣味傳來。「要讓你重回地獄的人。」冷笑，眼前不過就是具回魂的死屍，甚至連昔日的力量都不到幾成，卻已經打傷了一名黑袍。

「你的……全名……是什麼……」

瞇起紅色的眼，他重新握緊了銀槍，「我沒有全名。」

四周捲起了風，餘光看見了紫袍們已經站在各自的位置開始布下結界，黑色的霧氣被風捲上了空中，不再往四處蔓延。

好，繼續吸引他的注意力，破魂陣法還需要一點時間。

「沒有全名……就不是……這世界……的活物……」四肢撐著身體，像是猿猴一般緩緩地移動身體，對眼前黑袍起了興趣的鬼王開始往對方移動，黑金色的眼直視著對方，像是想看出些什麼端倪。

「你想知道？」他微微勾起了唇邊的弧度，「停止你的腳步，將你的耳靠過來，我的名是被封印的禁忌，不能暴露在空氣當中。」

鬼王停下了步伐，緩緩地低下頭往他靠近。

「我的名字是……」紅眼一瞇，就在巨大的頭顱貼近他身邊不到幾公分之處，他以迅雷不及掩耳的速度握緊了銀槍，直接就往鬼王的太陽穴刺下去。「被你們毀掉的名字！」

他感覺到銀槍沒入硬物的鈍感。來不及反應閃避的鬼王發出巨大的咆嘯聲，整個太陽穴被銀槍貫穿，一點防禦的機會都沒有。

黑色的氣體從槍透出的傷口猛然噴出，握著銀槍的距離來不及躲避。

「冰炎！」

耳邊傳來同伴的喊聲。

※

有些恍惚。

吸進黑色氣體的感覺遠比他想像得還要來得噁心，雖然他在淨化毒性上比任何人都還要快，但是還是無法習慣這種惡感。後面有人用力拽住他、往後拖，腦袋清楚回神過來之後，才看見是那個手骨被折斷的黑袍。「謝了。」將對方推給擔心的醫療班之後，他強壓下不適感，盡量在臉上做出什麼事都沒有的表情。

額際被插了銀槍的鬼王不停噴出黑霧，咧開的嘴發出了臭氣和咆嘯。

看得出來那具活屍眼下極度不爽。

帶著禁咒面具的紫袍首先啓動了破魂陣法，布在鬼王腳下多時的多人陣發出了光芒，道道光芒像是銳利的刀一般往鬼王的身上不停地沒入。

破魂的陣，撕扯靈魂。

「你吸進毒氣了！」提爾不知道什麼時候竄到自己身邊，一手緊緊按住他的肩膀。

「沒關係，先解決活屍再說。」拍開那隻手，他瞇起眼，有點模糊的視線盡量盯著正在被破魂的鬼王看。

如果可以的話，就乖乖這樣去死吧。

不過他深知這是不太可能的事情。

不用幾秒，地面上的光陣硬生生停下，幾名紫袍臉上紛紛浮現了辛苦的表情，明顯是力量不足以抵擋鬼王。

他知道，鬼王向來都是很難應付的一種東西，不管他是活的還是死的。

「醫療班，全部進入戰鬥輔助！」提爾的聲音在他耳邊響起，原本被驅在外面的醫療班紛紛躍入戰場範圍，各自站在紫袍旁邊幫忙加強陣法力量，那名黑袍也躍入帶著面具的那名紫袍身邊。

光陣又開始勉強地移動。

「這樣不行，會……」他踉蹌一步，剛剛吸進的黑霧現在開始在身體裡作怪，整個人暈眩不已。

「只要支撐到公會援兵來就可以了。」抓住他的手臂，提爾打算不管他會不會發飆，先做基本治療再說。

「來不及。」

像是要印證他所說的話一般，陣形當中的鬼王猛然抽去額際的銀槍，幻武兵器立即在一片黑霧之中消失。「哈……哈哈哈………」

鬼王笑了。

「夏碎！放棄陣法！」感覺到空氣中不自然的震動，他一把推開提爾，扯了聲音大吼。

沒來得及反應到自家同伴的提醒，帶著禁咒面具的紫袍只覺得眼前似乎有什麼東西一黑，接著整個人被一股巨大的力量給彈飛出去，撞上了地窟的石壁面，背脊立即傳來的痛楚讓他發不出一點痛呼，整個人有瞬間眩了眼。

將陣法上的幾名紫袍與醫療班同時震飛，鬼王落地的手指整個陷入地石，地面立即裂出了許多像是蜘蛛網一般的裂痕。「這是幾年後！」

鬼王的聲音和語調清晰起來了。

唯一沒被震出的黑袍甩出了長刀，腳步一蹬就是往鬼王劈去。

連回頭都沒有，鬼王伸出一手，精確無比地抓住了那名黑袍的刀，幾個聲響，長刀在他的手中被粉碎，像是小竹籤一般。「你以爲吾力量不足以對付這種小玩意？」

黑袍瞠大眼，霎時間就被不明的力量給打偏到一邊去，撞上了石牆咳出血，整個人落地之後一瞬間無法動彈。

他們的人在短短幾秒之中全部受傷倒在地上。

提爾看著眼前的畫面，不敢置信。「鬼王明明力量不到兩成……」

「你要記得，當年精靈聯合軍死了多少人。」紅眼冷冷地看了旁邊的人一下，他看著那個仍然在狂笑的活屍，越來越覺得那聲音刺耳至極。

只是眨眼，那雙黑金色的眼就出現在兩人面前。

動作比愣住的人快一些，他推開提爾，接著立即感覺到全身受到某種強力一箍，整個人差一點窒息無法呼吸。

他看見那雙腐爛的手抓住自己，森白的骨就在手邊移動。「你究竟是誰？熟悉的感覺……！令人憎恨的味道……」

忍下了該死的劇痛，紅眼瞪著幾乎就貼在身邊的黑金色眼睛，一點也不示弱，「那你又是誰！」

「吾乃耶呂惡鬼王，鬼王之尊。」

活屍完全清醒了，口齒居然如此清晰、思緒完整。

「換你說了，你究竟叫什麼名字……告訴吾你的全名……」

「自己去猜吧！」

猛地抽出被箝制的左手，他無視於手上出現的無數血痕，指爪就往鬼王的眼直接擊去。「嗚雷之神，西方天空狂吼，秋之王者天雷動。」他曾看過妖精的術法紀錄，記得這些古老的招式，

「雷爆之技。」

黑金色的眼球當場在他面前炸開，他立即就感覺到整隻左手傳來痛楚，身上的箝制鬆開之後整個人就往後跌下。

左手整個血肉模糊一片，慘不忍睹。

不過一隻手換一隻眼，他賺到了。

鬼王發出吃痛的號叫。

「別發呆！」提爾撲過來抓住他，將他整個人拖開了好一大段的距離，「你的手！」

「很痛，不過還不到不能作戰的地步。」他看見被震飛的紫袍與黑袍重新站起，很快地又回到了原本的位置。眼前的鬼王失去了一隻眼睛，因爲疼痛，所有的濁黃眼紛紛閉起，剩下另外一眼。「趁這個機會了結他。」

紫袍們重新擺開陣法，在醫療班協助之下更快啓動了方才被打散的破魂陣。

鬼王在掙扎，黑色的霧氣四射。

張開完好的那手取出紙符一揉，一把紅色的銀槍立即出現在他手上。「避開！」踢開礙路的提爾，他將槍直接往鬼王腦袋射去。

這次，鬼王的保護結界崩潰，紅色的槍直直穿過他的頭顱，馬上捲起了熊熊的大火。火焰像是止不了一般瘋狂地燃燒著，他們都看見火焰裡面的臉孔正在扭曲。

霎時，鬼王停止了掙扎，突然一步一步往他這裡走來。

地面上的光陣也跟著移動，就怕鬼王脫出逃走。

然後，他看見鬼王在他眼前停下，火焰中的臉扭曲猙獰。「你到底是誰……」聲音又開始逐漸變得模糊。

他抬起頭，紅色的眼看著對方，「你忘記了嗎？可是你一定記得，你記得我的臉，你知道我是誰，我跟你還有很多事情沒有清算完畢，你現在歸回安息之地就算，不然總有一天，你會連屍骨都留存不下來。」

鬼王安靜下來，火焰的聲音迴盪在整個地窟。

然後，鬼王笑了。

「原來如此，吾知道了……你……我們很快……就會再見面……」

「想都別想。」

火燒頭了還想賴在這裡！

這次，他很有把握鬼王快玩完了，因爲幾個強大氣息已經越來越靠近，帶來的氣流與鬼王的壓力相互制衡。

黑色與紫色的流光出現在他身側。

「公會的援兵到了！」

※

鬼王再度被封印。

被列爲教材的鬼王塚立即進入高級警戒的禁區分級，受傷的袍級因爲傷痕帶著毒氣需要好幾天才會完全復元，鬼王造成的傷很難在短時間裡痊癒。

「褚現在狀況如何？」被送回學院之後，他直接被提爾拖進保健室包紮。等待傷口處理的時間很漫長，無聊之餘他隨口問問。

保健室中充滿了許多醫療班的人手走來走去，一點都不平靜。

「剛剛我有稍微去看過，是嗅到一點毒氣昏迷了，不過狀況不嚴重，我順手幫他清除毒氣之後，賽塔就把他移到你房間了……呃，你知道的，你房間裡面的空氣是最清淨的，連醫療班也沒那麼純淨，那裡對於復元有很好的幫助。」看著臉色直接黑一半的人，提爾很識相地先行解釋。

哼了聲，他抽回被包紮完畢的手。

白色的藥布層層疊疊，還有點痛感，手指沒有辦法靈活地活動。

「你的手筋和骨頭整個都斷了，這兩天要休養，不要拿去亂打東西。」提爾很盡職地說著，眼前的傷患老是喜歡打東西，尤其是打人，所以必須先提出警告。「還有，明天晚上過來拆藥和做二次檢查，以免有什麼沒檢查到的東西造成後遺症。」

瞥了提爾一眼，他放下手，「我回房了。」他知道還有人在房間等他說明事情，那個精靈雖然擅長等待，可禮貌上卻也不能讓對方等待太久。

「等等。」一把抓住他的肩膀，提爾瞇起眼睛。「我想很問一件事情，你剛剛在鬼王塚裡面和耶呂活屍那些對話到底是什麼意思？」他對那些話感覺到很在意。

一來一往之中，好像兩人有某程度的默契與認知。

提爾總覺得，眼前這個人隱藏太多事情，多得幾乎讓人捉摸不透，雖然他一向都是如此。但是站在醫療班的立場，這可不是什麼好事，這只意味著鬼族很可能會再來找麻煩，而且也有一定的危險度。

冷冷勾起一笑，他拍開肩膀上的手，「沒什麼特別的意思，只是要擾亂他的思考。」

「眞的嗎？」有點懷疑，「你要不要解釋清楚一點。」

「囉唆！」凶狠地撂下一句，下秒，他的腳下出現了移送陣。

站在陣外，提爾突然想起另一件事，「那個小朋友，偶爾、你也要對人家和顏悅色吧。」每次看見這兩個人不是打就是罵，小學弟會心靈創傷的。

紅眼惡狠狠地瞪過去，傳送之前狠狠地撇下一句話：

「你管我！」

〈一戰〉完

番外・教室、班上

地點：Atlantis

時間：上午六點三十八分

大家應該都知道我們學校的教室有點怪怪的。

……不，我失言了，是宇宙無敵非常怪，如果世界上充滿了這種教室，那請相信我，這個世界的人類八成很快就絕種了，然後新一代地球霸主就是教室。

——幸好我們的教室並不存在我原本的世界。

說到教室，大家應該知道它能飛、能跑還能跳，最大的興趣就是每日開始上課後的散步，雖然一下課它就得回到原位，不過所有的教室還是對散步這件事感到非常熱衷，有時候上課上到一半還會看到其他教室和我們教室的窗戶相撞。

只要在學校待久了，相信我，什麼都不奇怪。

※

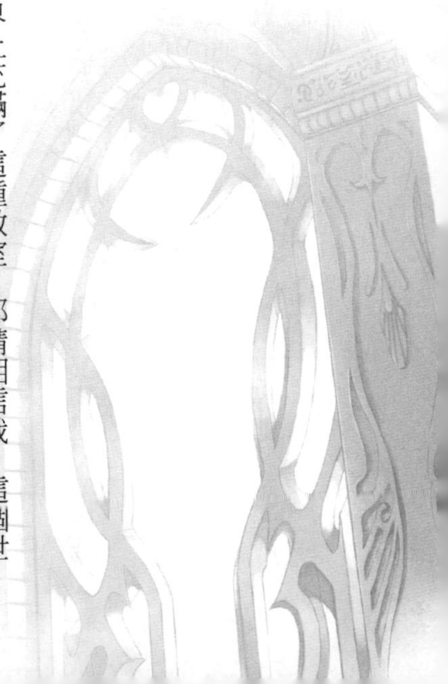

週三的早晨我起得很早，其實週三沒有什麼課，早上只要去班級開班會、下午去社團就行了，不過對於我來講等於就是沒有課；因爲我連一個社團都沒有參加……我還想活命。

幸好學校也沒有強迫一定要參加社團，這大概是他們眾多夭壽裡面少數幾件的功德之一。

之所以會早起是因爲幾乎每天早上都有人來挖我去餐廳吃早餐。幾次之後，與其被突襲得慌張準備，還不如自己先起床做準備。

大略整理好之後，我抱著盥洗用具往學長房間走，早上這個時間他應該已經醒了，學長如果不上工沒事情的話作息就超正常的，晚上十點以前上床清晨醒，簡直就像我阿公輩的作息時間。

「誰是你阿公輩！」砰一聲，學長的門直接被踹開，差點整個砸在我臉上。

我、我隨便想想，您聽完就算了好吧……

「學、學長早。」看著眼前的紅眼，我吞了吞口水先打招呼，「呃……吃過早餐了嗎？」

學長瞄了我一眼，也沒有回答就是逕自回到房間。

我硬著頭皮跟進去，反正每天早上都是這樣，不跟學長借廁所也不行，現在又不曉得安因在不在，一大早隨便打擾他好像也不太好。

直直走到房間中的陽台邊坐下，我看見學長拿起丟在桌上的書本繼續翻閱，很明顯是專程幫我開門的。桌上還有一個馬克杯，裡面裝著茶色透明的不明物體。

我頓了一下，學長大概沒閒情逸致搭理我，所以就趕快往廁所竄去，要不然等等他又記起阿公輩的仇我就完了。

踏進浴室，裡面還是很乾淨，連一滴水漬都沒有，鏡子被磨得閃閃發亮，旁邊的架子丟了一罐洗髮精跟肥皂和一套盥洗用具，其他多餘裝飾什麼的就都沒有了，很有學長簡單俐落的風格。

大概梳洗完畢之後我再度踏出浴室，看見桌上已經擺放著一盤點心跟一份不知道是報紙還是什麼的東西，學長還是坐在原位，像是根本沒有動過，那些多出來的東西是自己走來的一樣。

「點心是廚房送來的，要吃可以來吃。」學長丟了一段話給我，就和平常差不多。

「喔。」把盥洗盆放在門邊，我小心翼翼地靠近桌旁，走過去時瞄到那份很像報紙的東西上面寫著幾個大字：岩石殺人鬼再現！專挑女妖精下手！

那是啥鬼新聞！

「學校新聞社的遊戲報紙，專刊一些有的沒有的東西。」學長從書本裡抬起頭看了我一眼，「內容沒什麼好吸收的，看看就算了，大部分都是社團的小消息。」

是、是這樣嗎？

我在旁邊的空位坐下，直覺告訴我最好不要翻報紙，不然可能翻一翻之後我就想回家了。

桌上的點心動也沒有動過，感覺上很像是海綿蛋糕，一個大概五公分左右大，黃色的表層蓋著兔子章，有香香的甜膩氣息。因爲等等要和喵喵他們一起吃早餐，所以我也不敢吃太多東西，不然等等就好玩了。

「你平常如果我不在時候你去哪盥洗？」就在我吃下第一塊點心同時，學長猛然殺出這樣的問句。

「我、我嗎？」幹嘛突然問我去哪裡洗？

學長白了我一眼，擺明了我的回問是廢話。

我去哪裡盥洗啊……學長不在當然是跟安因借浴室，還沒認識安因之前的日子……

那眞是一段悲慘的日子。

每層樓的交誼廳都有公用廁所，其實去那邊盥洗也可以，可是自從我第一次進去被關在裡面半小時才出來之後，我發誓再也不進去了。再來我有想到一個，就是去學校的公用廁所，可是太遠了，非到不必要時候不去。所以當學長不在我又沒辦法盥洗時，我只能很悲慘地收集飲用水做簡單的梳洗然後再用空瓶把髒水帶出去倒掉……

「你還眞是克難。」這是學長給我的評語。

我也是千百個不願意好嗎！

「明明自己的房間浴室又沒什麼東西。」

那個還不算是東西嗎！

一個人偶耶！一個應該是活著的會殺人的詛咒人偶耶！

我哀怨地看著學長，「那個人偶可以申請拿走嗎？」

學長搖搖頭。「那是房間必有的配備物，申請拿走會換一個新的給你，不過可能不會在浴室。」

啥！不在浴室？

除了浴室之外其他地方我都不能接受。因爲浴室至少還可以把人偶鎖在裡面！

「那你就認命吧。」

以上，爲學長邪惡的發言。

※

離開黑館到達餐廳時大約是將近七點左右。

「漾漾，在這裡。」大老遠就看見喵喵站起身對我招手，同桌的還有千冬歲跟萊恩兩個固定班底，桌上老早就擺滿了各種早點，像是飯糰、三明治漢堡之類的，甚至連和風料理都出現了。

我們餐廳眞是個奇妙的地方，我再次認同這句話。

「早安。」在我走到桌邊時，喵喵很愉快地打招呼。

「早。」我對另外兩人也點點頭。

坐下之後，喵喵端過來一份餐點在我眼前，是類似鬆餅餐的東西，還附贈了幾樣不明水果。

「今天要開班會，不曉得又要提議什麼了。」

說到班會，我總覺得我們班的班會都不像正常的班會，因爲正常的班會應該是討論學校班級的事情吧？可是每次我們開班會都會扯到奇怪的話題上面去。

例如上次就有某人帶頭說要去蓋A部的布袋，差一點就過半數同意，還好沒過。

蓋布袋這種事情不是在班會提出的啊同學們！

而且老師竟然還贊同！給我反對啊！贊同就算了，竟然還想幫忙出蓋布袋的意見！

「聽說好像想決定什麼時候要班遊之類的事情。」千冬歲很優雅地吃著自己的那份早餐，拋過來這樣的話。

班遊？

「喵喵好想跟大家一起出去班遊，一定會很有趣的。」

我個人是覺得應該不會有趣，所謂的班遊根本是破壞之旅啊照我對你們的認識！

你們想全班出去毀滅星球嗎！

「國中那時候有出去過一次班遊，好像是去綠林森參觀。」一旁被忽略到極點的萊恩突然發言，短短的，馬上就沒有了。

「綠林森是綠精的住所，綠精很歡迎外客，不過那裡有點無聊。」千冬歲推推眼鏡，「希望我們班不要去那種只有紀念品的地方。」

綠林森是綠油精……不是，綠精的地方。是說，綠精又是什麼東西！

爲什麼他們住的地方全部都是紀念品？

「綠精是森林小妖精喔。」喵喵很快地幫我解答了，「而且手藝很好，近年好像因爲綠林森大量湧入觀光客，綠精都改行賣紀念手工藝品了，開發了新的賺錢行業，而且還賺得不錯。」

簡單說，就是紀念品觀光勝地嗎？沒想到妖精也這麼喜歡賺錢。

「漾漾有沒有想要去什麼地方班遊？」喵喵轉過頭問我。

「沒有。」基本上，我對這個世界的了解等於零，還能去哪班遊嗎！

「與其班遊，還不如自己出去玩。」千冬歲推了推眼鏡，有點嫌惡地說。

對了，他很討厭五色雞頭，應該是打死都不想跟他一起出去吧。

「自己出去玩好像也很不錯耶，喵喵想去原世界的遊樂場。」開出小花的少女捧著手這樣說著。

遊樂場嗎……我突然想起來上次飛出去的慘案。那真是一個跟我無緣的地方。

「我說……」再度被忽略的萊恩同學發出聲音，「已經快早自習了，差不多要去教室了。」

如果沒在時間內進教室，等等就要用追的，這件事情大家都知道。

「我們先去教室吧。」我完全不想等等飆板追教室，尤其教室那個什麼靈異的名字我完全忘得一乾二淨，追上了大概也會被教室抓狂壓死。

所以，還是趕快進教室比較保險！

「喔，好吧。」被中斷話題的喵喵看起來還有點意猶未盡，不過倒是乖乖地將剩餘的食物快速解決後，整理了包包站起身。

老早就吃飽的千冬歲當然也很配合。

幸好，我還在想說他們如果不離開的話，要怎麼偷跑，還好今天大家都意外地乖。

感謝老天。

※

從餐廳到教室其實很快，走快一點大概約五分鐘左右的路程。

走在最前面的千冬歲一把拉開教室門，一個細微的尖叫聲跟著響起。那個尖叫聲……

「我很想問……」才剛發出幾個字，走在前面的幾個人馬上回過頭看我。

「問什麼？」千冬歲推了推眼鏡，我看見鏡片折射了精光一閃，讓我馬上就有種被高級主管盯上的感覺。

「你們難道都沒有聽見那個詭異的聲音嗎？」該不會只有我聽見吧？可是那個尖叫聲還算大聲的啊，怎麼可能別人都沒聽見。

「有聽見啊。」喵喵點點頭。

你們都不覺得奇怪是嗎！

「那個是門軌的聲音，你不曉得嗎？」千冬歲走進教室後對我招招手。

門軌？我們教室的門是用拉的沒錯，可是門軌不應該會有聲音吧！尤其是尖叫聲！

千冬歲在所有人進教室之後關上門，幸好現在時間算早，教室裡面除了我們還沒其他人到。

我看著他在門後的門軌邊蹲下，手指在上面彈了一聲。

接著，可怕的東西出現在我面前。

如果人生可以重來一次……不、我只求剛剛五分鐘前可以重來一次就好，如果可以重來，我發誓我這次再也不會問這種問題了！

有時候，人還是不要知道眞相會活得比較美滿。

出現在門軌上的人臉讓我徹徹底底地再度明白這個事實。

爲什麼門軌上會有人臉你告訴我啊！一般的門軌上應該不會有人臉吧？就算不是門軌的東西也不應該有人臉，人臉就是應該長在人身上你不知道這個定律嗎！你長在門軌上幹嘛！

「這個聽說好像是跟董事打賭賭輸的惡靈被封印在這邊贖罪，輾過去都會有聲音。」千冬歲這樣說著，他的共犯萊恩同時將門一推，我看見教室門輾過一半的人臉，那個人臉當場變成扭曲版，吶喊著發出剛剛的尖叫聲。「根據情報，它要被輾滿五百年才可以升天。」

是用被門輾來洗淨罪惡是嗎！什麼鬼東西啊！

萊恩又將門關上，重新輾過那張人臉發出聲響。

我覺得那個人臉現在一定滿肚子髒話罵不出來，搞不好它五百年解脫之後就是先找學生報復之類的。

「門下面的這個，之前聽說是個殺人狂，死了之後變成殺人鬼，後來被董事狡詐索拐才會輸在這裡。」千冬歲又彈指，人臉立即消失不見。

門下面這個？難不成還有別的是嗎！

我突然覺得我們教室裡其實是個群魔聚集的高度危險地帶。

「窗軌上面也有……」萊恩往前走了兩步，很好心地要找給我看。

「不用了，謝謝。」我抓住萊恩。一個已經夠詭異了，我並不想看見到處都是這種東西。假裝不知道對我的心臟會比較好，真的。

萊恩停下腳步，聳聳肩。

回到座位上之後，陸陸續續地，同學開始進門。

因爲週三不用上課只要開班會，所以理所當然地會變成蹺課的最佳時間。開學之後第二週，班上許多同學都已經有了共同認知。

第一節課正式開始時，班上只來了不到二分之一的人數。

「今天又是一票人沒來嗎？」拿著點名簿站在講台上的班長語氣非常柔和，無視於已經開始奔跑的窗外景色。「很好，祝他們有愉快的一天。」她在點名簿上輕輕敲了兩下，我看見有個小型法陣消失在點名簿之後。

妳對那些沒來的人幹了什麼！

大致環顧了一下出席的學生之後，歐蘿妲很快地將點名單塡寫完畢。「那麼現在是班會時間，我們的老師還沒出現，依照規定，班會要有老師在場，各位同學要不要猜看看老師什麼時候才會進門？」她在微笑，她眞的在微笑，那種額冒青筋的高難度微笑。

就在班長話語一落的同時，教室門猛然被推開，下面一樣發出細微尖叫聲。

我看見外面的景色正在非常精采地移動著，老師就站在門口。

「抱歉抱歉，老師睡過頭了，請繼續。」完全不覺得自己是遲到的那一個，班導心情很好地走進教室。

所有人又把視線轉回歐蘿妲身上。

「好吧，老師來了，那我們就來開始開班會吧。」說著，她轉過頭拿起了一支粉筆往黑板上寫字。

就在同一秒，粉筆只畫下一條線馬上應聲折斷。

「嘎啊啊啊啊啊啊啊啊啊啊——」

淒厲的慘叫聲不到半秒迴盪在整間教室裡面，活像是魔音傳腦。

那是啥鬼！

「喔，粉筆折斷了。」拿著尖叫聲來源的班長一臉平靜、非常鎮定地走到窗戶邊打開窗戶，把粉筆丟出去。尖叫聲啊啊啊地飄遠，很快就消失不見了。

……請告訴我那是什麼見鬼的粉筆！

還有妳身爲班長應該知道不可以亂丟垃圾吧！

走回講台前，歐蘿妲拿起第二支粉筆往黑板寫，同樣不到半秒，被攔腰折斷的淒厲哀號聲充滿了整間教室。

「漾漾，你要不要來一個？」

不曉得什麼時候出現在我旁邊的喵喵蹲在地上，攤開的手掌擺著一對耳塞。

我正好需要這個東西，不然多聽幾次我一定耳聾。

感激地向喵喵道過謝之後，我接過耳塞，還來不及塞進去的同時，第三支粉筆繼被丟出去的同伴之後再度攔腰折斷、發出尖叫。

我開始懷疑班長是故意的了。

就在黑板前的第五根也是最後一根粉筆被丟出窗戶同時，在導師位置上的班導終於受不了站起來，然後乖得像狗一樣朝全班一鞠躬，「對不起我遲到了，各位同學。」

有時候，我覺得班長比班導可怕。

「好吧，那我們就正式開始班會吧。」歐蘿妲不知道從哪裡生出第六根粉筆，愉快地轉過頭在黑板上寫下一連串漂亮字體，這次粉筆完全沒斷、連一點粉灰都沒有飛出來。「這週我們重點在班遊，有同學反應想要全班找個時間一起班遊……」

「等等。」班導打斷班長的話，「不是應該先做週檢討跟幹部報告嗎？」

難怪我就覺得好像少了什麼，班長一開口就是切入重心討論，原來是略過了幹部報告。

歐蘿妲看過去，勾起了微笑，「那兩樣都是重複每週一樣的廢話，不需要。」

四周一片沉靜。

「好吧，你們繼續。」老師居然認同了！

不對吧！幹部應該出來報告重點才對啊！

「這週討論的重點是班遊，目前班上包括班費和學校補助的共有資產還有三千元卡爾幣左右，班遊的話可以使用一半，不足的由同學各自補足，請同學提出地點加以評估。」班長一聲令下，班上每個人都開始努力思考。

是說，拿那麼多錢去班遊會不會太奢侈了一點。

還有我記得明明入學時每個人交班費是全班意思意思地交滿兩百元卡爾幣的班費而已，短短幾個禮拜妳去哪裡變成三千元的！

妳專門在洗黑錢是嗎！

班會開到一半時我突然發現教室裡面不太對勁。

變熱了。照理來說開了冷氣的話，應該是會變冷而不是變熱吧？為什麼我會有一種溫度好像正在上升的感覺？

很快地，我發現應該不是我的錯覺，因爲班上已經有人開始騷動了。

「是不是溫度調節失控？」喵喵的聲音很小，不過我聽見了。

溫度失控？

我覺得我好像開始在冒汗了，有種教室好像進入仲夏會有蟬叫聲、海浪聲的感覺。

歐蘿妲停止了班會進行。「老師，教室好像有問題。」她說，漂亮的眼睛直視差一點打瞌睡的班導。

「是、是嗎？」班導馬上站起來，有種打瞌睡被抓包的心虛。「我看一下。」說著，他走到窗戶旁邊一把拉開窗簾。

有那麼一秒我覺得我好像看見了不該看的東西，眨眼就消失不見了。

我的眼睛最近果然有點怪怪的，明明窗戶上沒人臉對吧，我應該是壓力過大了我曉得，這種狀況最需要放鬆一下，會對身體比較好。

「各位同學，來個最新的消息，咱們班的教室跟別班的教室開始互毆起來了。」老師涼涼地指著窗戶外面，有另外一間教室正往這邊撞過來。「所以現在教室充滿了怒火。」

怒火？教室會有怒火？

見鬼了！還有，爲什麼教室跟教室會打起架？

「教室怒火會越升越高，提醒各位同學最好現在馬上揹起你的家當準備跳教室逃亡。」在對方教室衝撞過來的同時，負責實況轉播的班導開始安全提醒。

我看見窗簾已經爆出一把火焰了。

「好吧，那麼班會下週再繼續好了。」眼見班會開不下去了，歐蘿妲只好下了結語。

語畢，班上的學生幾乎都從座位上跳起來。

對方教室二度衝撞……應該說我們教室自己去撞之後，面敵那邊的窗戶馬上破碎大半，玻璃碎屑到處亂飛，還有大片的玻璃插在桌子上險險插斷正在睡大頭覺同學的腦袋，四處都傳來同學的叫嚷聲，大半都是在罵的比較多。

我第一次發現，原來玻璃不是只會專挑我砸而已，這眞是一種奇妙的感動。

「漾漾，快點快點，我們要脫離教室了。」喵喵拉著我往千冬歲他們那邊跑，已經準備好移動符的千冬歲明顯就是在等我慢吞吞地動作。

我跟著喵喵的腳步跑了幾步，後面突然傳來巨響。回過頭，我看見一根鋼筋插在我剛剛的座位上，四周都是破碎的水泥紛飛，還有電燈掉下來砸在桌面上。我從破碎的窗戶看見對面那間教室的學生也開始混亂起來。

……我覺得，我還是快點離開教室比較好！

下秒，千冬歲的移動陣就將我們移到餐廳外頭。

四周安靜了下來，只有遠遠的還傳來教室碰撞的聲響。

什麼跟什麼啊！哪間學校有教室大打出手迫得學生要提早下課的！

哪裡有啊！

週三的時間，我發現我的神經又耗弱了一半。

現在我需要上床睡覺，把教室怒火這件事情當作一場美麗的夢。

「漾漾，你要回去了嗎？」千冬歲看我拖著腳步，問道。

「嗯。」我需要休息，我需要好好睡一覺，其實我已經衰老了，不能再接受刺激。

「好吧，明天早上見囉。」

揮別了我的朋友們，我繼續往黑館的方向移動著。

遠遠的，碰撞聲還在持續。

就在快要靠近黑館門口時，裡面先衝出來一個人，聽說是行政人員的天使。

「我要去制止教室打架，晚點見囉。」安因很快地就消失在我面前。

這是夢、這一切都是夢。

教室不會打架也不會有怒火中燒，一切都是我自己妄想出來的怪夢。所以我現在只要回到房間躺在床上睡一覺起來夢就會跟著醒了。

四周的風在吹，輕輕柔柔的很舒服。

其實我已經老了。

現在太刺激的東西都不太適合我。

對了，下次班會開始討論之前，我一定要記得告訴歐蘿妲一件事情。

幹部會議是很重要的！

〈教室、班上〉完

下集預告

新版 特殊傳說 THE UNIQUE LEGEND 3　*7月，熱鬧上市！*

初賽結束後，漾漾在學長的邀約下順道回了原世界一趟，
沒想到，在那邊等著他的，卻是一個莫名其妙的任務!?

襲上大競技賽的黑影似乎仍在不斷蔓延，
眾人透過千冬歲的能力探查，
漾漾卻意外與一個陌生的參賽者對上眼神……

內心OS：

喔！
這一切都是幻覺……我昏了。

國家圖書館出版品預行編目資料

特殊傳說／護玄 著.
——初版.——台北市：蓋亞文化，2012.06
冊；公分.——

ISBN 978-986-6157-94-3（卷2：平裝）

857.7　　101005845

悅讀館　RE272

新版
特殊傳說 2
THE UNIQUE LEGEND

作者／護玄
插畫／紅麟　封面設計／克里斯
出版／蓋亞文化有限公司
地址◎台北市103承德路二段75巷35號1樓
電話◎（02）25585438　傳眞◎（02）25585439
部落格◎gaeabooks.pixnet.net/blog
臉書◎www.facebook.com/Gaeabooks
電子信箱◎gaea@gaeabooks.com.tw
投稿信箱◎editor@gaeabooks.com.tw
郵撥帳號◎19769541　戶名：蓋亞文化有限公司
法律顧問／宇達經貿法律事務所
總經銷／聯合發行股份有限公司
地址◎新北市新店區寶橋路235巷6弄6號2樓
電話◎（02）29178022　傳眞◎（02）29156275
港澳地區／一代匯集
地址◎九龍旺角塘尾道64號龍駒企業大廈10樓B&D室
電話◎（852）27838102　傳眞◎（852）23960050
初版十五刷／2022年5月
定價／新台幣 250 元
Printed in Taiwan

GAEA
ISBN／978-986-6157-94-3

GAEA

GAEA